ぶたぶたこぶたの令嬢物語

～幽閉生活目指しますので、断罪してください殿下！～

ラミア・コーラル
子爵（元男爵）の令嬢。太っていることをコンプレックスに感じており、見事なダイエットを成功させたフローレンを尊敬している。誰もが羨むもち肌の持ち主。
フローレン・ドゥマルク
乙女ゲームの悪役令嬢に転生した、本作の主人公。転生前の知識を活かして食事情を改善した結果、「豚」と呼ばれるほどに家族全員太ってしまい、領地に引きこもってダイエットに励む。
断罪からの修道院幽閉エンドを目指している。
エディオール殿下
（5歳）
フローレン・ドゥマルク
（5歳）
ぶたぶたこぶたの令嬢物語
〜幽閉生活目指しますので、断罪してください殿下！〜
登場人物紹介

アルフレッド・ドゥマルク
公爵、宰相。フローレンの父。フローレンを溺愛している。
エディオール殿下
皇太子（第一王子）。幼い頃、子供お茶会でフローレンを「豚」と呼んでしまう。一年生にして学園の生徒会長を務める。
レッド
次期騎士団長との期待がかかる、エディオール殿下の護衛。
リドルフト
大蔵相を父に持つ公爵令息。エディオール殿下の側近。
イーグル・ドゥマルク
フローレンの義弟。幼い頃に親族から引き取られ、フローレンとともに成長する。

ぶたぶたこぶたの令嬢物語

～幽閉生活目指しますので、断罪してください殿下！～

Contents

プロローグ

「フローレン、どうか俺と結婚してほしい」

色とりどりの花が咲き乱れる王宮の一角のガゼボ。

学園の卒業パーティーの前日のこと。

誰もがそのかっこよさにため息を漏らす麗しの皇太子が片膝をついている。

その手が伸ばされている先にいるのは、乙女ゲームのヒロインの男爵令嬢――ではない。

悪役令嬢フローレン……私である。

思わず眉間《みけん》にしわが寄る。

「お断りいたします。婚約破棄でしたらいつでもお受けいたしますが」

「なっ、なぜそうなる？」

なぜそうなる？

むしろ、こっちが聞きたいわ！　なんで、私にプロポーズしてるの？

私にするのは婚約破棄宣言であって、プロポーズじゃないでしょう！

「俺がなにか悪いことをしたか？」

「は？　まさかお忘れではありませんわよね？　私に向かって、豚だとおっしゃたこと」

「いや、だから、それは……わ、悪かった。謝る。もう二度と言わない。だから、俺と結婚してくれっ！」

ちょ。

なんで！　片膝ついてのプロポーズが、両手両膝ついた土下座ポーズになってるの！

「だから、私には私の人生計画がございます！　皇太子妃なんて御免こうむりますわ！」

なんで、どうしてこうなった！

私がどんな悪行をしたというの！

ヒロイーン、出番ですよ！

助けて！　私は皇太子と結婚したくないんだからぁ！

断罪して、修道院へ幽閉して欲しいの！

第一章　始まりの六歳

え？　私、乙女ゲームの悪役令嬢に転生してるぅぅぅぅ！

起きてビックリ。

知らない天井、知らないベッド、小さくなった体……。どう考えても大好きだった小説や漫画の転生だよね。それに……見覚えのある天使のような顔。　アメジストのような紫の瞳に、紫がかったプラチナブロンドの美少女。いや、美幼女が鏡に映っている。

「どうなさいました？　フローレンお嬢様？」

名前を呼ばれて確信する。私はゲーム『桃色聖女の冒険』の中に出てくる悪役令嬢フローレンだ。

公爵令嬢フローレンは、宰相である父親に甘やかされてわがままいっぱいに育つのよ。

この世のすべては自分の思い通りになると勘違いした挙句に、婚約者である皇太子が思い通りにならないと度々癇癪《かんしゃく》を起こす。

で、なんかいろいろちょっとした悪いことを繰り返して婚約破棄されるのよね。

そう、このゲームの主人公はあくまでもヒロイン。実は悪役令嬢が主人公で、最終的にヒロインや浮気皇太子がざまぁされたりしないの。

しっかり、悪役令嬢フローレンが断罪される。

でもね、断罪って言っても、ちょっとした悪いことを繰り返しただけなので処刑にはならない。

下される処罰は幽閉。幽閉よ、幽閉！

ゲームでは幽閉生活は詳しく描かれていなかったけれども。断罪後にモブたちが噂《うわさ》していた。

「田舎《いなか》の小さな屋敷から一生出られない」とかなんとか。

「かわいそうに、社交界から追放されてしまったのね」って。

前世、めっちゃ引きこもり体質で、人付き合いが大の苦手な私からしたら……。

え？　いいんですか？　人付き合いしなくて？　喜びしかないんですけど！

「何の楽しみもないのね。することと言えば本を読むか刺繍《ししゅう》をするくらいでしょう」とか他のモブが言っていた。

ゲームをプレイした時は、読書めっちゃ面白いじゃんっ！って心の中で突っ込んだわ。

刺繍も大好き！　ちくちくと針を刺し続けるのすごく癒《いや》されるんだぞ！　少しずつ作品が出来上がっていくあの快感。作品が出来上がったときの達成感。楽しみしかないよ！

「それに……一生結婚できないなんて……ざまぁありませんわね」って言ってたモブもいた。

え？　なにそれ？　結婚が女の幸せって誰が決めたの？　むしろいない方がマシって男の方が多い世の中だよね！　政略結婚のはてに浮気夫に悩まされることがないって最高でしょ！

結論。幽閉生活、むしろ幸せしかないんだけど。

引きこもって読書と刺繍を楽しみ、結婚を誰からも強要されないうえに……三食昼寝付き！　働かなくていいし老後の心配もしなくていい……。

「うわぁー、最高！　めっちゃ、最高！」

夢みたいだわ。神様ありがとう。悪役令嬢フローレンに転生させてくれて、感謝いたします。

と、神に感謝をささげていると、侍女の言葉が耳に入る。

「今日から弟ができるのですからフローレン様、準備をしっかり整えてご挨拶くださいませ」

ん？　今日から弟？

ああ、そういえば。公爵令嬢フローレンには、義弟がいたわ。

確か、母親はフローレンを産んだ時に死んじゃってて、父親はそれを哀れんでフローレンを溺愛《できあい》。なんでも好きなようにさせた結果、わがままに育つ。

そのわがままの一つが「皇太子と婚約したい！」ってやつね。たしか十歳だっけ？

皇太子と婚約したいなんて、フローレンも馬鹿な女の子だったよね。王妃なんて、世界中の女性の中で一番責任が重くて仕事もめんどくさそうなのに。

で、フローレンには義理の弟がいたんだよね。公爵家に世継ぎが必要だから養子を迎えた。

ちょうどフローレンが五歳のころ、父親の弟夫婦が一人息子を残して馬車の事故で亡くなってしまったのでその子を引き取り養子にしたんだ。

一つ下の義弟は、ちょっとした義姉の悪さの後始末をするうちにヒロインとの仲を深める。

ヒロインの攻略対象が義弟だった場合も私は幽閉。

この世界はゲーム通りに話が進むとは限らないのかな？　いわゆるフラグを回避するみたいな、私の行動でいろいろ変わってくる？

物語の開始は十年後だっけ。悪役令嬢フローレンの私は、それまでどういう人生を送ればいいのかしら？　フラグ回避なんてしたくないんだけど。ちゃんと断罪されて幽閉されたいんだけど。

「フローレン、準備はできたかい？」

お父様が部屋まで迎えに来てくれた。フローレンによく似た美丈夫だ。

イケオジ。イケオジですよ、イケオジ……。

「お父様～！　大好き！」

イケオジ、大好き。思いっきり駆け寄ると、嬉《うれ》しそうにデレた顔でイケオジに抱きあげられた。

うわーん、幸せだわぁ。

「フローレン、ああ、なんてかわいいんだ。天使だよ、天使」

うん、まぁ見た目は美幼女なんで、同意。フローレン五歳は天使よ、天使！

そして、ゲームの中ではツンデレこじらせてポンコツ悪役令嬢でついつい応援したくなっちゃったのよね。見た目は天使、中身はポンコツ。くっ。かわいさしかない。

「お父様は大天使様ですっ！　かっこいいです！」

ぎゅーっと、お父様に抱き着く。ふへへへ。イケオジに甘え放題しても問題ないって幸せだわ。

「き、聞いたかい？　いつの間にそんな言葉を覚えたんだい？　私のことを大天使だと、かっこいいと……ああ、フローレン」

でれっでれになったお父様が侍女たちに自慢を始めると、お父様よりも十歳は年上のベテラン侍女ロッテンが冷静に言葉を返した。

「ご主人様、イーグル様をあまりお待たせしてはいけません。移動してくださいませ」

「あ、そうだった！　フローレン、行こうか！」

お父様に抱っこされたまま、食堂へ移動する。

「て……天使……」

フローレンは天使だと思ってたけど、本物の天使はもっとかわいい！

「お父様、おろしてくださいませ」

おろしてもらうと、侍女に手をつながれてキョロキョロしている天使の元へと駆け寄った。

「あなたがイーグル？　私はフローレンよ」

ああ、可愛い。なんて可愛いのかしら。

四歳の男の子って、こんなに小さくて可愛いものなの？　それともイーグルが特別可愛いの？

「フローリエンしゃま？」

ああ。悶《もだ》えていい？　ねぇ、悶えていい？

この舌ったらずなところも、ちょっと首をかしげる仕草も、何もかも、可愛過ぎるぅぅぅ！

「イーグル、あなたのお義姉様よ」

その言葉に、イーグルがぱぁっと目を輝かせた。

「ねーたま？　ぼくの、ねーたま？」

あああああああ、だ、だ、抱きしめていいですか？　抱きしめても、いいですよね？

ぎゅむぅっ！

「ねーたま？　いーぐりゅのこと、ぎゅっしてくれうの？」

「え？　ぎゅっしちゃだめ？」

いきなりだから嫌がられたか！　初対面だし！　反省して慌てて体を離す。

どうやらお父様の弟夫婦……。あまり子供に関心がなくて子育ては使用人に任せきり。その使用人も侯爵令息ということで一歩距離を置いた接し方をしていたようだ。

馬車の事故で亡くなってしまったので今さらだけど。こんなかわいい天使を放置するなんて、なんてもったいないことしたのよ！　もったいなすぎるわ。

「せばしゅもまーやも、いーぐりゅはもうよんしゃいだから、かぞくじゃないひとにだきついちゃだめって」

ああ、まぁ。そういう風に教育されていたのも仕方がない。

戯れに女性に抱き着くことでいらぬ騒動が起きる可能性もある。いくら子供とはいえ、傷物にされた責任を取れと言いがかりをつけ婚約を結ぼうとする人間が現れないとも限らないわけなので。

「ほら、見て見て、イーグルと、一緒でしょ？　お父様もね、私も、イーグルの家族だよっ！」

イーグルの手を引いて鏡の前に立つ。

鏡に映るのは、大天使なお父様と、天使な私と、超絶可愛いプリティーキューティー世界ナンバーワン天使……略して超天使！

「ほんとだ。かみのけのいりょ、いっしょ、いーぐりゅといっしょ」

紫がかったプラチナブロンドはとても珍しい。お父様と私とお父様の弟以外はまだ見たことがない。まぁ、五歳の私の行動範囲で見る人間なんてしょせん数は多くはないんだけれど。

ゲームの中でフローレンの髪の毛は特徴的で見間違えるわけないみたいなシーンがあったから珍しいことには間違いがないんだろう。

ボロボロと超天使が泣き始めた。

「かじょく……いーぐりゅひとり、ちがう」

「そうだよー！　家族だし、一人じゃないし、ぎゅってしてもいいの！」

泣かなくていいんだよ。寂しかったね。これからはお姉ちゃんがいるから！　いっぱい、いっぱい、うっとうしがられるくらい可愛がるから！

うん！　そうだよ！　私は悪役令嬢として生活するんだもん。

うっとうしがられたって、平気だぞ！　邪魔にされても邪険にされても、平気だぞ！

そっか。私、悪役令嬢だもん。好き放題わがまま言ってればそれでいいんだ。ふへ、ふへへ。

好き放題わがまま言ってりゃ夢の三食昼寝付き、趣味に没頭できて人付き合いもしなくていい引きこもり天国生活が待っているなんて……。

あーん。私、さいっこうに運がいい！　ひゃっほーい！

「ああ、うちの子たち、世界一可愛い……。可愛い、可愛い。なぁそう思うだろう？　可愛いに可愛いがプラスされて、もう可愛いしかない」

お父様がまた侍女ロッテンに自慢げに話をするが、ロッテンさんは冷静に対処した。

うん、これは、お父様のデレデレ自慢の対応に慣れきっている様子。

「ご主人様、お仕事に遅れてしまいますので朝食をお召し上がりください」

「えー、せっかく、天使の戯れを堪能……」

ロッテンが冷たい目でお父様をにらみつけた。

お、おおう。あんなイケオジに冷たい目をできるなんてロッテンしゅごい豪胆の持ち主。

「お食事する風景もさぞ可愛らしいことでしょう」

そして、その台詞《せりふ》一つで、お父様と私の心を掌握。

そ、そうよね！　イーグルたんが食事する姿はきっと可愛いわよね！

「じゃぁ、ご飯食べに行きましょう！」

お義姉様だもの。お義弟と手をつないで移動するのは普通よね！　へへへ！　役得役得！　と、イーグルと手をつなぐ。

イーグルたんの小さくて可愛らしくてぽにぽにとお肉がついた……ん？

なんか、イーグルたんの手は、四歳児にしては細くない？　そういやぁ、さっきぎゅってした時にも、細かった気がする。というより、細いだけでなくて随分小さいわよね？

「食事……」

イーグルたんが怯《おび》えたように下を向いてしまった。

あれ？　もしかして食べるのが嫌いなの？　お腹空《す》いてないとか？　で、あんまり食べられなくて痩《や》せてる？　成長も遅い？

「ぼく、へたくしょなの……。たべるのへたくしょだから……。みっともないの」

「はぁ？　下手くそって、何が？」

「じぇんぶ……パンくずおとしゅし、おくちのまわりよごしゅし、ナイフとフォークもうまくちゅかえない……だから、いっしょにたべりゅときらわれちゃう」

「最低！　最低の、ド最低！」

思わず怒りに我を忘れて、大声で叫んでしまった。

もしかして、食事のマナーを厳しくしつけられるうちに、イーグルは食事が嫌いに……いや、食事の時間に恐怖を覚えるようになってしまったのかもしれない。

この、細くて頼りない手は、食べることが苦痛で思うように食べられなかったからなの？

「ぼく……」

あ、しまった。イーグルたんが泣く。

「ごめんなさい。突然びっくりしたわよね。違うの、最低だと言ったのは、イーグルた……イーグルの周りの大人たちのことよ。子供を育てたことがないのかしらね？」

ロッテンもうんうんと頷いている。

「四歳は上手に食べられなくても当たり前でございます。席に座っていられるだけでもご立派でございますよ」

その言葉に、イーグルたんがびっくりしている。

「そうよ！　パンくずなんて私もこぼしちゃうし、お父様だってときどきこぼしてるわ！」

「あはは、そうだぞ。それに、口の周りを汚しちゃうなんて……それはもう、可愛い姿が見られるなんて、ご褒美でしかないよ！」

お父様の言葉にハッとする。

そういえば、私が上手く食べられなくて口の周りを汚しちゃうと「ほらほら、口の周りが汚れているよフローレン、お父様が拭いてあげようね」って、いつも嬉しそうだったわ。フローレンの記憶にあるもの。

まさか、まさか……！　超天使のご褒美映像が私に与えられるというの？

「お、お父様、イーグルがお口の周りを汚したら、私、私が拭いてもいい？　お父様はだめよ、邪魔しないで、私が拭いてあげるの！　ね？」

お父様がハッと口を押さえて悶えている。いや、ちょっと待って、イケオジが頬を染めて口を押さえて悶えてる姿、大天使様のご褒美映像！　いや、違う、そうじゃなくて、なんで悶えてるの？

「きっとそれは、素晴らしく愛らしい場面に違いない……きっと、その様子を思い出すだけで、今日は一日幸せな気持ちで働けるはず……！　ロッテン、今日の朝食メニューはソースたっぷりの」

お父様ってば、天使な私が天使な義弟の口元を拭いてあげる様子を想像して悶えていたのね。

「ご主人様、朝食はすでに準備されておりますのでメニューの変更は致しかねます」

イケオジお父様の顔が少しだけしょんぼりとしたのを私は見のがさない。

「それは夕飯の時にでもお楽しみくださり、良い夢を見てください」

くっ、それもまたいい！　幸せな気持ちで一日過ごすのもいいけど、夢の中で繰り返し堪能するのもまたよき。って、お父様も思ったのでしょう。そうかと小さく頷いて大人しくなった。

……うん、ロッテンさんお父様の暴走を止めるプロね。プロだわ。

テーブルに並んだのは、ぺしゃんこのパンと、野菜たっぷりのスープとフルーツジュースだった。

卵焼きとかはないんですかね？　ベーコンやハムとか。

うちって、国内有数の……っていうか、ぶっちゃけ王室より金持ちな国一番のお金持ち公爵家じゃなかったですか？　タンパク質足りませんよ！

食事前のお祈りみたいなのをしてから、早速いただきまーす。

まずはスープを口に運ぶ。

「まっず！」

思わず声が出た。

「おお、野菜嫌いのフローレンがスープを口にしたぞ。もしかしてイーグルにいいところを見せようとしたのか？　ふふふ、すっかりお姉さんだなぁ」

お父様がニコニコしている。

なに、このまずいスープ。

ゲームでヒロインがメシマズをどうにかするみたいなのなかったはずだけど！

っていうか、昨日までの私は、野菜が嫌いだからスープを飲まなかったんじゃなくて、単にまずいからじゃないの？　本気でまずい。人参は、にんじーんっていう味が濃い。

よく野菜の味を楽しむための料理みたいなレシピあるけど、あれは美味しい野菜ならばいいよね！　って話。良くも悪くも現代の野菜はかなり品種改良されて美味しくて食べやすい物になっているわけで。自生してる原種に近い野菜を食べてみ？　エグミわ苦いわ酸っぱいわ種が多いわ実が小さいわ、とんでもないものばっかりよ？

まぁとにかく野菜本来の味を楽しむ系は無理。しかも子供の味覚って大人よりも苦みとかエグミを強く感じるんだよ！　なんで、野菜の味をごまかしまくったスープとかじゃないのか！

「こんなまずいスープとても飲めませんわ！」

うきーとばかりに声を上げた。

シーンと静まる室内。

……あわわ、しまった。作ってくれる人への感謝も忘れ、食べられることへの感謝も忘れ……。

なんたるわがままな発言を！

そういえば私、悪役令嬢よね？　わがままいっぱい育つ、自分の思い通りにできないと癇癪を起こす悪役令嬢フローレンよね？　むしろ、わがままを言うのは、悪役令嬢の大切な役割なのでは？

「うん、そうだな、そうだな。そんなにまずいスープを頑張って二口も食べたんだ。えらいぞフローレン。それにイーグルも立派だ。おい、まずいスープはもういい。蜂蜜を持ってきてくれ」

お父様がスープの皿を給仕をする侍女に下げさせた。

それからは、蜂蜜をパンにたっぷり塗って三人で食べた。

膨らんでない固いパンだけれど、ハニーナンみたいなものだと思えば問題ない。というかあの野菜スープに比べたら何倍も美味しい。

「イーグル美味しい？」

「うん、美味しいでしゅ」

イーグルがにこにこして食べている。

「イーグル、お口の周りが蜂蜜だらけね」

可愛い。可愛い。パンくずもついてる。なんて可愛いのかしら！　口の周りに蜂蜜がつくことを気にせずに一生懸命食べる姿！

イーグルが幸せそうな顔をして食べているのを幸福感に満たされながら、そうね、上手いことを言うならば、蜂蜜よりもなお甘い気持ちで心を満たされながら見てた。

ところが、私の言葉に急にイーグルは手を止めて、泣きそうな顔になって私を見た。

「ごめなしゃ……い」

あああ！

「違う、そうじゃないからね？　お口の周りが蜂蜜だらけだから、お義姉様が、拭いてあげましょうか？　と思っていたのよ！　拭かせてもらえるかな？」

心に傷があったんだよ。私ってばなんて不用意な一言を！

「あはは、じゃぁ、フローレンがイーグルのお顔を拭いてあげたあと、私がフローレンのお口を拭いてあげようね」

へ？

お父様の言葉に、振り返ると、お父様がにっこにこの笑顔で、顎のあたりをトントンとしている。

「ついてるよ、フローレンも」

まじですか！　いや、五歳児だからね！　そういうこともありますっ！

でも中身は大人なので、恥ずかしくて真っ赤な顔をすると。

「いーぐりゅ、ねーたまといっちょ？」

こてんと、イーグルが首をかしげた。

くぅーーーーーーーーーーっ。かーわーいーいーーーーーーーっ！

すいません、どうしたらいいでしょう、ねぇ、こういう時はどうしたら……。

「わ、私も、一緒だ、家族なんだからっ！」

お父様が慌てて蜂蜜をほっぺにくっつけた。

くっ。本当に親ばかですね。

「いっちょ、いーぐりゅ、かぞく……」

にひゃっと嬉しそうに笑うイーグルたん。尊みしゅさまじい！

ふと、銀食器に映った私たち親子……。

大天使、天使、超天使……世界最強一家じゃない？

第二章　出会いの九歳～子供お茶会にて～

――なんて、思っていたころもありました。

そして、事件は起こった。あれは、王宮での初めてのお茶会のこと。九歳でしたわね。

「おい、豚！」

あらいやだ。どこに豚肉が？

……なんて事件が起こるまでの私の生活を思い出してみよう。


イーグルたんが来た五歳から九歳までの生活。

この世界、野菜を使った料理はとにかくまずい。

その結果、悪役令嬢としてわがままいっぱい食事にはダメ出しをさせていただきましたよ。

「こんなまずい物食べられないわ！」

「この私に、このような物を食べさせようというの？」

「私が食べたいと言うのよ、さっさと持ってきなさい！」

うふふーん。めっちゃ悪役令嬢よね。この調子で「幽閉コース」へまっしぐら。

夢の読書と刺繍の引きこもり生活ゲットよ！

まぁ、それで、食べてた物と言えば、蜂蜜をたっぷり塗ったパン。ジャムをたっぷりのせたパン。

砂糖でコーティングしたパン。

「おねーしゃま美味しいでしゅ」

と、食の細かったイーグルたんがもりもりとパンを食べてくれる。

さて、パンの他には肉をメインとした食事をしております。

「ぼく、もういいでしゅ」

あれ？　お肉よ？　焼肉よ？　ステーキよ？

イーグルたんが、お肉をあまり食べてくれない。どうしてなの？　男の子は肉でしょ？　まだ四歳だから？　でももうすぐ五歳よ？

首をかしげる。

「お肉嫌い？」

分からないので尋ねてみた。

「おにくしゅき。でも、かみかみつかれちゃうの」

はっ！　確かに、実は気になっていた。

公爵家の財力を用い、最高級の肉を手に入れているはずなのに、硬い！　めっちゃ硬いんだよ！

最高級の牛肉なのにぃ！　この世界の価値観、肉は硬ければ硬いほど高級とか言わないよね？

ぐぬぅぅ。くっそ硬い肉め！　成敗してくれるわ！

「お義姉様に任せて！　料理長を呼びなさい！　こんな硬い肉を公爵令嬢である私に食べさせるなんて許しませんわ！」

悪役令嬢なので。料理長を呼びつけてクレームをつけるなんて、どってことないわ。

イーグルたんに柔らかくて美味しいお肉を食べさせたい。

いっぱいいいっぱい食べて、健康優良児になってもらわなくては！

ふんぬっ！　てなわけで、ミンチにしてハンバーグを作らせた。

「お義姉様、これなら僕にも食べられましゅ」

舌ったらずがなくなってきて成長を見せるイーグルが肉をたくさん食べられるようになった。

「お義姉様、お肉……おかわり欲しいです」

もじもじと顔を赤らめながらイーグルたんが小さな声で呟いた。

お、おかわり！　あの食が細かったイーグルたんがおかわり！

……って、まぁ、甘いパンはもりもり食べてますけど。お肉をおかわりなんて初めてのこと！

ふおおおおっ！　と感動しながらどんどん持ってこさせる。お父様も何度かおかわりしてがつがつ食べている。

「素晴らしい、フローレンこのレシピを我が公爵家考案として登録するぞ」

ん？　レシピを登録？　クックパックンみたいな料理サイトでもあるんですかね？

そんなこんなでハンバーグに、肉団子、ミートボール……と。ミンチ肉料理が我が家の定番。

まずい野菜もすりおろして混ぜてしまえばそこそこ食べられるんですよね。栄養大事。

こういうのが食べたいと言えば、料理長が研究開発してくれるので、ついに三年の月日を費やして柔らかいパンも焼いてくれるようになった。ハンバーグを挟んで、ハンバーガーも食べられるようになりました。くふふ。


まぁ、という感じで過ごしたんですよね。

私は九歳。イーグルたんは、先日誕生日がきて八歳になったところです。

九歳になった私は、初めて王宮の子供お茶会なるものに招かれることになりました。

ちなみに、ゲームの舞台は貴族の子供たちが一五歳、一六歳、一七歳で通う学園だ。

社交界デビューは一五歳。で、その一五歳になる前に子供たちを交流させたり、プレ社交界としてマナーを実践したり、いろいろな理由で九歳から子供お茶会が開かれるんですよね。参加するのは、九歳から一四歳の貴族の子息令嬢。

一応家庭教師なりなんなりついて、九歳になるまでにある程度のマナー教育は受けるものの……。

前世で言えば、九歳など小学校中学年のガキです。

走っちゃだめなのに、走り回る男の子たち。

大声を出しちゃだめなのに、大声で騒ぐ女の子たち。

うん。ここは小学校か？

一方、一三歳、一四歳の子たちなんて……。

すでに色目を使う女の子や、退屈だからとゲームを始める男の子……。いや、その年齢でも男の子の方が精神年齢低いですわ、さすが中学生。

そんな子供たちを横目に、私は大人しく会場の隅に用意された食事をつまんでいた。

茶髪の令嬢に絡まれたりしたけれど、私が公爵令嬢だと分かると蜘蛛の子を散らすように厄介な人たちはいなくなった。

てなわけで、テーブルの横に立って果物を口に運んでいたときのことです。

「お、おい、豚！」

唐突に声が聞こえてきた。

うん。豚肉料理なんてあったかな。いや、いろんな料理が並んでるのは知ってるけど、まずいだろうなって思ってあんまり真剣に見てなかったんだろうな。このブドウはなかなかの味。もぐもぐ。

「おい、無視するな！　この俺様が話しかけてやってんだぞ！」

……と、肩をつかまれた。

はぁ？

「申し訳ございません、私豚肉料理には興味がなく、話しかけられているとは気が付きませんでしたわ」

ったく。誰だよ。

口に入れたブドウをごくんとよく噛まずに飲み込み、にこやかに笑って失敬な人間に対応する。

仕方ないわ。ガキの集まりだもんな。私は大人。大人の私が我慢しないと。

振り返ってみれば、黒髪に翠眼の十歳前後のぽっちゃりした生意気そうなガキがいた。

顔の作りは悪くない。痩せれば美少年なんだろな。

「気が付かないわけないだろう！　豚なんてお前以外いないだろう！」

何をおっしゃる。私の目の前のお前こそ豚じゃねぇか。ちょっとまだ肉付きは足りないけれども。

「申し訳ございませんぶひっ」

「は？　馬鹿にしているのか？」

「ぶひぶひ」

「おいっ！」

「私はあなたから見て豚のようですので、豚らしく対応しませんと失礼かと思いましてぶひ」

ぽっちゃり君は、ふっと目を細めて私を見下した。

「謝罪は受け入れよう」

は？　私、何か謝罪しました？　めっちゃ馬鹿にしたつもりですけど？

「うむ確かに、俺が豚と言ったことで、真に豚になり切ろうとするのは謝罪として誠意ある対応であろう。ぶひぶひというのは申し訳ございませんという意味なのだろう？」

……大丈夫か？　誰か知らないけど、このぽっちゃり君。

「何の御用でしたでしょうか？」

面倒くさい臭いしかしないので、さっさと用件を済ませて逃げよう。

「お前と婚約してやる。ありがたく思え」

は？

「そうか、嬉しいか。豚の分際でこの俺様と婚約ができるんだもんな。ぶひぶひ鳴くがいい！」

なんで、私と婚約？

「申し訳ございませんが、子供たちだけで決められることではないと存じます。失礼いたしますっ」

すぐさまその場を立ち去る。

「待て！」

ぐっと腕をつかまれた。

レディに向かって豚と呼びかけるような人と誰が結婚するもんですか！　ぜったいいやだわ！

何様だよ、お前！　私は悪役令嬢様だぞ！

と、心の中で悪態をついてつかまれた腕を振りほどいて会場を後にする。

怒って家に帰った私を、お父様とイーグルたんが出迎えてくれた。

「どうだったかい、初めての子供お茶会は」

どうしたもこうしたも、失礼な人に絡まれて散々でしたわ！　わざとぶつかってくる令嬢はいるし。天使の私に向かって豚とか言うやつはいるし。どこが豚よ！　と、鏡に視線を向ける。

「はあーーーー‼　嘘、嘘でしょう⁈」

鏡に映った大天使、天使、超天使の三人の姿に驚愕する。

嘘。あの映像は何？

豚、豚、子豚……が、映っている。

驚いて、大天使なお父様に視線を向ける。

……太ってる。少しずつの変化で気が付かなかった。いえ、気が付いてはいたんですよ。少しふくよかになってきたなと。でも、まだイケオジからはみ出てないと、現実から目をそらして……。

超天使のイーグルたんに視線を向ける。

ほっぺたがもちもちでなんて可愛らしいのかしら！

……って、八歳児がこんなもちもちほっぺって普通だったかしら？

わ、分かってます。本来なら、ぷっくぷくのもっちもちを卒業してしゅっとしてくるころだというのは……でも可愛いからいいじゃない！　と、これまた現実から目をそらしておりました。

そして、わ、た、し。

日々洋服のサイズが変わっていたけれど、成長期だし、こんなもんだと……現実から目をそらしていました。だって、誰も、太り過ぎだとか言わないんだもん。可愛いですとしか言わないから……言わないから……。

あの、失礼なぽっちゃり君に言われて初めて気が付いた。

ぽっちゃり君など、私たち豚豚子豚の家族に比べたら、ぽっちゃりなだけだわ。

豚……立派な豚が……。

「ぶひー！」

これではいけないわ！

……って、何がいけないのかしら？

別に、引きこもり幽閉生活を送るのに、スタイルなんて気にする必要はないのよね……。

別に問題ないわ。

「お義姉様どうなさったのですか？　さっきからあっちを見たりこっちを見たり。嘘というのは？」

かわいい超天使なはずなのに、イーグルたんの背中の天使の羽根は小さくしぼみ、「ぶひぶひ」と謎の空耳が聞こえてくる。

ぎゃーっ！

「何か嫌なことでもあったのかい？」

イケオジ大天使なはずなのに、頭から光差す代わりに、ピカピカお顔の脂が光っている。

ぎゃーっ！

このままでは、お父様とイーグルたんの人生を台無しにしてしまう！

イーグルたんは学園に通うようになると、豚公爵令息とか言われていじめられちゃうんだ。

婚約者が見つからなくて、なんか婚約した女性はかわいそうな犠牲者だと思われちゃうんだ。

こんなに可愛くていい子なのに！　むきーっ！　許さんっ！

悪役令嬢の私がいろいろ言われるのは構わないけれど、イーグルたんを馬鹿にさせるものですか！

お父様だって、誰にも馬鹿にさせないわ！

「ダイエットよっ」

思い返せば、甘いパンと食べやすいひき肉料理中心の生活が良くなかった。

贅沢しているはずの貴族たちですらコルセットでぎゅうぎゅう締め付けなくてもスマートなのは、食事がまずいせいだったのだ。まずいは正義。まずいは必要。まずいは……

やだーい！　いまさらまずいものなんて食べたくないっ！　ぶひぃ。ぶひぃ。

おっと失礼。身も心も豚になってしまうところでした。

とにかく、ダイエットしなくちゃ。ぐぬぬっ。

「ところでフローレン……もしかして、会場で婚約の打診とかなかったかい？」

お父様が声を潜めて聞いてきた。

イーグルたんが真っ青な顔になっている。

「は？　ありませんでしたわ……いえ……そういえば……」

なんか思い出したぞ。

「婚約してやる。ありがたく思え……とか言われたかも」

私の言葉に、お父様も顔を真っ青にした。

「なんだと！　私のフローレンに何と失礼な！　絶対に許すものか！」

お父様が激怒した。豚って言われたことは黙っておいてあげるわ。親切親切。

「どこのどいつだ？」

「えっと、黒髪に、緑の目をした十歳前後の……」

「ふっ、任せておきなさいフローレン。いくら相手が王室でも、好きなようにはさせない」

って、王室？　もしかしてあのぽっちゃり君は皇太子だったのか。

……まぁ知らんけど。どうせ私は悪役令嬢として皇太子に幽閉されちゃう運命なんだから、失礼の一つや二つへっちゃらだし。なんなら、不敬だ！　と、学園入学前に幽閉されちゃっても、へっちゃらだし。コミュ障だから、学園で他の貴族の子たちとうまくやる自信もないし、なんかもう人と顔を合わせて会話するだけでストレスだし。

「もちろん、フローレンには指一本触れさせません！」

「あ、そうだ、お父様。しばらくイーグルと一緒に領地に戻って、海沿いの別荘で生活したいんですけど」

「何故だ、突然！」

ダイエットですよ、ダイエット。

別にもう子供お茶会には出たくないという理由じゃないですよ。まぁ出たくもないですが。

海沿いの別荘を選ぶのには理由がある。ダイエットするなら、肉より魚！　流通網が整っていないこの世界で魚を堪能するには、自分が魚の方に移動するのが一番。

肉断ちからの、お魚ダイエットですわ！

残念ながらお父様は王都で仕事があるので一緒に行けませんが……。

「それから、この屋敷の料理人は連れて行きますので、しばらくお父様は外食でお願いします」

外食イコール、あんまりおいしくない食事で食欲減退。これでお父様のダイエットは完璧なはず。

スパルタですが、仕方がありません。

「え、え、ええええ?!　フローレン、ど、どういうことだ？」

てなわけで、海沿いの別荘生活を始めます。一か月後には立つことが決まりました。


「おい豚、一体どういうことだ！」

どういうことだと聞きたいのはこちらの方ですけど？

なんで、皇太子がうちを尋ねてくるわけ？

お断りしたのに、来るわけ？　家人を振り切って部屋に突入してくるわけ？

別荘出発前で忙しいんですけど、もぐもぐ。

「豚、聞いてんのか？　なんで、先週の子供お茶会に来なかったんだ！」

先週？　ああ、そういえば、子供お茶会は定期的に開催されてましたね。一月に二度だっけ、三度だっけ。たいていの子供はできる限り参加するんだっけ？　領地にいて王都が遠いとか、病弱だとか、ドレスなどにお金を回せないだとか、そもそも出入り禁止だとかそういう事情がないかぎりほぼ参加。参加は強制じゃないものの、貴族同士のつながりを強めるためと、マナーなどの勉強をするためにと通い続けるのが普通。

知るか！　貴族同士のつながりなど強めたって仕方ないじゃないか。十年もしないうちに……正確には、あと十年もしないうちに私は幽閉されるんだ。しかも、しっかりつながりを持ったと思った人たちに裏切られる形でだよ？

ばかばかしい。はっきり言って、参加する意味がないどころか、参加することの労力が大損だわ。

「ぶひぶひ」

誰が行くもんか、ばーかばーか。と、心の中で悪態をつきながら食事を続ける。

「何しに来たと思っているだろう？」

はっ。まぁ近からず遠からず。超能力でも持ってるのか！

「俺をじらす気か？」

は？　ぽっちゃり君が私の両肩をつかんだ。

「俺をじらして、結婚するのにより良い条件を引き出すつもりか？」

ばっかじゃねぇのか！　どこをどうすればそういう結論に達するんだ！

婚約も結婚もしないって拒否られたって理解できないの？

「お、お義姉様は、殿下とは結婚しません。お義父様もそう言っておりました」

イーグルたんが、私をかばうように前に出て殿下をにらみつける。

「なんだ、この子豚」

な、な、イーグルたんを子豚ですって？

「かわいいな」

ぽっちゃり君が目じりを下げて笑った。

へ？　殿下が、私の超天使豚のイーグルたんを見て、可愛いって、可愛いって言いましたか？

「そうでしょ、そうでしょ？　イーグルは可愛いでしょ？」

おっと。相手になんてするつもりがなかったのについ反応してしまいましたわ！

くっ。だが、いい。皇太子、存外悪い人間じゃないのかもしれない。イーグルたんの可愛さが分かるなんて。

「髪の色が同じ……そうか、お前の弟なのか。なら可愛いはずだな」

そうそう、私の義弟なら可愛いに決まって……ん？　んん？

それって、私もかわいいって言っているように聞こえなくはないですよ？

いや、まさかね。うん。可愛いと思っている女性に向かって豚なんて言う愚かな人間がこの世にいるわけないもんな。

そもそもこの皇太子が最終的に選ぶ女性、私を断罪の罠にはめる女ってば、髪の毛ピンクのほわほわよ。私は寒色。あっちは暖色。真逆人間だわな。私は背が高くなってスラッと美人。あっちは背は低くて小動物系美少女。真逆なのだわ。

勘違いするところだったわ。ぽっちゃり君が私を可愛いなんて思うわけないじゃん。

「とにかく、じらすつもりならそんな必要はないからな！　誰でも皇太子である俺と結婚したいというのは知っている」

はぁ？　何勘違いしてる。いや、子供お茶会で散々ご令嬢に囲まれまくってるなら勘違いしても仕方がないのか？　でも、私は違うからね！　じらすつもりなんて全くない！　本心の本心から、結婚する気などこれっぽっちもない！

　もぐもぐ。

「ところで、さっきから何を食べてるんだ？」

　ちっ。気が付いたか。いつまでも不敬だとか言わないから気が付いていないかと思ったわ。

「失礼いたしましたわ。食事中でしたので殿下とはお会いできないとお伝えしたはずですが？」

「俺は、食事中でも気にしない。それより、その手に持っているものは何だ？」

　気にしろ！　気にして食事中に突入してくんな！　失礼なやつだって怒って帰れ！　自分に気がないと気が付け！

「ハンバーガーですわ。パンにハンバーグを挟んだものです」

　殿下が首をかしげた。

「ハンバーグは柔らかいが、パンは硬いだろ？　そんな風にパクパク食べられるものではないと思うが……お前、歯が丈夫なのか？」

「人を野獣のように言わないでくださいます？　パンも柔らかいからパクパク食べられますわ！」

　なんせ、うちの料理人が頑張って、私のあやふやな説明で作ってくれたのだから。

「パンが柔らかい？　食べてもいいか？」

「ごめんなさい、もうありませんわ」

　私が食べているハンバーガーが最後だもん。パクリとかじりついて目の前で食べるのを再開する。

　と、何を思ったのか殿下は、私がかじっているハンバーガーの反対側にかぶりついた。

　ぎゃっ！　顔が近い！

っていうか、人が食べてるものにかぶりつくとか、ありえない！

「すげーな、これは本当にパンが柔らかい。それにほのかに甘みもあって……」

「な、何をなさるんですかっ！」

「夫婦になるんだ、問題ないだろ？　二人で仲良く分けて食べるというやつだ」

「は？　婚約はしませんし、だから夫婦にもなりませんし、半分こしませんっ！」

殿下にこれ以上かじられないように、距離を取る。

もう明日には海沿いの別荘に移動するというのに。ダイエットを始めるというのに。

このハンバーガーは「ダイエットは明日から！」って言って食べている最後のごちそうなのに！

「俺に半分よこせ」

殿下が手を差し出した。

「差し上げられませんっ」

取られてはなるものかと、急いで食べようと口に運ぶ。

殿下が近づいてきて、また私のハンバーガーに逆側からかぶりついた。

ちょっと！　慌ててハンバーガーを持って走り出す。

どこの皇太子が、人の食べてるハンバーガーを奪って食べようとするんだよっ！

走って逃げながら食べる。もぐもぐ。

「あー、俺のハンバーガー食べたなっ！」

ふぅ。無事に食べ終わった。ってか、いつからお前のハンバーガーになったんだ！

殿下がガクッと肩を落として、椅子に座った。

「夕飯にハンバーガーを……」

はい？　居座る気？

イーグルたんが殿下にニコニコした顔で話しかけた。

「殿下、二食続けて同じメニューは出てきません。今日はお帰りください」

そうだ。イーグルたんの言う通りだぞ！

「ぜひ日を改めて。次に会うときにはハンバーガーを用意させますので」

ええ？　イーグルたん、何を言ってるの？

「分かった」

殿下が素直に帰った。素直に帰ってくれたけど、そんなこと言ったら、また来ちゃうじゃんっ！

イーグルたんが私にぎゅっと抱き着いてきた。

「明日から、海沿いの別荘にお義姉様と二人で行ける……楽しみです」

あ、そっか。明日にはもうここにはいないもんね。

次に会うのは、何年後になるかしらねぇ？

見てなさい！　その時までには絶対痩せてやるんだから！

毎朝のラジオ体操から始めるわ！

いつからだろう。

期待されるあまり、人の目が怖くなった。

失敗して失望させたらどうしようと、体がかたまり、動けなくなった。

緊張して、怖くて、頭が真っ白になって……。

大丈夫ですよ殿下ならばと言われようとも、人前では緊張してまともに声を出すことすらできなくなってしまった。

ある日、王宮主催の子供たちのお茶会に見慣れない令嬢が参加していた。

「謝ってください」

一度見たら忘れないような鮮やかなプラチナブロンドの少女が大きな声を上げている。

「あら？　いやだわぁ。そんなに怒らなくてもよろしいのでは？　少しぶつかっただけですのに。ああ、怖いわ」

子供なのに濃い化粧をした茶髪の令嬢に馬鹿にされたような眼を向けられている。

「少しぶつかった？　でも、わざとでしたわよね？　私の周りに人はいませんでしたもの。近くを通る必要があるとは思いませんし、わざとぶつかったのですわよね？」

図星を刺されたのか、茶髪令嬢は顔を赤く染めた。

「わ、わざとじゃありませんわ。たまたま近くを通っただけよ、そう、一人でいるあなたが寂しくないかと親切で近くに来てあげましたのよ？」

しらじらしい言い訳を茶髪令嬢が口にする。たまたまと言ったあとに、来てあげたとは矛盾もいいところだ。

「それは、ありがとうございます」

ん？　気が付いていないのかプラチナブロンドの少女がにこりと笑った。そして、手に持っていた皿をずいっと茶髪令嬢に向ける。

「ですが、たとえ親切でこちらに来たとはいえ、ぶつかったら謝るのが筋ではありませんこと？お皿の上のお肉を落としてしまいましたのよ？」

ぷっと、茶髪令嬢が笑った。

「あらいやだわ。まさか、怒っていらしたのは肉が落ちてしまったからでしたの？　食べ過ぎずに済んで、ちょうどよかったんじゃありませんこと？　ふふふ、ふふ。ドレスがはちきれるのを止めたのですもの、お礼を言っていただきたいくらいですわ」

茶髪令嬢の発言に、周りに集まった令嬢や子息たちから笑いが漏れている。

確かにプラチナブロンドの少女は他の令嬢に比べて少しふくよかではある。

少女は、茶髪令嬢をにらみつけると、強い口調ではっきりと言った。

「謝りなさいと言っているのです」

あまりの迫力に、茶髪令嬢が笑いを止めて顔を白くする。

「な、何よ、たかが肉の一つや二つ。新しいものを持ってくれば済む話でしょう？」

確かに、少女は自分の思い通りにならなくて喚き散らしている癇癪持ちの子供に見えないこともなかった。

「たかが肉の一つや二つと、おっしゃいましたか？　そのたかが肉の一つが食べられなくて命を落とす者もいるのですよ？」

心に少女の言葉が突き刺さる。

「謝りなさい！　食べ物を粗末に扱うような行為をしたことを！」

少女が皿を茶髪少女の鼻先に突きつける。

光を受けプラチナブロンドの髪がキラキラと光っている姿は、なんと神々しいのだろう。

癇癪なんかではなかった。正しいことをまっすぐに相手に伝えているだけだ。

かっこいい……。

なんて素敵なんだろう。

失敗を恐れて何も言えずにびくびくしている自分が恥ずかしくなった。

プラチナブロンドの美しくかっこいい少女に、僕の目はしばらく釘付けになった。

見ているだけで胸がどきどきしてくる。

「はっ、生意気ね。私を誰だと思っているの？　お父様に言いつけてやるからっ！」

いけない。子供のしたこととはいえ、出てくる親もいる。

「ええ、言いつけてくださって構いませんわ。ドゥマルク公爵令嬢フローレンにわざとぶつかって怒らせてしまった、と」

公爵令嬢？　彼女が！　ハンバーグを生み出したという令嬢か！

俺の大好物ハンバーグの産みの親！

話しかけたい。

だけれど、お茶会にはたくさんの人が来ている。

人の目が怖い。話しかけたいのに、うまく声を出すことができる自信がない。

そう思ったとき、お母様が教えてくれた言葉を思い出した。

「大丈夫よ。人だと思うから怖いの。みんなカボチャやジャガイモだと思えば」

「お母様、カボチャもジャガイモも動いたり話しかけたりはしません」

お母様が、確かにそうねと首をかしげてから、口を開いた。

「じゃあ、そうね。豚だと思えばいいのよ。緊張して人の顔が見られないなら、相手は豚だと思えば」

「豚、ですか？」

そうだ、周りにいるのは人間じゃない。令息でも令嬢でもない。豚だ。豚。豚。

バクバクと心臓が波打ちだした。

大丈夫。声をかけて、名乗って、それから……。

勇気を出すんだ。緊張で汗をかいた手をぐっと握りしめて、彼女に近づく。

「お、おい、豚」

――、そうして、彼と彼女の話は始まった。

第四章　学園での再会

あれから六年。

領地に引っ込んで生活してたけれど、貴族子息令嬢の義務として通う王立学園に入学するため、戻ってきた。王都へと。

そして、今日はその学園の入学式。

豪華な正門の前に立ち、奥にそびえる校舎を眺める。

「まぁ、あの方はどなたかしら？」

「何と美しい」

「お茶会などで見かけませんわね？」

「今年入学するご令嬢であのように美しい方の噂は聞いておりませんわ」

ふっ。ふふふふっ。

だぁれも、私が六年前に豚と言われるほど太っていた公爵令嬢フローレンだって気が付いてないみたいね？

そうよね。領地に引っ込んで、ダイエットしたもの。完璧な天使ボディを取り戻すために。

いや、まぁ、私は所詮悪役令嬢として幽閉されるために生きてるから、別に太ってようが構わないんだけれどね。

「お義姉様、美味しいです」と、一緒の物を食べてニコニコ笑う天使が私にはいるのよ。

その名はイーグルたん。

将来、イーグルたんが豚公爵だなんて馬鹿にされるのだけは我慢ならないっ！

そのために、イーグルたんのかんっぺきボディを取り戻すために、頑張った。

幸いにして、公爵家の領地は海沿いの土地。魚介類はダイエット向きの食材！

海の幸万歳！　カニは美味しかったなぁ。昆布で出汁を取ったスープも深みがあった。鶏ガラワカメスープもダイエットには最高だったな。新鮮な魚はちょいと焼くだけでご馳走。

……まぁ、米も味噌も醤油もないので若干物足りなかったけれど。

ダイエットといえばオートミール。オートミールを米化してご飯の代わりに食べたよ。

ん？　ありゃ？　六年間の記憶をたどると、なんだか食べていた思い出しかないぞ？

いや、そんなはずは……。記憶の糸をたどる。


『いいこと、私はそのまま食べたいと言っているのよ、切ったら出しなさい！』

『お、お嬢様のご命令でも、こればかりは無理でございます！』

ほら、ちゃんと食べた以外の思い出もある。

料理長との激しいバトル。

『もういいわ！　あなたがやってくれないならば自分でやりますわ！』

『お嬢様、お待ちください。皆、包丁を死守しなさいっ！　それから護衛にお嬢様の行動監視を！

メイさん、すぐに旦那様に連絡をっ』

すぐさま調理場にいた料理人たちが包丁やナイフなどを手に私から遠ざかる。

そして、護衛兵たちがいつでも私の行動を制止できるようにと心持ち近づいてきた。

侍女のメイは、承知したとばかりに大きく頷き調理場を出て行く。

『もうっ！　どうしてよ！　大丈夫だって言ってるでしょ？　新鮮な魚であれば、問題ないの！

この私が言っているのよ？』

『大切なお嬢様に万が一があってはいけません……肉や魚には必ず火をしっかり火を通すというのは、調理人の基本中の基本です』」

料理長の言葉に、調理人がうんうんと頷いている。

争うこと三年。刺身抗争に、私は勝利することができなかった。


断罪されて幽閉されるならば、海沿いの町の修道院がいいわね。

新鮮な魚を差し入れてもらって……。幽閉されてる身なら、護衛の監視も緩むでしょうし……。

ぐふっ。ぐふふっ。刺身を食べるわ！　海沿いの修道院に幽閉されて、自堕落な生活をしながら刺身を食べるわ！　なんて素敵なんでしょう！

ああ、それまでに山葵とか醤油が見つかると嬉しいなぁ。想像だけでよだれが出そう。

「豚だろ」

そうそう、ワサビは肉の防腐にも使えたはずよね。水に溶かして肉を浸してから引き揚げ、ワサビ水で、コーティングするとちょっと長持ちするとか。

「おまえ、豚だろ」

は？　私が好きなのは牛肉ですけど？

なんで勝手に豚肉が好きだって決めつけられてるんでしょうね？

声の主を探して文句を言ってやる！

と、校舎に向けていた視線を戻すと、目の前に黒髪に深い緑の瞳のイケメンが立っていた。

あ、この顔。

「こ、皇太子……殿下っ」

なんでこいつがここに！

いや、学園だし、同じ年の皇太子がいるのは当然だけど。たしかゲームでは入学と同時に生徒会長だよね。今ごろ入学式の準備で生徒会室とかにこもってるんじゃないの？

いや、そんなことよりも、だ。

「人違いではありませんこと？」

こいつ、私のこと、豚って言ったわよ。

「私のどこが豚だとおっしゃるのですか？」

何度も鏡を見たけど、もう太ってないわよ！

「俺が、お前のことを見間違えるわけないだろ、ずっとお前のことを思って過ごしてきたんだ」

はぁ？　私のことを思って？　まさか、まだハンバーガーを狙ってたのか？　しつこいな！

「殿下、誰かとお間違えでしょう？　私のどこが豚だとっ！」

きぃーっ！　他の人たちは誰も六年前のコロコロ太っていた私だと気が付かなかったというのに、なぜこいつは……。まだ私が豚に見えるというのか！　失礼な！

「豚……いや、フローレン、お前もずっと会っていなかったのに、俺のこと……覚えていてくれたんだな」

なぜか、文句を言ったら殿下が嬉しそうな顔を見せる。

「それは」

ゲームのスチルで覚えてるから当然だけど。ぽっちゃりしてたのにすっかり痩せてるし！　ダイエットしたのか？

「忘れてもらえると思っていらっしゃるんですか？　女性に向かって豚と罵った行為を。いくら皇太子殿下とはいえ、あまりにも失礼ではありませんこと？　それに、先ほども、また豚とおっしゃいましたわよね？　豚要素が一切ない、私を罵ってどういうおつもりですか？」

おかしいな。ヒロインと出会った後は、ヒロインを愛するあまり私を疎ましく思って罵るようなこともあったと思うけど……。まだ、何もしでかしてないのに……。

いや、待てよ？　幼少期のハンバーガーを分けてあげなかった件を恨んで根に持ってる？　根に持ってるのはこっちだよ！　豚とか言うか？　まぁ、おかげで現実に目を向けてお父様とイーグルたんの豚公爵と呼ばれる未来を回避できましたけども！　ちょっとは感謝……して……なくも……なかったこともないような、ない……ような……。ないわ！

再び豚と言われたことで、わずかな感謝の気持ちも吹っ飛んだわ！　ぶひーっ！　って、鼻息とともに吹っ飛んだわ！

「それは……悪かった」

殿下が頭を下げた。

「その、言い訳ではないのだが、俺は人前に出ると緊張してしまうんだ……」

言い訳ではないと言いながら、言い訳を始めた殿下を冷めた目で見る。

緊張だ？　割と傍若無人に見えますけどね？　人の屋敷に乗り込んで食べている物を奪ったりとかしたよね？　そっちは謝らないわけ？

「そ、それで……緊張したら、人を豚だと思えばいいのよと教わって……その……」

ああ、そういえば。日本だと、発表会とか人の目が集まって緊張するなら、ジャガイモやカボチャだと思えばいいみたいに言いますよね。この世界じゃ豚かよ。

どちらにしても、ジャガイモもカボチャも豚も、美味しそうだなと思ってよだれが出ちゃう危険がある。どうせなら猫だと思えと教えるべきじゃなかろうか？　モフモフ想像したら、それだけで緊張感のない緩んだ顔になると思うんだ。いや、緊張感なくしすぎもだめなのか？

「き、緊張してしまったんだ。あの時のお茶会では、フローレンに声をかけるのに、その、すごく緊張して……さっきも、俺のこと覚えているだろうか、声をかけたら迷惑じゃないだろうかといろいろ考えたら緊張して……俺は、その、お前を前にすると……」

はぁ？　緊張して、豚だと思ったらつい、豚と声をかけてしまった？

「分かりましたわ。では、新入生を前にして『新入豚どもせいぜい学園生活を楽しむことだ』とでもおっしゃるわけですわね？　それはそれは、殿下の生徒会長としてのスピーチを楽しみにしておりますわっ。では失礼いたしますっ！」

知るか！　私だって、カボチャだと思えと言われたからって「あら、カボチャさんごきげんよう」なんて言ったことないわ！

あ……でも、天使だと思ったイーグルたんに「なんてかわいい天使かしら！」と口に出しちゃったわね？　大天使なお父様に「大天使」と言ったこともあったわ。仕方ない？　仕方ないの？

昔の私ならば、豚と言われても馬鹿にされてる一〇〇%だと思うけど、今のこの完璧ボディを見てもなお豚だと言うのは……確かに馬鹿にする意図があるとは考えられない？　私も怒りすぎ？

「豚が、近づくんじゃねぇ！」

は？　だから、誰ですか！

こんなに完璧ボディな私に向かって豚って言うやつは！

振り返るとそこには、豚がいた。

いや、失礼。こほん。昔の私が成長したかのような、立派な豚ボディのご令嬢がいた。

艶やかなミルキーゴールドの髪に、透き通るような白くもちもちの肌の餅令嬢が。いや、失礼失礼。あまりにも鏡餅体型……げほん、ごほん。

突いたらとても柔らかそうな魅惑的な餅令嬢の前には、赤毛で背の高いやんちゃそうな男の子の姿があった。やたらと脂ぎって、体臭が獣臭そうな近づきたくないタイプの生徒だ。

「ですが、ジョルジ様、入場は婚約者がエスコートすると聞きましたので……」

「はっ、まっぴらごめんだ。お前みたいな豚が婚約者だなんて全校生徒に知られるなんて冗談じゃねぇ」

男子生徒……赤毛猿はジョルジというのか。

餅令嬢はジョルジの言葉に、悲しそうに下を向いてしまった。

うん、うん、分からなくもないよ。学園は一五歳から一八歳の子が通う場所だからね。日本でいうところの高校生だよ。

高校生って「あれがお前の彼女?」「ひゅーひゅー仲いいね!」とかいろいろからかわれたりとか嫌な年齢だよね。

けどさ、恥ずかしさをごまかすために婚約者にひどい言葉をかけるのも違うんじゃないかなぁ。

いや、待てよ?

「もしかして、ジョルジ様は、婚約者を前に緊張していらっしゃるのかしら?」

「はぁ? 誰だよ、緊張なんてするわけなっ」

つい、声をかけてしまった。

不満げな顔でこちらを向いたジョルジが言葉を途中で切って息をのむ。

「あら? 私、先ほど聞いたばかりですのよ? 人前で緊張した時は、相手を豚だと思えと。つまり、あなたは婚約者を前に緊張して思わず豚だと口にしてしまったのでしょう?」

ジョルジ様がぽっかり口を開いた。

「そりゃ、君を前にすれば緊張しない男などいないでしょう。だが、こんな醜い豚のような女を前に緊張するわけがないっ! 親が決めた婚約者ってだけで、近づかれるだけでもうんざりだっ」

私を前にすると緊張する? 悪役令嬢の空気でも出てます? まだ悪役令嬢らしいところを見せたつもりはないですけど? 王都を六年も離れていたというのに、何か噂でも流れてましたか?

まぁ、かなりわがままに過ごしているし。刺身が食べたいからと、屋敷の者たちとバトルも繰り返しましたし。

……うん、わがままで癇癪持ちの令嬢だと噂が流れていても仕方がないですよねぇ。

そんなことよりも、ずいぶんひどい言葉が次から次へと……。餅令嬢は今にも泣きだしそうだ。

はぁーと。ため息が漏れる。

「まぁ、豚と言われても仕方がない体型ですものね。制服もはちきれそうですし……」

私の言葉に、肩を大きく震わせ、餅令嬢がさらに下を向いた。

「だろ？　恥ずかしくてエスコートなんてできるわけねぇよなぁ」

赤毛猿ジョルジの言葉に、はぁーと、再びため息が漏れる。

「そうですわね。本当に恥ずかしい……」

ジョルジがニヤニヤと笑う。

「分かったら、もうあっち行けよっ！」

しっしと、野良犬でも追いやるようなしぐさを餅令嬢にするジョルジ。

悲しそうな顔のまま、その場に立ち続ける餅令嬢にいらだったのか、ジョルジは餅令嬢の肩をドンッと突き飛ばした。

「おら、おら、さっさとどっかへ行って、二度とその醜い姿を見せるんじゃねぇ！」

唾を吐きかけるようなしぐさをして再び餅令嬢を突き飛ばそうと手を伸ばしたところで、スカートのポケットから扇を取り出し、ビシッと、その手を打つ。

「痛っ！　何するんだよっ！」

「あら？　ごめんあそばせ。人を平気で傷つけることができるお猿さんは、痛みを感じないかと思っておりましたわ」

おっとしまった。猿呼ばわりしてしまったわ。これは失礼よね、お猿さんに。

それに、これじゃあ、人のことを豚と言う人間と同じじゃない。私も子供ね。

失敗したわ。同じ土俵に下りてどうする。でも、ちょっとばかり頭に来たのよ。

「は？　誰が猿だっ！」

ジョルジが顔を真っ赤にして怒っている。

「……なぜ、怒るのかしら？　豚のように見えるから婚約者のことを豚だとおっしゃるのであれば、猿のように見えるあなたが猿だと呼ばれて怒る筋合いはないのではなくて？」

ジョルジが言葉に詰まる。

「こ、こいつが豚なのは、誰が見たって一目瞭然だろう！　俺は、猿などと言われるような容姿はしてないっ！」

ジョルジの言葉に、ふんっと馬鹿にしたように鼻を鳴らす。

うわ、私ってば悪い女。いえ、でも悪役令嬢ですから、私らしいとでも言えばいいの？

……うん、でもイーグルたんの前では見せたくないわね。

「勘違いなさらないで。確かに容姿も猿に近いように見えますけれど、猿に見えたのはその中身ですわよ？」

「はぁ？　中身だ？　俺は猿みたいにキーキーわめいてるとでも言いたいのか！」

なるほど。その視点はなかった。

確かに、キーキーうるさいと言えばうるさい。自覚があるならやめればいいのに。まぁ、それを考えられるだけの脳みそが足りないのでしょうね……。

「いいえ、とても人間とは思えないほど考えが足りないところが猿みたいだと思ったのですわ」

まぁつまり、おバカさんってことね。

「な、なんだとっ！　俺のどこが馬鹿だっていうんだ！」

「婚約者をエスコートして入場するのが通例であるというのに、それを拒否なさるところですわ。それを見た皆がどう考えるかお分かりになりませんの？」

「馬鹿はお前だろう。俺は見られたくないんだよ！」

言葉遊びをしてるんじゃねぇぞ、ごらぁ！

「本当に、分からないのですわね？　あなたが誰か、婚約者が誰かなんてすでに皆様はご存じでしょう？　今は知らなくとも学園生活を送れば噂は広まりますわよ。入学式にエスコートしなかった話も瞬く間に広がるでしょうね」

それがどうしたという顔をジョルジがしている。

「あなたが、婚約者のことを疎ましく思っていることはご家族もご存じなのでは？　それなのに婚約解消の話が出ないということは、それができないということなのではありませんの？」

「ああ、そうだ。あんな豚と結婚したくねぇと言ってもそれはできない、結婚さえしてしまえば愛人でも何でも作ればいいだろと言われてる」

……愛人を作るという言葉に、餅令嬢の肩が揺れるのが見える。

まったく、言わなくてもいいことをペラペラと。しかし、親もそろってクズなのか。

「婚約解消できない理由、結婚しなければならない理由があなたの家にあるのでしょう？　それなのに、不仲を見せ、それを広めるような行為をするなんて愚かだとしか言いようがありませんわよ。それを理由に婚約解消……いいえ、婚約破棄されてもよろしいの？」

ジョルジははっと馬鹿にしたように笑った。

「婚約破棄だ？　この女が俺を捨てるわけねぇだろ。新しい婚約者が見つかるわけもないしな。金がなけりゃ俺だってとっくに捨ててるし」

ああ、なんて愚かな……。

「お金が理由で婚約したということですのね……。そう、あなたの家は、彼女と婚約することで彼女の家から金銭的支援を受けていると……」

「そうだ。じゃなきゃ、侯爵令息の俺様が、子爵家の豚と婚約なんてするわけないだろう」

そういうこと。餅令嬢に話かける。

「相手が侯爵家だから、子爵令嬢のあなたは暴言に耐え、金までむしりとられても従うしかない……ということかしら？　そうよね。猿のことが好きで婚約してるわけないわよねぇ。こんなおバカなお猿さん、頼まれても私は絶対に嫌だもの」

あーいやだいやだ。まぁ、誰とも結婚せずに修道院に幽閉されて自由気ままに引きこもり生活を送るつもりだから、お猿さんじゃなくても嫌なんだけど。

でも、こんなＤＶクズ男と結婚なんて何億円つまれてもごめんこうむる。

「お前、何様だ？　俺は侯爵令息だぞ？　ちょっとかわいいからっていい気になるなよ！　子供お茶会で見たことがない顔だから、どうせ田舎者で王都まで来る金もないような貧乏貴族なんだろうっ！　侯爵令息の俺に逆らってただで済むと思うなよっ！」

まぁ、何を言い出すのかしらね。お猿さんってば。

「あら？　確か学園在学中は、身分に関係なく過ごせるのではなくて？」

勝ち誇ったような顔を私に向けた。

「馬鹿はお前だ。そんなの建前に決まってんだろ！　本気にして皇太子殿下に唾でも吐きかけてみろ、学園在学中は不問とされても、卒業後どういう扱いをされるのか、想像もできないのか？」

本当に、おバカさんよね。そう思っているなら、誰か分からない相手に対して好き勝手しなければいいのに。

「あら？　そうなの？　教えてくださってありがとう」

素直にお礼を言っておこう。

「ははっ！　謝ったって許してやらねぇからな！　侯爵家に盾ついたんだ。そうだな、俺の言うことを何でも聞くっていうなら親に言わずにいてやってもいいぞ？　なんなら愛人にしてやるよ」

ジョルジが私の手をつかもうと手を伸ばしてきた。

バシッ。

閉じた扇で手を払いのけると、そのままバサッと美しく扇を広げて口元を覆う。

「私は、お父様にあなたのことはお伝えいたしますわね。学園で身分は関係ないのは建前だと知ったうえで、公爵令嬢である私に不埒な行いを要求したこと」

ジョルジがぽかんと間抜け面をした。

あらやだ。脳みそに情報がまだ行き届いていないのかしら？

「私、先日までドゥマルク公爵領で過ごしておりましたのよ。ああ、まだ自己紹介もしておりませんでしたわね。私、宰相である、アルフレッド・ドゥマルクが娘フローレンですわ」

ジョルジがパクパクと口を酸欠の魚のように閉じたり開いたりしている。

顔色もお猿のように真っ赤だったのが、魚のように青くなってきている。器用ですわねぇ。

「それにしても、まさか、学園で身分によって態度を改めないといけないなんて……知りませんでしたわ。めんどくさいのですわねぇ……。はぁ～」

めんどくさいけど、まぁどうせ私は悪役令嬢。嫌われたって問題ないし。

適当にわがまま放題過ごせばいいんだったわ。

パタパタと扇をあおいでため息をつくと、ジョルジがなぜか土下座している。

何してるんだ？　と首をかしげたところで鐘が鳴る。あら、入学式に遅れてしまうのでは？

ジョルジを無視して急ぎ足で講堂へと向かうと、少ししてパタパタと足音が聞こえてきた。

「あ、あのっ！」

餅令嬢だ。追いかけてきたみたい。

「助けてくださって、ありがとうございます」

ん？　助けたって言うの？　だって、結局エスコートしに来ないじゃない？

「助けてなんかいないけれど？」

「でも、豚だと罵られているのを……その……かばってくださいました」

「あら？　豚だと言われるのは嫌いでしたの？　あなたは豚だと言われるのが好きなのかと思っておりましたわ」

餅令嬢が驚いた顔をしている。

「だって、豚だという自覚がありながら、罵られていると分かっていながら、それほどまでに立派な豚になっているんですもの。好きでなければ豚でい続けることなんて、私にはとても……真似できませんわ」

現代日本と違うからね。

この世界のまずい食事をブクブク太るまで食べるなんて結構大変よね？

まぁ、私はやってしまったけど。イーグルたんにいろいろ食べてもらいたくて。現代知識でいろいろやってしまったけれど。

「それとも豚だと言われて傷ついている自分がかわいいのかしら？　そういうの、悲劇のヒロイン症候群って言うんですよ？　私って不幸だわとアピールすることで満足感を得る人のことよ。そのために、醜い姿でいるの？」

実際いるのよね。なんで、あんな男と別れないの？　って言うことあるでしょ？　耐え忍ぶ自分が実は好きだっていうパターン。

かわいそうにと言われることに満足感を得る。こういう人には同情的な声などかけない方がむしろ正解なのよね。

「わ……私……好きで太ったわけじゃ……」

あれ？　しまった。これはもしかして、失敗したわ。

「フローレン様のように綺麗な方には分からないのよっ！」

泣いて、捨て台詞を残して、走り去って行った。

それはさておきまして。悲劇のヒロイン症候群だとすると「公爵令嬢にひどいことを言われた私はなんてかわいそうなの！」と喜ばせて症状を悪化させる原因を作ってしまっただけでは……。

「……まぁ、幸せな気持ちになっているなら、悪いことをしたわけでは……ない？」

私は悪役令嬢として名をはせることができるし、彼女は快感に浸れる……。ウインウインな関係？　きっと悲劇のヒロイン症候群であれば「ひどい仕打ちをされている」と言いふらすことが好きだろうし……。

「ねぇ、君がドゥマルク公爵家のフローレン嬢って本当？」

はい？

唐突に声をかけられる。声のした方に視線を向けると、シルバーグレーのストレートロングヘアを一つにまとめた眼鏡イケメンが立っている。

あ、ゲームの攻略対象の一人、公爵令息だ。

宰相であるお父様のライバルで現在は宰相に次ぐ発言力を持つ大蔵相の嫡男。

ゲームだと、イーグルたんが攻略される以外の道では次期宰相はこいつに決まるとされている。

もしかして、もしかしなくても、私が幽閉されることでお父様とイーグルたん失脚だよっ。

って、あかんわ。自分のことしか考えてなかったわけではないけど……正直、領地に引っ込んでた時は政治的なことなんてうっかりすっかり忘れてた。

幽閉引きこもり生活はしたい。でも、かわいいイーグルたんに迷惑はかけたくない。

こ、これは……。頭の中で、上皿天秤の絵が浮かんだ。

右にのんびり幽閉引きこもり生活。左にイーグルたんの輝かしい未来。ゆらゆらと揺れ、あっちに傾き、こっちに傾き……。

「噂というものは当てにならないもんだな……。醜い容姿ゆえに、公爵令嬢でありながら婚約が調わないと言うのはでたらめだったわけだ」

はい？　王都ではそんな噂が？

「これはあれだな。もう一つの噂が当たってるってことか……」

もう一つの噂？　まさか！　結婚したくないし、する気もないってバレてる？

ギクリと身を縮める。

貴族令嬢としての責務の一つ……。貴族の血を絶やさないように努めるということを放棄するのはあまり褒められたことじゃないのは知ってる。

ノブレス・オブリージュ……貴族には貴族の役割がある。

私のような高位貴族の令嬢であれば、結婚とは時に外交。隣国との結びつきを強固にするための手段の一つとなることもある。その結婚をしたくないなんて、貴族令嬢としての責務を放棄していると思われても仕方がないことなのだ。

「ど、どのような噂でしょうか？」

大蔵相の嫡男……えーっと、確か名前はリドルフトだっけか。

「皇太子妃にと望まれ、ほぼ内定している。時期を見て発表するという話だ」

ほっ。なんだ、そんな噂か。

「ありえませんわ。私が殿下と婚約だなんて」

誰かと結婚する気はないし、特にハンバーガーを奪って食べるような男。冗談じゃないっ！

「ふっふふ。そう、殿下を振っちゃうんだ」

振る？　何言ってんの。

「じゃあ、私はどうかな？　殿下の側近候補で、将来有望だよ？」

ニコリと何か裏がありそうな笑いを顔に浮かべる。

うん、知ってるよ。言動の一つ一つが自分のメリットを考えて口にする男だってことはね。ある時ヒロインに「いつも本心を口にできないのは辛くないですか？　私には本当のあなたの言葉を聞かせてください。なんでも聞きますよ」とかなんとか言われて攻略されちゃうんだったっけ？

さて、私に婚約を持ちかける言葉の裏……は。

「私と結婚することで、将来宰相の地位は確約されたものになると思っていらっしゃいます？」

イーグルたんはうちの子だけど、父の実子ではない点でマイナス評価。逆に父の実子である私と結婚すればリドルフトのプラス評価になる。

「随分はっきり言ったね。殿下が言う通りだ」

殿下が言う通り？　ぬぅ、私のこと周りになんか言いふらしてるの？　まさか、奪われたハンバーガーを奪い返して大口広げて三口で食べたとか言いふらしてないわよね？

「じゃあ、私も本心で語らせてもらうよ」

あれ？　ヒロインに言われて本心を漏らすんじゃないの？　今ここで、本心？　いや、これも、本心という名のでたらめ？　あれ？　どっち？

「大蔵相にも宰相にもなりたいとは思ってないんだ。正直、あんな大変な仕事はごめんだよ。いや、ドゥマルク公爵は本当に立派だよ」

そう。お父様はブラック企業勤務並みの過酷な労働をしている。

リドルフトが言うように本当に立派だよ。

そのうえで、ちゃんと私やイーグルたんと過ごす時間も捻出してくれてるんだもん。

まぁ、私たちが領地にある別荘に行ってる時に「会いたい、会いたい、会いたい、会いたい、会いたい」と紙にびっちり書き込まれた手紙が届いたのにはちょっと引いたけど。

馬車で片道一日ちょっとの距離の領地だけれど、往復するだけで三日はかかる。宰相ともなると三日も仕事を休むのは並大抵のことではないようで、三か月に一度くらいしか領地に戻ってこられなかった。

領地運営は、領地を任されている者が行っているんだけど、領主であるお父様の裁量が必要なことも多くて、領地と王都を行ったり来たりしてたな。

……思えば使用人たちにとってもブラック。お父様、宰相辞めたいって会うたびに言ってた気がするけど……。自慢じゃないけれど、お父様は優秀。無能な宰相に変わって国が荒れるなんてぞっとするので「宰相しているお父様かっこいい、そうよね、イーグル！」「はい。僕もお父様のようなかっこいい宰相を目指そうと思います」作戦決行してやったわ。

泣いてたけど、あれはかっこいいと言われて喜んでいたのか、宰相をやめられなくて悲しかったのか、どっちの涙だろうね？

「宰相にも大蔵相にもならないとしたら、何をするつもりなのでしょうか？」

利益追求型リドルフトが、王家を除く最高権力を持てる役職を捨ててまで何をするというのか？

「できれば、のんびりぼんやり空でも眺めていい天気だなとボーっとしていたいけれどね」

は？

「部屋にこもって読書もいいなぁ。美味しい物を食べて、昼寝をして」

思わず素っ頓狂な声も出るってもんですよ。

「はぁ～？　ぐうたら過ごしたいということですの？」

攻略対象の一人。計算高くて自分の利益になることばかりを考えているキャラの本心が……！

分かりすぎる！　同士よ！　おお、まさか、こんなところに同士が！　引きこもり願望を持つ仲間がいようとは！

「ふふ、冗談だよ」

なんですって？　冗談？

「公爵家の嫡男として生まれたからには、貴族としての役割は果たすつもりではいるよ。だが、それが僕にとっては宰相職だとか大蔵相職だとか、国の要職につくことじゃないってだけだよ」

「何をなさりたいのでしょう？」

「うん、やっぱり領地を豊かにしたい。国よりもまず領地運営に力を入れたいんだ。灯台下暗しじゃないけれど、国の仕事に忙殺されて領地をおざなりにしたくはない。もちろん、今も問題なく領地運営はされているけれど、もっと発展させたいんだよ。王都と並ぶ場所に領都がなるといいと思っている」

なるほど。

領地に王都のような場所があれば確かに、わざわざ王都に足を運ぶ必要もないものね。

地方貴族が王都に憧れたり足を運ぶ理由の一つは貴族同士の交流だけれど、実際は物流の問題が大きいもんね。多くの人が住む場所だから、物も集まる。そこに競争が生まれるので珍しい物を扱う人も出てくる。ますますいろいろな物が手に入るようになる。そして新しい物の情報も王都に勝る場所はなくなるわけだ。

ドレスも宝石も美味しい物も、お酒も、娯楽も……。

本は運べる娯楽だからね。私も王都には興味なし。

「領地が豊かになれば、国に治める税の額も上がるからね。めぐりめぐって国を豊かにすることにもつながる。そして、考えたくはないが、有事……戦争で王都が占拠されたときの第二の拠点ともなる場所があれば隣国も攻めにくくなるだろうしね」

うっ、わぁー！　全然ちゃんと考えてた！

リドルフト……ごめん、王都のように楽しい場所を作りたいんだねなんて思ってて。

くっ。領地のことだけではなく国全体のことまで考えて……。ん？　でも……。

「あまり公爵家が力をつけすぎて領地が発展してしまうと、クーデターでも企てているのではないかと疑われませんよ？」

リドルフトがふっと笑う。

「だから、側近になるんだよ。殿下は私に謀反の気持ちがないと理解してくれてるからね」

なるほど。

「あら、でも謀反の気持ちがないと信用させておいて力をつけ、クーデターを起こすつもりでは？」

本心で語らせてもらうと言ったのがそもそも嘘の可能性だってある。リドルフトはそういうキャラだったはずだ。

「くっ、くくく。確かに、そう思う人間がすり寄ってくることもあるだろうね。まぁとにかく宰相になるつもりがあって言ったわけじゃないということだけは信じてくれる？　むしろ、フローレン嬢と婚約すれば、私が宰相になることはないだろうね。逆に、すぐにでも側近の座を下ろされる可能性もあるね」

え？　もしかして、婚約者になったリドルフトには、美味しいハンバーガーをプレゼントする。殿下はお前ばかりずるいと側近をクビにするとかそういう話？　いやいや、さすがにそんなことで側近を辞めさせるようなことはないでしょう？

「殿下の長年の思い人を奪えばそれくらいの報いは受けるでしょ」

くすりと笑ってリドルフトが何かをつぶやいた。

「何をおっしゃったのか聞こえませんけれど、そうやって笑われるのは好きではありませんわ。入学式に遅れてしまいますので、失礼いたします」

馬鹿にされたんだよね？　なんか若干ニヤニヤしてたし。

私に婚約を申し込むつもりもなくてからかっただけ。失礼しちゃうっ！

でも、一ついいことを聞いたわ。領地を発展させる理由。

国のために領地を発展させる……。それをのちの陛下となる殿下も理解して謀反準備だと疑うことがないのであれば……。

うちの領地ももっともっと発展させちゃって問題ないんじゃない？　そうすれば、もし私の幽閉事件で、連帯責任としてお父様やイーグルたんが宰相など国の要職につくことができなかったとしても、豊かな公爵領でブラック労働せずにゆったりと美味しい海の幸を食べて幸せになれるんじゃないかな？

ヒロインがイーグルたんルートに乗れば、国の要職についてめでたしめでたしなんだけども。

ゲームでは私が幽閉されたあとの公爵家の処遇については描かれていなかった。……だから、万が一のことを考えておいた方がいいかも。お父様やイーグルたんを犠牲にしてまで私だけ幸せに幽閉生活を送るなんて恩知らずもいいとこだもんね……。

こうなれば、いろいろ売り込もう。まずは、酵母かな。

殿下を喜ばせるのはしゃくだけれど。

あれだけ殿下がハンバーガーに使った柔らかくてふかふかのパンが食べたいと言うくらいだから、売れる。間違いない。

酵母を売る。作り方は内緒にする。……まぁ、そのうちばれちゃうだろうけど。

まずはパン屋が先か。パンを売る。柔らかい丸パン。そのうち酵母とパンのレシピを売る。どうせいくら秘匿していてもばれていくだろうし。

そのあと柔らかいパンに合うドゥマルク領の特産品を売り込む。あれがいいだろう。あれが。

学園の入学式には親の参加はない。

なんせ、貴族令嬢子息が通う学園だ。国内の主だった貴族が一堂に集まるとなれば、警護面やら席順やらいろいろと対応が大変すぎるからだ。

と、いうわけで、入学式といっても始業式のようなもの。

壇上に校長先生が現れて話をして先生の紹介が行われ、それから生徒会役員の登場。

キャーッと会場から貴族としてははしたないと言わざるを得ない黄色い声が上がる。

おう、攻略対象そろい踏みだなぁ。

生徒会長の皇太子殿下。一年生。

副会長の殿下の側近、次期宰相候補筆頭リドルフト。一年生。……いや、次期宰相候補筆頭はイーグルたんだけどね！

書記の殿下の護衛、次期騎士団長との期待の声が大きな武人レッド。一年生。遠目にも鍛え上げられた体だと分かる立派な体格。

会計は名もなきモブ。来年イーグルたんが入学して、攻略対象四天王生徒会が爆誕する。

人前では緊張してしまうとの殿下の言葉を思い出す。

そういわれて見れば、凛々しく前を向き表情一つ崩さない顔……ではなく、緊張して張り付いた表情しか見せられない顔に見えてくるから不思議だ。

今頃、人じゃない、ここにいるのは豚だ。大丈夫、豚、豚、豚……とか心の中で思っているのかと考えると笑いがこみあげてくる。大量の豚。養豚場か！

隣で熱い視線を送っているあなたも、豚だと思われてるのよ？

黄色い声を上げて今にも失神しそうなあなたも、豚だと思われているのよ？

憧れるような目をして見ている男子生徒も、雄豚にしか見えてないはずよ？

殿下が舞台の中央に立ち、一歩下がった後ろ、左右にリドルフトとルレッドが立つ。

うわー。これは圧巻。さすが乙女ゲームの攻略対象。絵になる。すごい、かっこよすぎる。なんていうか……。恋愛とかはノーサンキューだけど、二次創作したくなる絵面だ。うん、修道院に引っ込んでから二次創作するのもいいかもしれない。目に焼き付けておこう。

殿下が口を開く。

挨拶が始まるぞ。「新入豚諸君、入学おめでとう」と言った時の生徒たちがどんな顔をするのかワクワクしていると、殿下の声が講堂の隅々にまで響いた。

「入学おめでとう！」

あ？　そして、一歩後ろに立っていたリドルフトが次に口を開く。

「学園生活中は、爵位の上下関係なく対話を望んでいる。社交界のように許されるまで発言できないなんてことはない。遠慮なく生徒会に意見を寄せてくれたまえ」

ちょ、まさか緊張してぼろが出ないようにあの一言で終わりなの？

がっかりしていると、次にレッドが口を開いた。

「もちろん、人として恥ずかしい行いは慎むように。いくら不敬に問われないとはいえ、人としての評価は残る。もちろん卒業後も、だ」

あら？　しっかり釘を刺しているわね。

うん、まぁ、逆に言えばそういうルールがあればこそ。公爵令嬢という立場をかさに着て、わがままに振る舞う悪役令嬢ができるというものよ。爵位は関係ないからと、公爵令嬢である立場が全く意味をなさないならただの嫌われ者。クラスでボッチの浮いた存在になるだけだもんね。

三人が壇上から降りた。おーい！　殿下はまじであの一言だけなの？

ちょ！　どういうこと！　私にはあんなにはっきり「豚」って言うくせに、皆には言わないとか！　殿下め！

パン屋を始めても「王族に食べていただくような品ではございませんので」とか言って絶対売ってやらない！　ぷんすかっ！

目の前でおいしそうに食べてやるわ！　あ、そうだ。いいこと考えちゃったぁ～！　生徒会に差し入れしちゃお。王族には食べさせられないと言って。そうね、試作品の味見とか言うのはどうかしらね？　皇太子殿下にそんなことをさせられないと言って、リドルフトとレッドに食べてもらうんだ。くっくっく、指をくわえて美味しく食べるところを見ているがいい！

豚と呼ばれた恨みも、ハンバーガーを奪われた恨みも、絶対忘れないんだから！

入学式が終わり、屋敷に戻る。

「お義姉様、お帰りなさい。学園はどうでしたか？」

馬車を降りようとすると、すかさずイーグルたんが手を差し伸べてくれる。

なんと自然な動きで女性をエスコートできる立派な子に成長したのでしょう。

ぷくぷくな子豚ちゃんだったイーグルたんもかわいかったけれど、ダイエットに成功したうえにすくすくと身長を伸ばしたイーグルたんの美少年っぷりと言ったら。

現在一四歳。前世日本の中学二年生とは全くもって別の生き物だわ。一七、八には見えるよ。日本人換算だとね。

一七〇センチ近くすでに身長はあるし。あ、でもまだ成長期真っ只中なので、最終的には一八〇センチは超えると思う。お父様も一八五センチくらいあるし。

少年から青年へと変わっていく貴重な時間。

「ただいま、イーグル。相変わらず殿下は不愉快な人でしたわ」

豚発言を思い出してちょっとほっぺを膨らますと、イーグルたんが嬉しそうに微笑む。

あれ？　なんで喜んでるの？

「ああ、でも、大蔵相の息子のリドルフト様は思ったよりもいい人でしたわ」

今度はイーグルたんがむっとした表情を浮かべた。

「お義姉様、リドルフト様はそれほど素敵な方だったのですか？　宰相の座を狙っていると噂の人ですよね？」

ああそうか。イーグルたんが宰相を目指しているならライバルになる男だ。

ライバルを褒めるようなことを言えばいい気はしないだろう。

これはいけない。ちゃんと伝えないと。私はいつだってイーグルたんの味方だって言わないと！

「イーグル、リドルフト様に婚約しないかと言われたわ」

イーグルたんが差し出した手にのせていた手を激しくつかまれる。

「お義姉様、まさか、リドルフトと婚約の約束をしたんですか？」

怒りなのか焦りなのか恐れなのか、いろいろな感情が入り混じったような激しい表情をイーグルたんが浮かべる。いや、悲しみなのかな？　ギリギリと力を込めて握られる手。

「痛っ」

いつの間に、こんなに力も強くなったんだろう。男の子ってすごいなぁ。

「あっ、ご、ごめんなさい、お義姉様……」

イーグルたんが慌てて私の手を離し、泣きそうな顔を見せる。

「お義姉様を傷つけるつもりはなくて……その……ああ、お義姉様」

うん、びっくりしたんだよね。悪気がなく、お皿とか落として割っちゃった時のイーグルたんを思い出す。

「ごめんなさい、ごめんなさい、わざとじゃないです。今度からちゃんとしますから、僕を追い出さないで」って、めちゃくちゃ泣いた。

あれは、まだイーグルたんがうちに来て間もないころ。まだ細くて折れそうな体をしてたころだ。

「大丈夫。怒ってないよ」

あの時と同じように、イーグルたんをぎゅっと抱きしめる。

「イーグルは私の大切な弟だよ。大丈夫だからね？　ずっとずっと、イーグルは私の大切な家族。何があっても、あなたの義姉よ」

抱きしめるイーグルたんの体は私よりも大きくなったけれど、やっぱりまだ子供なんだろうなぁ。

子供のときと同じね。不安になって泣きそうな顔をするんだもん。

もうすっかり家族のつもりだけれど、まだイーグルたんは本当の家族だとは思えないのかな？

血のつながりなんてなくたって関係ないのに。

「ああ、そうだ。僕が言ったんだ。ずっとお義姉様でいてくれますか？　って……。あのころは……、大好きなお義姉様とずっと一緒にいるには、それしかないと思っていたから……」

ふえ？

「イーグル、もう一度聞かせて、今、大好きだって言ったわよね？　私も、大好きよイーグル！」

うーん、もう、かわいい義弟だこと！

「う……」

「ねー、ほら、早く聞かせて？」

なかなか大好きって言ってくれない義弟にじれてちょいと顔を上げてイーグルたんの顔を見る。

イーグルたんが真っ赤になっている。

あ、ごめん。思春期の男の子……反抗期の男の子に、家族への愛を叫べなんて無理難題過ぎたか。

「好きだよ……」

小さな声でイーグルたんがつぶやく。

それから、私の背中に回した手に力が入り、強く抱きしめられる。

「好きだよ、フローレン……大好きだ」

私の肩に顎をのせるようにしているイーグルたんの声が耳にダイレクトに届く。

声変わりしかかっているかすれた声。きっと今だけしか聞けないイーグルたんの特別な声だ。

っていうか、お義姉様じゃなくて、名前で呼んだよね。ええ？　これも成長？

「リドルフトと結婚しないで……」

あ、そういえば、そういう話をしてたっけ。

なるほど。イーグルたんってば、私が結婚したら誰かにとられちゃうみたいな気持ちになったのね。うんうん。私もイーグルたんに彼女ができたら複雑な気持ちになるだろうし、お父様が再婚すると言ったら、うまくおめでとうをすぐに言う自信はない。

まずは驚くだろうし、戸惑うだろうし、どんな人間なのかとめちゃくちゃ探りを入れるし。

まぁイーグルたんはヒロインと出会うまで誰かと恋することはないし、ヒロインが相手ならば相手に不足はないのだけれど。

「しないわよ。次期宰相の座を狙って婚約したいって言うの？　と尋ねたら、笑い飛ばしていたわ」

「僕のお義姉様を利用しようとしたのか」

「ふふふ。どうやらそうでもないみたい。ただ、からかいに来ただけだったみたいだわ」

イーグルたんが体を離し、私の両肩をつかんで顔を覗き込む。

「それ、好きな子をいじめたいタイプってこと？」

はい？

「何を言っているの？　好きも何も、初対面よ？　というか、噂の真偽を確認するために来ただけだと思うわ」

本当に醜いかどうかを見に来たんだよね？　噂は当てにならないとかなんとか言ってたし。

「噂？　まさか、美しいという噂を聞きつけて……」

「違うわよ。逆に、醜いから婚約者ができないんじゃないかって噂が立ってるみたい」

イーグルたんの顔が憎悪にゆがむ。ひぃ、怖い。

「み、に、く、い？　僕のお義姉様を、醜いなどと、いったい誰が……」

私のために怒ってくれてる？　にしても怖いよ、せっかくの天使の顔が鬼の形相だよ。

鬼は鬼でも美しさで人を惑わす鬼だけどね！　イーグルたんはどんな顔をしても美しいもん。

「ほらほら、イーグル、話がそれちゃったわ。リドルフトとは結婚しないってとこまで話をしたっけ？　まぁ、婚約とか結婚とかどうでもいい話なんだけどね」

「こ、婚約の話はどうでもいい……？」

「リドルフトと話をして、私は決めたわ！」

そう。本題はこれだ。

「えーっと、決めたとは、何を？」

広い玄関ホールへと足を運ぶ。吹き抜けになった天井には大きなシャンデリア。

くるりとシャンデリアの下で回り、両手を広げてイーグルたんに私の計画を口にする。

「パン屋を開くわ！」

すごいでしょ。ふふふ、公爵領発展のための第一歩よ！

ドヤ顔をすると、イーグルたんがきょとんとしている。

「いったい、なぜ婚約の話からパン屋に……？」


「料理長！　相談があるわ！」

パン屋開店に向けての秘策はあるのよ！

ワクワクしながら調理場へ向かうと、料理長がこわばった顔でこちらを見た。

四〇代の料理長は料理の腕前は確かだし、新しい料理の開発もお手の物だ。私がこういうのが食べたいというざっくりした要求にもよく応えてくれる。……刺身を食べたいという要求だけは受け入れてくれなかったけどね！　ちっ。

「……今度は、どんなゲテモノを調理しろと？」

やぁねぇ。何よその怯えたような顔。

だいたいゲテモノを調理させたことなんてなかったわよね？

ちょっとカニとかタコとかナマコとかアンコウとか料理してもらっただけじゃないの。

しかも、出来上がった後は皆で美味しい美味しいって食べたでしょ？

「パンを焼いてちょうだい！」

「はい？　それはいつものふかふかなパンをということですか？　それはもちろん本日も用意させていただきますが」

うん、実は領地では毎日、ふかふかパンを作ってもらっていた。……食べ過ぎるとダイエットにならないので、和食風な魚料理のときはオートミールだったけども。

「違うの、パン屋をするから、たくさんパンを焼いてほしいのよ！」

料理長が青ざめる。

「パン屋を……用意するから、私はクビでそこで働けということでしょうか？」

「お嬢様！　料理長をクビにしないでください！」

「そうです！　生の魚を食べさせなかったからといってひどいです！」

「僕たちは料理長に付いていきます！」

「いくらお嬢様がおっしゃろうと、旦那様に抗議させていただきます！」

「そうだ、料理長は僕たちが守る！」

あっれぇ？　なんで、料理長を私が理不尽にクビにする流れになってるの？

あ！　もしかして、これって「悪役令嬢補正」なのかな？　うん、なら仕方がない。

「クビじゃないわ！　パン屋は別の者を雇って営業するのよ！　料理長にしてほしいのはそのパン屋で売る商品開発の手助け！　私が満足するようなパンを焼けるのは世界中で料理長だけだと信じ

てるわ！」

私の言葉に、料理長が涙目になっている。

「う、うう、お嬢様……そこまで私の腕を信用してくださるのか……」

「料理長！　さすがっす！」

「僕も世界で一番料理長が料理上手だと思っています」

「パンの開発のお手伝いをさせてください、料理長！」

料理人たちが料理長を取り囲んでワイワイやっていると、料理長はぐっと顔を上げて、私に挑むような顔をする。

「お嬢様はどんなパンをお望みで？」

ふっ。その顔よ。その顔。

タコでもナマコでも、はじめはぎょっとするもののすぐに美味しい料理にしてやると、戦士のような顔になるのよね。

「まずは、これを使って作ってもらうわ」

領地から持って帰ってきた瓶の蓋をぽんぽんと叩く。


「入学式はどうだったんだい？」

お父様はどれほど忙しくても夕食には姿を現す。王都に帰ってきてから五日間。毎日だ。お城と屋敷が馬車で十分ほどのため、食べたらまた仕事に戻るというブラック労働中。

「ええ、特に何もございませんでしたわ」

皇太子殿下に豚って言われたくらいで、事件らしい事件もなかった。

イーグルたんが綺麗な目をギラリと光らせる。

「お義姉様、何もなかったことはないでしょう？　義父上に心配をかけまいと報告しないつもりですか？」

ん？　豚って言われたこと？　ちゃんと自分で仕返しするから大丈夫だけど？

「何？　フローレン、私に心配をかけまいと……辛い思いをしたのに、黙っていようなどと……なんと父親思いのいい子なんだ……」

目を潤ませる大天使イケメンお父様。

うん、領地に姿を見せるときは日に日にやつれていたけれど、私とイーグルたんが戻ってきて数日でお顔がつやつやしてきましたよ。

そりゃそうよね。一緒に戻ってきた料理長がスペシャル料理を用意してくれてるんだもん。

「それで、何があったんだ？」

私が何か言う前にイーグルたんが熱のこもった声で報告した。

「大蔵相令息リドルフトがお義姉様に婚約を申し込んだらしい」

ポロリと、お父様の持つフォークからミルフィーユ牛カツが落っこちました。

そう、硬いお肉は何もミンチにしてハンバーグにするだけが柔らかく食べられる方法じゃない。

薄切りにして重ねてミルフィーユ状にすれば柔らかく食べられるのよ。適当に脂身を間に挟むと、ちょっぴり霜降り風にもなるし。

そして、カツには料理長に何度もだめ出しをして作ってもらった特製カツソースがかかっている。

ソースよ、ソース。醤油は発酵食品だから再現が難しいんだけれど、ソースはそれっぽいのができちゃいました。野菜と果物とスパイスを煮ればいいんだもん。ただ何を使ってどう配分するかがさっぱり分からなかったので……。そういや料理長泣いてたな。ごめんよ。

「な、な、なんだって、あのクソガキ……私の大事なフローレンを汚すとは！」

いやいや、汚されてないって。どういう思考回路してるのかな。

「それで、どうなったんだ？」

お父様の言葉に、イーグルたんが答える。

「お義姉様は、リドルフトの婚約を断ってパン屋を始めるそうです」

お父様がカシャンと音をたてて、左手に持っていたナイフを取り落とした。

「すまん、イーグル。私には、その、クソガキの婚約を断ることと、パン屋を始めることのつながりが全く分からないのだが……」

「義父上、僕にもお義姉様のお考えは理解できません」

ちょっと、二人が残念な子を見るような目つきで私を見てるわ。

なんで？　分からないとか理解できない方がかわいそうなんじゃないの？　どうして私が残念な子になってるの？

しかし、そういう顔してるとそっくりよね。本物の親子みたい。ふふふ。

「リドルフト様がおっしゃったのよ。将来宰相になりたいから私と結婚したいのかと問うたら、宰相になると忙しくて領地運営が満足にできない。だから、宰相になりたくはないと」

お父様がちょっと悲しそうな顔をする。

「……確かに、領地のことは二の次になってしまい、現状維持がやっとだ。領民にも申し訳ないことをしているな……」

慌てて首を横に振る。

「いいえ、お父様、現状維持でも十分ですわ。だって、すでに領民たちは、飢えることもなく幸せに暮らせているんですもの。宰相職をしながらこれほどの領地運営をできるお父様は素晴らしいと思いますわ！」

私の言葉にイーグルたんもうんと頷いている。

「ですが、リドルフト様がおっしゃったんですのよ。王都に次ぐ国内第二の都市を領地に作るつもりだと」

イーグルたんが苦虫を噛み潰したような顔をする。

「第二の都市はドゥマルク領都ですよね？　それを追い抜こうというのですか？」

ふふっと笑う。

「それを聞いて、私、決意いたしましたの。お父様が宰相職で忙しいというのであれば、私とイーグルで領地を発展させていこうと」

お父様がさらに目をウルウルさせ始めた。

「産業を興し、まずは王都へと売り込み、各地へ。いえ、国外への輸出もして発展させようと思うのですわ」

「お義姉様、パン屋を始めるというのは、柔らかいパンを王都に広めて売り込むためですか？」

イーグルたんに頷いて見せる。

「確かに、このパンを一度食べれば何度も食べたいと思うだろうが……。しかしパンを我が領地の特産品にというのは無理があるんじゃないかな？　せっかくの柔らかいパンも日にちが経てば硬くなってしまうだろう？　領地からここまで一日かかるんだ。王都の人の手に渡るまでには二日はかかるだろうから……。私もたくさん持って帰って食べようとしたけれど無理があったよ」

なに？　お父様ったらいつの間に。そういえば料理長がお父様が来た日に大量にパンを焼いていたことがあったけれど、王都に持って帰って食べるつもりだったのか……。

硬くなるだけじゃなくて、柔らかいパンはかびたりくさったりしやすいんですよ。そういった面でも主食がパンの国では柔らかいパンは生まれにくかったわけですよ。毎日パンを焼くなんてとてもできないからね。何日か分まとめて焼くなり買うなりして生活してるから。

まぁなので、私が作るパン屋のパンは少しだけ贅沢品。外食用とかお金持ち用。そういう人たちは、すぐに「自分たちにも作れないか」って思うわけよ。

レシピを研究し始めるはずよ。

スパイだの従業員の引き抜きだのあるかもしれない。どうぞ、どうぞ、やっちゃってください。

むしろ、どんどんレシピは広めるつもりだ。そうしなければ、領地の特産品が売れないもの。

ドンッと、領地から持って帰ってきた小瓶をテーブルの上に載せる。

一見すると乾いた砂のようなものが詰め込まれた瓶だ。

「売るのはこれですわ。先日ついに完成し、大量生産のめども立ちましたの」

もともとは幽閉生活後も柔らかいパンが食べたくて作ったものだけれど。まさか領地発展の役に立つとは。

我ながらよく作れたもんだ。ある程度の偶然もあったからだけれど。

小学校のころに工場見学をしたときの知識が役立つとは思ってなかったよ。うろ覚えだったのに、作れちゃった。

お父様が、小瓶を手に取って顔に近づけて中身を見ている。

「何だい、これは？」

瓶を振ると、中の砂のような細かな粒がサラサラと揺れる。

「リンゴやレーズンから作った酵母から、質のいいものを取り出して培養し、遠心分離して取り出した後に洗浄脱水したものを乾燥させたものですわ」

お父様がイーグルたんの顔を見る。

「えーっと、リンゴやレーズンがブクブクとしている瓶からスプーンですくったものを、蜜の入った桶に入れて、何日かニヤニヤしながら眺めたあと、使用人にものすごい勢いで桶を振り回させていました。そのあとにその色の部分を取り出して洗ってから天日に干していたのですが」

うん、イーグルたん、製造過程はほぼその通りなんだけど、ニヤニヤしてた？

「で、その、これは何なのかな？」

おお、そうでした。この世界になかったものを作り出してしまったのです。名前を正確に伝えるのは私の役割。

「ドライイーストですわ」

そう。私が作ったのは酵母のその先。イースト菌だ。生イーストでは日持ちしないためドライイーストにした。これがあればいつでも酵母を作る過程を経ずに膨らんだパンが作れる。

あ、もちろん膨らんだパンは発泡酒を酵母の代わり……つまりエールなんかで簡単にできちゃったりするからすでに存在してるんだけども。所詮は代用品。酵母はパン作りに特化したものと、いまいちなものがある。何度も酵母を作りパンを焼き、優秀な酵母を培養してイーストを作ったのだ。

「ドライイースト……もしかして、柔らかいパンの秘密はこれか？」

ふっ。お父様、いいことを言いましたわね。

実はドライイーストを使おうと天然酵母やエールを使って焼いても柔らかいパンはできない。膨らんだパンができるだけだ。

柔らかさの秘密は、材料を他にもいろいろ混ぜ込むところにある。保湿力の高い材料、バター、油、蜂蜜、砂糖、卵黄、ヨーグルト、生クリームなどね。

だけど、それを知らない人間に、ドライイーストを使うレシピを広めたらどうなるか。

お父様のように「ドライイーストを使うと柔らかいパンが焼ける」と勘違いする人が出てくるというわけだ。つまり、人々は柔らかいパンが食べたいからドライイーストを買う。ゆえに、ドライイーストが売れるということだ。

「お義姉様、悪い顔になってます」

何？　悪役令嬢顔になってる？　うん、それはゲーム補正だからね。

「ふふふ、お父様、企業秘密ですわ。柔らかいパンを作るレシピとともにドライイーストを広める。そのために、まずはパン屋を開きます。柔らかいパンを作りたいという人が増えてきたころに、ドライイーストの量産もできるといいかと思いますわ。お父様、このドライイーストは領地の特産品になれると思いまして？　温度管理が多少必要ですが遠方へ運ぶことも可能ですわ」

お父様がうんうんと頷いている。

「間違いない。パン屋はいつどこに開く予定だ？　いや、その前にお茶会でも開いてパンを皆にふる舞おうか？　とりあえず王宮で働く者に配ってみるか？　資金は私に任せなさい」

お父様は大変乗り気。ありがたいありがたい。

でも、まだこれは計画の準備段階なのよね。

だって、ドライイーストは作り方がばれてしまえばどこの領地でも材料をそろえて作ることができちゃうんだから。

我が領地にしかできないもので特産品を作らなければ、数十年先……いえ、数年先にも行き詰るだろうし。ふふ。ちゃんと本当に特産品にしたいものは別にあるんですよ実は。美味しいものを皆に食べさせてやりますわよ。無しでは生きられないようにして差し上げますわ！

「ほーっほっほっほ」

あら、失礼。悪役令嬢っぽい笑い方をしてしまいましたわ。

「はーっはっはっは。フローレン、皆がこれを求めて跪《ひざまず》く姿が見えるようだよ」

お父様がドライイーストの瓶を掲げて、悪の総統みたいな台詞を口にする。

「ふふふっ、お義姉様が天下を取る日も近いですね。僕は宰相の座を目指し、陰から支えますよ」

イーグルたんが天使の笑みを浮かべて、悪の組織の参謀みたいなことを言う。

あっれぇ？　ま、いっか。

「お義姉様、行ってらっしゃい……早く帰ってきてくださいね」

学園へ向かう私を、イーグルたんが馬車まで送ってくれる。

「ああ、なんで僕はお義姉様と同じ年じゃないんだろう。まだ入学まで一年もあるなんて……お義姉様と二年しか一緒に通えないなんて……」

寂しそうな顔をするイーグルたんの頭をなでなで。

「土産話を期待してちょうだい」

お弁当の入ったバスケットを掲げて見せる。

「イーグルたん……イーグルもお昼には同じものを出してもらうように頼んであるから。場所は離れていても、同じものを食べましょうね」

イーグルたんって思わず口にしそうになって焦る。さすがに子供扱いしすぎだよね。危ない。

「義父上にも持たせていましたね？　柔らかいパンですか？」

「お昼を楽しみにしてね」

イーグルたんの質問には答えずに馬車に乗り込む。

くっくっく。早くお昼にならないかなぁ～。

「お荷物をお持ちいたしますわ！」

侍女のメイが馬車を降りると、慌てて私のバスケットを持とうとする。

「だめよ、メイ。学園は関係者以外立ち入りが禁じられていますから。侍女を連れていては、公爵令嬢という立場をかさに着て特別扱いを要求しているように思われてしまうわ」

「ううう、ですが、フローレン様にこのような大きな荷物を持たせるなど……」

まぁ、確かに欲張りすぎてちょっと大きなバスケットになってしまったわよね。

「大丈夫よ。パンを皆様に食べていただくためですもの」

そして、柔らかいパンのとりこにしてドライイーストを売り込む。柔らかいパンが定着したところに、ドゥマルクの秘蔵特産品を投入するのですよ。

くっくっく。

「あ、あのっ！」

メイからバスケットを受け取ろうとしたら声をかけられた。

「あら、あなたは」

名前を知らない令嬢がいた。

……名前は知らないけれど、しっかり顔は……いえ、体型は覚えている。餅令嬢だ。

「私に、運ばせてくださいませ！」

「は？　えーっと、あなたは昨日の……」

固い決意を胸に秘めたような表情で令嬢は私の顔を見る。

そして、あまり美しいとは言えないうえに、体のお肉が邪魔をしてふらふらになりながらもなんとか腰を落として礼を取り名乗った。

グラグラしてる。あ、倒れる、倒れちゃうよ！

「コーラル子爵家が長女、ラミアと申します。昨日の非礼をお許しください」

グラグラ……。危ない。

「ラミア、顔をお上げなさいっ」

このままではぶっ倒れちゃうわよっ！　餅令嬢がしりもちなんてダジャレになっちゃうわ！

焦って声をかける。

顔を上げ、礼の姿勢から戻ったラミアはしっかり地面を踏みしめ、ぐらつきは収まった。

よかった。普段使わない筋肉を使ってプルプル震えていることもないわね。

あ、いやでも、顔がプルプル震えている。

「お許しくださりありがとうございます」

と、待って、私は何を許したの？　昨日の非礼って何？

「わ、私のことを、豚だと罵ったフローレン様をひどい人だと思い、睨むような真似をしてしまい……本当に申し訳ありませんでした……」

……あれ？　それって、私の方がひどいことしたことにならない？

なんで謝られてるの？　もしかしたら、遠回しの嫌味？

「私……聞いたんです。フローレン様は昔、私のように太っていたと」

誰に聞いたんだろ？

「そして、フローレン様に言われた言葉を思い出しました。豚だと言われるのが好きなのかと思っておりましたわ……という言葉。馬鹿にされているのだと思って傷ついた私に、ひどいことを言われる自分が好きなんじゃないかとも……」

言ったわ。悲劇のヒロイン症候群かなと思ったからね。

「その言葉の真意は、豚だと言われて傷つくならなぜ痩せないのかということですね。太ったままでいるということは、豚でいることを私が選んだと。同じように太っていたのに、痩せたフローレン様からすれば、そう見えるのは当然です」

うん？

「弟子にしてください！　厚かましいお願いだとは思うのですが、私、痩せたいのですっ！　……どうしたら痩せられるのか教えてくださいませ……師匠！」

ちょっと待って。餅令嬢あらためラミアさん。

弟子にしてくれって、まだ、いいわよと言ってないのに、師匠と呼ぶとか押しが強すぎません？

お猿令息ジョルジに言いたい放題言われているときは、もっと大人しそうな子に見えたけれど。

「今までのように、豚だと言われても、ひどいことを言う相手を心の中で責めるのは嫌なんです。私を傷つける言葉を言う相手が悪いと思っていました。フローレン様に言われて目が覚めました。相手を責めるばかりで私は何も変わろうとしなかった……。痩せたいと思っても、痩せるための努力をしようともしなかった……師匠、痩せたいです」

くっ。

まるで「先生、バスケがしたいです」みたいな顔しやがって！　そういうのに弱いんだよ。

確かに、痩せたいといってもダイエットなんてこの世界にはない。どうしたら痩せられるかなんて知識は広まっていない。太けりゃコルセットでギューギュー締めて細く見せようとか、食事を抜こうとか、体に悪い方法しかない。そりゃ、痩せたいけど行動に移すのは厳しいよねぇ。

「あなたが痩せたとして、私に何の得がありますの？」

悪役令嬢なのでね。人助けとかするキャラじゃないのよ。

「え？」

ラミアが驚いた顔をしている。

「あ……あの、わ、私、なんでもいたします！　どうぞフローレン様の手足として働かせてください。学園では侍女の代わりにしてください。あの、荷物もお持ちいたしますし、どのような雑用でもご命じいただければ……」

別に、現代日本人が中に入っているので、パシリなんていらないんですよねぇ。基本、なんでも自分でするし。

「結構よ。弟子を取る気などありませんもの。痩せたいのならば、食事の量は学食の一人前を少し減らしてもらうことね。それからお菓子などの間食は三日に一回。あとは運動よ。乗馬とダンスでもなさい」

バスケットを持って移動しようとしたら、私の前にラミアが立ちふさがり、バスケットの持ち手に手を伸ばした。

「フローレン様っ、なんとお優しい！」

ちょっと待って。なんで優しいなんて言葉が出てくるの？　悪役令嬢よ、私。

今も、弟子になんてしてやらないよ、あっかんべー！　って断ったわよね？

「子爵令嬢など小間使いのようにこき使われても当たり前だと言われておりますのに……。何も見返りを要求することもなく……痩せる方法を教えていただけるなんて！」

まるで、雷に打たれたような衝撃を受けた顔をするラミア。

「フローレン様、私、フローレン様に一生ついていきます！」

……いや、ついてこなくていいよ？　修道院に行くつもりだしさ。

迷惑そうな顔をすると、私たちのやり取りを見ていたメイが口を開いた。

「お嬢様、公爵令嬢ともあろうものが、大きな荷物をご自分で運ぶなどどのように噂されるか分かりません。ややもすると、公爵家は身の回りの世話をする令嬢すら用意できなかったのか、何か問題があるのかと、いらぬ悪評が立ってしまいかねません」

わがますぎて、手に負えないとか？　それ、本当のことじゃない？　結構私、わがまま放題よ？

「別に、なんと言われようとかまいませんわ」

殿下に豚と言われるのだけは腹が立つけれども！

「フローレンお嬢様、来年入学なさいますイーグルお坊ちゃまがその噂を聞いたらどうなさるか、考えてくださいませ」

あの義姉にしてこの義弟ありとか、イーグルたんまで皆に馬鹿にされる可能性があるということ？

「血の雨が降りますわ……きっと、学園に……」

小さく震える侍女。

血の雨？

ええ、私、きっと血の涙を流しますわね。私のせいでイーグルたんが辛い目にあったら。……でも雨なんて大げさよね。とはいえ、そうか。イーグルたんが入学してどれほど素晴らしい人間なのか皆に知ってもらってから、私は本格的に悪役令嬢になった方がいいわけね。それまではその辺にいそうな、高位令嬢だからってちょっとわがままよね程度にとどめておくのが得策。

で、その辺にいそうなちょっとわがままな高位令嬢ってどんな感じだっけ？

えーっと、派手なドレスを身に纏い……制服だから無理よね。

扇で口元を隠しながら、高らかに笑う……実践してるわ。

背後に取り巻き令嬢を二、三人引き連れて……！　こ、これだわ！

「取り巻きになりたいと言うのであれば、許しますわ」

「は、はい！　ありがとうございます！」

ラミアは張り切って私の手からバスケットを奪い取った。

「ラミア様、くれぐれもお嬢様をよろしくお願いいたしますわ。お嬢様に何かあれば、命はないと思ってください。もちろん、一家もろとも無事でいられると思わないことです」

ちょっとぉ、メイったら。大げさだわ。

「そ、それは……あの噂は本当と言うことですか？　（フローレン様は、皇太子殿下の婚約者に内定しているという……）」

ラミアの表情が引き締まる。

「ええ、噂以上だと考えてくださいませ（旦那様とお坊ちゃまのフローレン様溺愛っぷりは）」

メイがラミアに深く頷いて見せた。

「い、いやですわ。噂など、ただの噂ですわ（まさかぐーたら引きこもり修道院生活を目指しているのは噂になってないですよね？）」

三人が謎の笑いを漏らす。

「おほほほほ」

「うふふふふ」

「あははははは」

鐘の音が聞こえてきたので、慌てて校舎へと向かう。

ラミアはバスケットを持って私のあとをもちもちとした足取りでついてきた。

白くて柔らかそうなほっぺた。取り巻きになるなら、触らせてもらってもいいかしらね？

と、ラミアの顔を見ると、ラミアが嬉しそうに微笑んだ。

あれ？　この笑顔、どこかで見たことがあるような？　誰か、知ってる人に似ている？

「フローレン、お前その後ろの……」

教室に入ると、殿下が今日は名前で呼んできた。そして、すぐに私の後ろにいる餅令嬢ラミアに気が付き視線を向ける。

慌てて、殿下に近寄り、他の者に聞こえないように耳元で話しかける。

「まさか、彼女に豚って言うつもりではありませんわよね？　許しませんわよ」

「俺は、誰かれ構わず豚なんて言ったりしない。き、緊張する相手にだけだ」

私は、特別に豚と言われてるってこと？　どんな特別だ！

殿下の言葉を無視して、横を通り過ぎ、席に着く。

自由席になっているので、どこでもいいのだけれど。だいたいは、位の低い者が前方で、位が高

くなるにしたがって後方。階段状の席になっているため、前は低く、後ろは高い。位の高い者が見下ろされるのを好まないためらしいけども。

暗黙の了解ってだけで強制ではない。ゲームの中でも、男爵令嬢のヒロインが一番前に座り、公爵令息のイーグルたんがその隣に座るシチュエーションもあった。学年をまたいでの授業では、殿下が一番後ろの自分の隣にヒロインを座らせることもあった。

とにかく、一番後ろはおのずと殿下とその側近が座るわけでしょ？

近づきたくない私はそんな場所に座りませんとも。

真ん中の段あたりの窓際の日当たりがよさそうな席に座る。ラミアは私の前の席に座った。

ざわざわとそれを見て教室の中が騒がしくなる。好きな席に座っただけで噂されるとか、めんどくさいよね。

後から入ってきた生徒たちは、私よりも前方の席に座っていく。

勉強熱心な生徒が多いのか、教室の前方の席はぎちぎちにつまっていた。後ろの方はガラガラだから移動すればいいのに。

「本当にあの方が公爵令嬢のフローレン様？　六年前の姿からは想像もできないわ」

「むしろ男爵令嬢ラミアの方が……いや、今は子爵令嬢だったか」

「まさか、あんな子を伴うなんて。先を越されてしまったわ。フローレン様に取り入らなければ」

「ラミアよりも伯爵令嬢の私の方が、フローレン様にはふさわしいわ」

「あんなデブ、ろくな働きもできないくせに。生意気だわ。フローレン様に近づくなと釘を刺さなければ」

チラチラとこちらを見ながら何か話をしている。ラミアはぎゅっと体を固くして俯いている。

まぁ、視線の多くには悪意を感じるけれどね。何を言ってるのか知らないけれど、どうせろくでもない話よね。悪役令嬢を貫くつもりだから、いちいち気にしないけどさ。

授業は気が抜けない。黒板がないのだ。黒板が！

そして、教科書も学校の備品。本は高価なうえに、一つ一つが大きくて重たい。

とても何教科も持ち歩くのは無理だ。その結果、学校で使う教科書は学校の備品。必要な人は家用に高い教科書の写本をそろえる。

つまり、教科書に書き込めないし、板書もないので先生が話をしていることを聞きながらノートにメモしていくしかない。

くっ。中にはぼそぼそと小さな声で何を言っているのか分からない先生もいる。

なるほど。声を聞き洩らさないようにしようと思ったら、前方の席に座るしかないわけね。

しくったわ。明日はもうちょっと前の席に座りましょう。

私、勉強好きなのよ。もちろん学生のころはあんまり好きじゃなかったけどね。大人になって「もっと勉強しておけばよかった」って気持ちを経験すると、勉強が一気に楽しくなるのよ。しかもこの世界って娯楽が少ないから、知らないことを教えてもらえる機会ってめちゃくちゃ貴重なわけよ。

それにしても、前の方の席に座っているくせにおしゃべりしてるあいつら何？　うるさくて先生の声が聞こえないわ。

赤いリボンの女と、赤い髪の男。いちゃこらしてんのか？　って、赤い髪の男はジョルジじゃない？　どういうこと？　婚約者はラミアでしょ？　浮気か？　あんなに堂々と？

いやもう、そんなことより、うるさいっ！　授業中やぞ！


と、少々イライラしたりすることもありつつ、初日の授業だし先生とも初対面でいろいろ噂もしたいだろうし、分からないことだらけで相談したいこともあるに違いないとあきらめつつ、午前中の二限が終わる。一限が朝九時から十時半、二限が十時四五分から一二時一五分、一二時一五分から一時半までが昼休みで、一時半から三時に三限目がある。……というか、三限しかない。たった三限しかない。びっくりするよね。

「さあ、待ちに待ったお昼ですわよ！　ふーっふっふっふ。ラミア、バスケットをちょうだい」

ラミアからバスケットを受け取ると、スキップしそうなのを抑えて殿下の元へと足を運ぶ。

「な、なんだ、フローレン、俺に用事か？」

殿下に首を振って見せる。

「リドルフト様、生徒会の皆さまはお昼はどちらで召し上がるのでしょうか？」

殿下が驚いた顔をしている。

「なっ、リドルフト、お前、フローレンと知り合いだったのか？　昨日まで、俺がいくらフローレンの話をしても会ったことがないので分かりかねますとか言っていたじゃないかっ！」

リドルフト様が、なぜ自分に声をかけたんだという恨みがましい目つきで私を見る。

「あら、知り合うには一日あれば十分じゃありませんこと？　ねぇ、リドルフト様。ただ、婚約の申し出を会ってすぐにされるとは思いませんでしたが」

と、事実を口にしただけなのにリドルフトが青ざめた。

なんだよ、言ったことを隠したいくらいなら初めから言わなきゃよかったのに。

「リドルフト、お前……フローレンがあまりにも美しいからって、一目ぼれしたのか？　こ、婚約の申し出とは、どういうことだっ」

あら？　殿下の口から私が美しいという単語が出ませんでしたか？

聞き間違い？　殿下は私を美しいと思っている？　え？

「いやー、本当にびっくりしたよなぁ。公爵令嬢フローレンっていえば、デブで不細工って聞いてたからさぁ。うちの姉もお茶会で初めて見た時は驚きすぎて声をかけることができなかったっつってたくらいだし。なんでもピンクのドレスを着た立派な豚がいるようだったって」

殿下の側近その二。攻略対象でもある次期騎士団長だとも将軍だとも噂されるレッドが口を開く。

「なぁんで、そんな女のこと殿下は気にしてるのかと思ってたら、噂とは全然違う美人だもんなぁ。そりゃ婚約者いないなら是非にって思……ぐふっ」

殿下が、レッドの腹にこぶしを入れた。

ちょ、何してるの。

「よくも、フローレンを豚だなどと言ったな！　謝れ！」

おい、お前の口がそれを言うか？

もしかして、自分が豚だと言ったことで私が豚だと噂が広がった責任を感じている？　としても、再会したときの豚発言は帳消しにならないからね！

「そ、それに、フローレンに婚約の打診など……そんなことは……俺の許可もなく、許さないからなっ！　リドルフト、お前もだぞ！」

殿下……。もしかして、側近の婚約者に私が収まることには反対なのかな。

だから、冗談とはいえ勝手に私に婚約を申し込むことに怒っている？

リドルフトもレッドも大変だねぇ。婚約するにも殿下の認めた女じゃないとだめだなんて。……ん？　ってことはヒロインを取り合うときどうするのかなぁ。「彼女を任せられるのはお前しかいない。彼女のことを頼んだ」みたいなやり取りが裏であるのかな？　あるよな。うん。殴り合いとか裏でしてそうだ。男の友情は殴り合いだもんなぁ（偏見）。

リドルフトとレッドが視線を合わせため息を吐き出す。

それから二人で、殿下の肩をポンポンとたたいた。

「いつだって、私はエディオール殿下の味方ですよ」

「そうだ。お前の気持ちはよくわかってるからなぁ。ふ、ふ、ふ、まぁせいぜい頑張れ」

うん、仲よさそう。

「フローレン様、申し訳ない。噂とはいえ女性を豚だと表現するなど。許してもらえるだろうか」

レッドが一歩前に出て頭を下げた。

「ふふ、構いませんわ。豚だと言われることには慣れていますし」

ちらりと殿下に視線を向ける。ダイエットのきっかけになったから今では『ぶたぶたこぶた家族』もいい思い出だよ。

「許します。レッド様、王都に関して私は知らないことが多いですし、これからいろいろと教えてくださいませ。ね？」

「ああ、それはもちろん。姉も君に会いたがっていたよ。お茶会に招待し……いてっ。俺じゃないって、招待するのは姉だから、あ、分かった分かった、お前も呼べばいいんだろ？　いや、そうなると大掛かりなことに……」

なんだ？　殿下がレッドの足を踏みつけた？　お茶会一つに側近は殿下の許可がいるのか？　めんどくさ。

「分かりましたわ。私の方でお茶会をするときに、ぜひお姉様とご一緒に来てくださいませ」

ドライイーストそのほか、領地の特産品を売り込むチャンス。くっくっく。

家に帰って家族に豚みたいだったと話すようなご令嬢であれば、どれだけお茶会で出された料理が素晴らしいのかと吹聴してくれることでしょう。しめしめ。にやにや。

「リドルフト様もぜひいらしてくださいね」

俺は？　って顔をした殿下がいる。知らんがな。さっきの私とレッドの会話聞いてた？　皇太子殿下を呼ぶと大事になるって。

あ、でも、皇太子殿下も来るとなれば、いっぱい人が呼べる？　そうしたら、特産品を売り込むチャンス増大。増し増しフェアだね！

「お忙しい殿下にお時間をいただくのは無理だとは」

思うけれど、誘おうと思ったら殿下が食い気味に口を開く。

「暇だ、俺は目いっぱい暇、何もやることがないから、だから、行ってやる。暇つぶしに行ってやるから、招待しろっ！　分かったな、俺はいつだって暇なんだ！」

……いや、皇太子殿下が暇ってどういうこと？

「でしたら、ぜひいらしてくださいませ」

大規模お茶会やったるでー！　それまでに、特産品を使った激うま料理を開発せねば！　……料理長に頑張ってもらうんだけども！

料理長、生きて！　死なないで！　いつか、刺身を共に食べる日まで！

にこやかに微笑むと、殿下が嬉しそうな顔をした。

「ああ、ところで、生徒会メンバーはどこで昼食をとるのかという質問だったね。生徒会の打ち合わせを食事をしながらできるように個室があるんだが、そこで食べることがほとんどだ」

リドルフトが丁寧に説明してくれる。質問しといてなんだけど、実は知ってる。部外者のヒロインがそこに招待されてひともめするもんね。何を隠そう、この私がもめた張本人なんだからね！

「私も、お邪魔してもよろしいかしら？　それとも、生徒会役員でもない部外者は入室できませんか？」

できるのも知ってる。ヒロイン入りびたってたからね。

「ああ、もちろん大歓迎だよ。じゃあ、行こうか」

リドルフトが手を差し出したので、エスコートかと思ってその手に手をのせる。

「フローレン様、荷物をお持ちいたしますよ」

リドルフトがひきつった顔をする。

しまった！　エスコートじゃなくて、荷物の方だったか！

なんか、お手をする犬のように、手を差し出されたらちょいとのっける癖がついていたわ。

「あら、ごめんなさい。イーグル……義弟がいつも手を差し伸べエスコートしてくれるものだから、つい……」

家の中でも、どこでもエスコートしようとするのよね。あの調子で学園で女性たちをエスコートしまくったら、モテモテになるわよね。天使のような微笑みで、お手をどうぞお嬢さんなんて……。あら？　イーグルたんってそんなキャラだったかしら？

慌ててリドルフトの手にのせた手をどけると、代わりにバスケットを手渡す。

すると、殿下が私の前に手を差し出した。

「もう、持っていただくような荷物はございませんけど？」

首をかしげると、後ろでレッドが噴き出した。

「ぶはっ。いや、すまん、フローレン様、素ですよね？　これは確かに殿下の言うようにほかの令嬢とは違うよな」

殿下……ちょっと側近にいろいろなことしゃべりすぎなんじゃない？　一体、どういう話をしてるっていうのか。

こんな腹を抱えて笑われるようなこと……した覚え……。いえ、殿下にハンバーガーを奪われないようにと逃げ回ったり、急いで口に押し込んだりしましたけど。

あれは、奪う方が悪いと思う。反省はしていない。……というか、今になってみれば、ひそかに兄弟喧嘩みたいでちょっと楽しかったというのは内緒だ。

「エスコート……だ」

殿下がぼそりとつぶやいた。

「必要ありませんわ。先ほどリドルフト様の手には思わず反射的に体が動いてしまっただけで。誰かにエスコートしていただかなくては移動ができないというわけではございませんの。お気遣いありがとうございます。では、まいりましょう！」

すたすたと先陣を切って歩き出す。

「こりゃ手ごわい」

「六年ぶりに会うことはできたのですからこれからですよ」

「そうそう、会話もしてくれるじゃないか、な？」

ぼそぼそと三人が会話している声が聞こえる。何を言っているのか分からないけれど、私のこと？

こうして学食に到着。教室のある校舎とは渡り廊下でつながった別棟。

学食というよりも、レストランのイメージに近いだろうか。いや、ホテルの食堂かな。

特にメニューもなく、皆同じものを食べるところは給食に近い。

学食の奥にいくつかの個室が設けられている。全部で五つ。ゲームの中では個室はサロンと呼ばれていた。

生徒会執行部が使用する部屋以外は、誰でも使用できるものの、上位貴族の定位置があった。生徒会の隣の部屋は公爵令嬢フローレンのサロンだった。取り巻きと一緒に食事をしてたわけね。時折食堂では出ないお菓子や珍しいお茶を振る舞うプチお茶会を催し、取り巻き以外の人間を招待して派閥を形成していったのよね。

部屋に入ると、すでにテーブルには食事が準備されている。

何がすごいって、私の分まで並んでいるということだ。私も向かうとどこかで情報を入手して素早く手配したのだろう。スタッフ優秀だね。

「初日のメニューはハンバーグだな。ドゥマルク公爵家考案のメニューが初日を飾るとは名誉なことだろう？」

そう？　名誉なの？　リドルフトの言葉に首をかしげる。

「ははは、殿下の好物が準備されてる、俺もステーキも好きだがハンバーグも好きなんだよな。さぁ、早く食べようぜ！」

まさか、すでに料理がテーブルに並んでいるとは思わなかった。

リドルフトが運んでくれたバスケットに視線を向ける。

食事をしてお腹がいっぱいになった後では、美味しさが半減しちゃうわ。いや、美味しさは変わらないけど、やっぱり空腹時に食べてこそ何倍も美味しく感じるというもの。

「なぁ、その中身はなんだ？　わざわざここに運んだということは、食べ物か？」

ナイスアシスト！　殿下がちょっとそわそわした様子でバスケットのことを訪ねてきた。

「ええ、実はそうですの。ハンバーグに続いて、我が公爵家で開発中の食事ですの。お口に合うかどうか試食をお願いしようと思って持ってまいりましたの」

殿下の目がきらりと輝く。

「リドルフト様、レッド様、ご試食をお願いしてもよろしくて？」

二人に微笑みかけながら、バスケットからサンドイッチを取り出す。

「こうして、手に持って気軽に食べられる食事ですの。移動時の携帯食としても使えると思いますし、立食パーティーなどでつまみやすいと思いますわ」

貴族が手で食事をとるなんて！　と思われないように、まずは率先してサンドイッチを一つ手に取り口に運ぶ。

だいたい普段から固いパンを手でちぎって食べてるから、今さらとも思うけども。

「なんだ、今日のはハンバーガーとは違うのか？　三角のパン？　しかも白いぞ？」

殿下が手を伸ばしたところで、パチンとその手を軽く叩く。

「殿下、毒味役もいないのに口に運ぶものではありませんわ。もし万が一があった場合、私が疑われてしまいます」

殿下がうっと口を横一文字に結んだ。

へっへ。ざまぁ。ざまぁ。そこで指をくわえて見ていなさい。

「はっはっは、俺が毒味すればいいだろ。いただきまーす」

レッドがそう言って、サンドイッチに手を伸ばした。

レッド、お前裏切ったな！　いや、私の味方じゃないけど。

サンドイッチをつかんだレッドの指がパンにめり込む。

「うわっ、なんじゃこりゃっ！」

ああ、つぶしたな。

「これ、パン……だよな？　柔らか。まるで羽毛枕じゃないかっ！」

羽毛枕のように柔らかいパン、うん、いい表現です。宣伝に使わせてもらいましょう。

「これが、殿下が言ってた柔らかいパンってやつか？　これは確かに、ハンバーグを挟んでもパンが噛み切れなくて食べられないなんてことはないな」

なぬ？　殿下はハンバーガーのことを周りの人間に言いふらしてたのか。

「確かに、これは……想像以上の柔らかさだ」

リドルフトもサンドイッチを手に取る。

驚いてる、驚いてる。しめしめ。

「うまっ！　柔らかいパンの間のコレ、なんだ。サクッとして肉、柔らかい、味付けもうんま」

そうでしょう、そうでしょう。

「もう一つもらうぞ」

レッドがあっという間に一つ食べて、二つ目を口に運ぶ。

「お、おい、もう毒味は十分だろう？」

と、殿下がサンドイッチに伸ばした手をぱちんと叩く。

「殿下。殿下に試食させるなどという不敬は致せませんわ。もし、殿下がどこかで試食したサンドイッチの話を漏らしてしまえば、殿下に試食させたとして私が罰せられかねません」

殿下がぐっと言葉に詰まる。それから、悲しそうな顔を見せた。

ざまぁ。流石に奪い取って食べるなんて、この年じゃできないでしょ？

「では、側近である私が試食し、合格点を出したものを食べていただくと言うことでしたら問題ありませんね？」

リドルフトがそう言ってサンドイッチを食べ始めた。くっ。お前も裏切り者か！　一緒に殿下にざまぁする仲間はいないのか！　ちっ。

「こ、これは……。ハンバーグとはまた違うが確かに肉。肉なのに柔らかい。パンも肉も歯で簡単に噛みちぎれる。ナイフもフォークも必要がない……味は確かに牛肉ではあると思うが、この柔らかさはなんだ？　そして、ペッパーやナツメグといったように口に入れてもなお、何が使われているのかと言い当てることができないスパイスの効いたソース。スパイスが効いているというのに甘みも感じる。しかしこれは蜂蜜や砂糖の甘さとは違う甘さだ……。このソースが何とも肉の料理とパンを恐ろしいほど融合させている」

まるで、料理漫画に出てくるキャラクターのようにペラペラとよく言葉が出てくるなぁと、リドルフトの言葉を聞いている。

いるんだ、こういう、美味しいものを食べるとそのおいしさを語彙の限り伝えようとする人って。

……一方、レッドはうんまで終わってもう一つ食べてましたよね。

私？　私もレッド系ですけど何か？

ニヨニヨしながら二人が食べているところを見ていたら、殿下がサンドイッチに手を伸ばすのを見逃してしまった。

パクリと、殿下がサンドイッチにかぶりつく。途端に、とろけそうな笑顔を浮かべた。

くっ、なんだ、このイケメンの頬染め笑顔。やばすぎるだろ、破壊力が。

そりゃモテるわ。こんなのきゃぁきゃぁ言うわ。うっかり私までドキリとしちゃうくらいだもん。

いや、好きにならないけどもさ。ヒロインとくっついた挙句に私を断罪するキャラだからね。そうと知っていてまんまと好きになったら、単に私はダメンズホイホイじゃないですか。

殿下はサンドイッチを一切れ食べ終わると、キラキラとした瞳で私の手を握った。

「好きだ」

え？　突然の、愛の告白？　だから、好きになりませんよ？

「ハンバーガーも好きだが、この三角のも好きだ」

なんだ私のことじゃないのか！　紛らわしいっ！　ちょっとドキドキしちゃったじゃないの！

「どっちかを選べと言われても、選べない」

殿下の言葉に胸が痛む。

私とヒロインどっちかを選べと迫った挙句にヒロインを選ばれるストーリーを思い出し、私の心の奥に何かが突き刺さった。

殿下の手を振り払い、ついでにぴしゃりと叩いておく。

「婚約者でもない乙女の手に許可もなく触れるものではありませんわよ？」

殿下が顔を真っ赤にして手をひっこめた。

レッドとリドルフトは、残念な子を見る目を殿下に向ける。

「まさか、皇太子殿下という立場であれば、嫌がる女性などいないとお考えですか？」

そういえば、昔「俺様と婚約できるなんて嬉しいだろう」と疑いもなく言ってたな。

殿下が大きく頭を横に振った。

「いや、そんなつもりは……その、つい……」

「つい？　私が女性だということを忘れていたとでも？　殿下の目には豚に見えていらっしゃるんですものね？」

嫌味をにこやかに繰り出すと、殿下の顔が赤くなったり青くなったり白くなったり。イケメンなのに、残念なことで。

「あまりいじめないでください……」

なぜかリドルフトにお願いされた。

「あら？　いじめられているのは、豚だと言われる私の方ではなくて？」

首をかしげるとレッドがポンッと手を叩いた。

「そうだ、フローレン様すげーな。まさか子爵令嬢を一番に陣営に引き込むとは思ってなかったよ。あれだろ？　いじめられないように盾になってやろうというんだろ？」

え？　ラミアのこと？　いじめられないように盾に？　そんなつもりは毛頭ないけど。

「太っているというだけで、社交界でいろいろ言われていたみたいだからなぁ。黙っていられなかったんだろ？」

レッドの言葉に首をかしげる。

いいえ、あの子の方から弟子入りさせてくれと付きまとってきたんですけど……。盾になるもなにも、取り巻きがいた方が悪役令嬢っぽいだろうからと、利用するつもりで……。

「最近めきめきと台頭してきた子爵家を取り込もうとしているだけではないのか？　王都の隣の小さな領地とはいえ、主要産業が牛肉ということでハンバーグ流行以来の成長は目覚ましい。この料理にも牛肉が使われているだろう？」

リドルフトがサンドイッチに視線を落とす。

あの子の領地、牛の産地なの？　牛がいっぱいいるってこと？　王都の隣の領地って、日帰りできる距離だよね？　そこで牛？　王都への牛肉の供給地なの？

「利用できそうだから彼女に近づいた……と、リドルフト様はおっしゃるのですか？」

そうじゃないけど、これからはそうする。よい情報ありがとう。

感謝の気持ちでリドルフトに顔を向けると、殿下がリドルフトに腹パンした。これこれ。

「フローレンに失礼なことを言うな！」

ちょ、全然失礼じゃないし。

「フローレンは純粋に、豚と言われていることに心を痛めて子爵令嬢を助けようとしただけだ！

それというのも、俺が過去にフローレンに誤って豚と言ってしまったことで深い傷を負わせてしまったせいで……。フローレン……すまない。君を豚だと思ったことなど一度としてない。豚だと思ったから豚と言ったわけではないんだ。何度も言い訳がましいかもしれないが、緊張しすぎて……つい」

おい、ついじゃねーよ。今、何回豚って単語出したよ？　一度も豚だと思ったことがないのに、よくもまぁ、何度も何度も人のこと豚豚言いますね？

「はい。俺も殿下に賛成。フローレン様は優しい女性で、裏があるわけないよ」

レッドがサンドイッチを口に入れる。いったいいくつ目だ。

「裏のある令嬢がこんな美味しい差し入れしてくれるわけないじゃん」

……。いえ、裏だらけですよ、この差し入れに関して言えば。

こりゃ、レッド、ヒロインに胃袋つかまれて速攻籠絡される感じですかねぇ。

「まぁ、裏があろうがなかろうが、ラミア嬢にとって助けになることは間違いないのですから、フローレン様の行動は賞賛しますけど」

リドルフトはそう言い殿下の機嫌をうかがった。

「昼休みは無限ではございませんわ。試食して気が付いたことを何でも教えていただけませんか？」

と、言った瞬間殿下が口を開いた。

「これ、何ていう名前の料理だ？」

あら？　まだ、教えていませんでしたか？

「このようにパンで何らかの具を挟んだものをサンドイッチと言います。ハンバーガーとの違いはパンの形状ですね」

日本ではだけどね。

「なぁ、この中に挟んであるやつ、肉だよな？　これだけ食べてもうまそうなんだけど」

いいことに気が付きましたねレッド。

そう、そのまま食べても美味しいです。

「牛カツですよ。牛カツのサンドイッチ、これは牛カツサンドです」

私の言葉にリドルフトがサンドイッチのパンをめくって牛カツを凝視する。

「牛肉……にしては、ハンバーグにしていないのにずいぶん柔らかい。それにジューシーだ」

それは企業秘密としておきましょうか。だって、うちの領地の特産品とは関係ないし。

とにかく、この世界の牛肉は硬い。安い焼肉屋の肉より硬い。焼いただけの肉なのにビーフジャーキーか！　という硬さになる。いや言い過ぎだけど。柔らかくするためにミンチにしてハンバーグにして食べるのにもさすがに飽きた。で、思い出したのがミルフィーユ。柔らかい肉が食べたくて作ったんだもの。そりゃミルフィーユカツは柔らかいのよ。薄切りにしたお肉を何枚も重ねる。間に牛脂も挟んであるからジューシーだしね。

「この肉の周りの黄色っぽいの何だ？　サクッとしてうまい、あと、ソースもめちゃくちゃうまい。あと、それから」

レッドが立て続けに質問を口にする。

カツはいろいろなものに応用できますよ。ハンバーグっぽいもので作るメンチカツ、いろんなコロッケ、それから領地ではアジフライにエビフライ……他にもいろいろと。あ、想像だけでよだれが出そう。ソースは料理長が三か月の歳月をかけて作り上げたものです。詳細レシピは知りません。

「ふふふ、皆さまは、お食事で美味しいものが出るたびにそのように作り方を知りたがるのでいらっしゃいますか？」

私の言葉に、料理のあれこれを根掘り葉掘り聞くことがあまりマナーとしてよろしくないということを思い出したようだ。

「いや、ここまで美味しい物を食べたのは初めてだったのでつい……。失礼しました」

「ああ、悪かった。マジでうまくてなぁ。また食べたいと思うあまり」

そうそう、食べた過ぎて人の食べてるハンバーガーにかじりついた前科持ちもいますけどね。それよりはましですけどね。ちらりと殿下を見る。

「フローレンの考える料理はどれもとてもうまいんだ。俺の言った通りだったろ？」

なぜかドヤ顔をしている。どうして殿下がドヤるんですか！

「六年前のことは覚えていらっしゃいますか、殿下」

「あ、ああ」

「あの時、ハンバーガーを食べて、柔らかいパンに大変興味をお持ちくださったでしょう？」

あの後、王家から作り方を知りたいと何度もお父様は言われていたようだけど、偶然出来上がったとしらをきりながら領地に料理人と一緒に逃げたことで、諦めたらしい。

「その後、料理人とともに柔らかいパンの開発を進めましたの。そして、五年の間に、偶然に頼らなくても柔らかいパンが焼きあがる方法を見つけ出したのですわ！　サンドイッチのパンがその方法で焼いたパンですわ」

殿下が真っ赤になった。

「まさか、俺のために？」

ちゃうわ！

バスケットから、ドライイーストの入った小瓶を取り出す。

「これが魔法の粉ですわ！」

三人の目がドライイーストに釘付けになる。

「こちらに柔らかいパンを焼くためのレシピもございます」

ばーんと、紙を取り出す。

何分何度で寝かせるみたいな表記がなかなか難しかった。なんせ、温度計があるわけでもないので。体温より高く、触って熱いと感じない温度とか……。

「コツをつかめばこのように柔らかいパンを焼くことができるようになるはずですわ！」

「ま、魔法の粉……」

レッドがごくりと唾を飲み込むのが見えた。

「いえ、本当に魔法が使えるわけではなく、調味料？　の一つですが……。この、ドライイーストという調味料を使えば柔らかいパンが焼けます。どうぞ、こちらはお近づきの印にプレゼントいたしますわ。〝レシピ通り〟に作ってみるようお屋敷の料理人に伝えていただけませんこと？」

レッドに小瓶とレシピを渡す。

「いいのか？　マジで？」

「ええ。紙に書いただけのレシピでどれだけ作り方が伝わるのか知りたいのですわ。もし、何度やってもうまく焼けないときはレシピの記述を変えないといけませんので。ご協力いただけないかしら？」

と言いながら、小瓶と紙をリドルフトにも手渡す。

二人は、目を輝かせながら頷いた。

「もちろん、協力は惜しまない。早速帰ったら作らせてみよう」

「おお、俺も。うまくいかなかったら公爵家の料理人に聞けばいいのか？」

うーむ。料理長は忙しいですし。

「もし、何度やってもうまくいかないようでしたら、うちから柔らかいパンを焼ける料理人を派遣いたしますわ」

「そこまでしていただけるのですか？」

私の横で殿下がニコニコ笑って立って、私たちの会話を聞いている。

おかしい。俺にはないのか？　俺にもくれとか言わない……。ニコニコしてる……。

「俺のためにフローレンが、俺のために……。魔法の粉を作ってくれた」

いやだから殿下のためじゃないよ。領地の発展のため。イーグルたんとお父様の懐と、領民の生活のため！

そして、柔らかいパンを食べるために酵母から作るのがめんどくさいというすべての民のためだよっ！　一番は修道院幽閉生活をし始める将来の私のためだよ！　私が美味しいパンを食べるだけのために頑張ったんだよっ！

「レッド様、リドルフト様、お約束していただけますか？　私が満足するレベルのパンが焼けるようになるまで、決して殿下にはドライイーストを使ったパンを食べさせないと」

「え？」

殿下が小さく声を上げる。

「練習で焼いた、失敗作のパンを、まさか殿下に食べさせるような不敬を、側近候補であるあなた方が行ったりは致しませんわよね？」

今度こそ裏切るなよ。殿下が、分かってるよなという顔でレッドやリドルフトを見ている。

これは、俺は気にしないから寄越せってやつだ。

「その、殿下は不敬だと言うような方ではありませんよ？」

「食べさせないように！」

念押しすると、リドルフトとレッドが顔を見合わせ苦笑いしている。

あれ？　私はなんでそこまで頑ななのかな？　好きな子をいじめた……いやいやいやいや。まさかまさか。そうじゃなくて、えっと、うーんと考える。

「女の嫉妬は怖いのですわ。殿下を手に入れようとする女性に三年後、このことを掘り起こされて、皇太子殿下を練習台にさせた不敬行為を行った罪で私は断罪されるかもしれません」

「いや、それを言うなら、食べさせた俺が罪に問われるだろ？」

「いいえ。なぜか、レッド様やリドルフト様をそそのかした悪の根源として、私が罪に問われるのですわ。いくら私がそんなことはしていないと言っても、証拠はそろっていると言われて……しかも、ドライイーストは未知の調味料。もし、殿下がおいしさのあまり食べ過ぎてお腹を壊してしまったとしても、調味料が原因だった、毒に違いないと……。私は皇太子に毒を盛ったと言われかねませんわっ」

あり得るわ。十分あり得る。悪役令嬢補正を侮ってはいけない。

修道院に引きこもり快適幽閉コースはありがたいけれど、さすがに皇太子毒殺未遂なんて加算されたら、国外追放とかもうちょっと重い処罰が下りかねない。それはさすがにノーサンキュー。

ああ、そうか。そういうことか。

殿下に関わることは、のちの冤罪断罪内容に影響する。だから下手なことはしない方がいい。だから、きっと、こんなにも殿下に関しては頑なに拒否したくなるんだ。……よね？

って、なのになんでいくら豚と言われた恨みがあるからって近づいちゃったんだろう？　もっと距離を置けばいいのに……。

「いい方法がある、フローレン、婚約したらどうだろう？　そ、そうすればその……嫉妬しても仕方がないだろ？　すでに俺はフローレンと婚約してる状態なら」

何、閃いた！　みたいな顔をしてるのか。

私がむっとすると、リドルフトが慌てて、殿下の腕を引っ張って、内緒話を始める。

「でっ、殿下ぁぁ！　何言ってるんですか、今のはどう聞いても、パンが食べたいから婚約すると言っているように聞こえますよ」

「え？　え？　あ、あ、あああああっ」

殿下の絶叫がこだまする。それからちょっと涙目になりながら殿下が私の前に来て頭を下げる。

「フローレン、すまない。やっぱりパンが食べたいからと婚約は無理だ」

当たり前だ！　何の話だ、何の！

「仕切り直してくれ。お、俺は……俺は、その、初めて会ったとき……いや、会う前から、初めてフローレンを見た時から、その」

昼休み終了を告げる鐘の音が鳴り始めた。

「あら、昼休みは終わりのようですわね。急ぎましょう。あ、レッド様、リドルフト様、お願いしたことはよろしいですわね？　殿下には……いえ、王室に渡すようなことはしないと誓っていただけますわね？」

二人がこくこくと頷いた。


教室に戻ると、ラミアを三人の令嬢が取り囲んでいた。

ラミアは俯いている。ちょ、何があった。

ラミアの元へと近づこうとしたら、取り囲んでいたご令嬢の一人が私の前に立った。

「フローレン様、ちゃんとラミアにはよく言い聞かせましたわ」

は？

「公爵令嬢ともあろう方が、子爵令嬢のせいでこのような前方の席に座ることになったのですから」

「そうですわ、フローレン様、私たちは侯爵家と伯爵家の者ですから、後方の席に問題なく座ることができますわ」

何の話？　自由席でしょ？　だから、私は自由に真ん中くらいの席に座ったんだけど？

さぁさぁどうぞとばかりに、上の段へと連れて行かれる。

その場に残されたラミアの周りにはさらに別の令嬢たちが集まり取り囲み始めた。

「まったく、ちょっと牛肉人気で領地が栄えてて陞爵《しょうしゃく》したからって、いい気になってるんじゃないわよっ」

「そうよ、子爵令嬢風情が、公爵令嬢フローレン様のお側に居られると本気で思っていらっしゃるの？」

「しかも、あなたのようにブクブク太った醜い令嬢が」

「フローレン様に恥をかかせる気なの！　一緒に歩いているだけで見るに堪えない光景だわ！」

聞こえてますよ。

上には行かずに、ラミアの元に戻る。

「本当に、恥ずかしいことですわね」

怒りを抑えながら涼しげな声を出す。

私の言葉に、ラミアを取り囲んでいた令嬢が調子に乗って、さらにペラペラと話し出した。

「そうですわよね！　このように豚のように丸々と太った体型で同じ制服を着ているというだけで腹立たしいですわよね」

「厚顔なのは、肉の厚みだけではないようですわ」

「フローレン様のように美しく高貴な方と同じ教室の空気を吸っているだけでもありがたいと思いなさい」

何かを口にしたかったけれど、うまく言葉が出てこない。

扇を取り出しいったん広げてからパチリと音を立てて閉じる。口を閉じなさいという貴族令嬢独特の合図だ。

流石《さすが》に、王立学園入学までにその辺りのことは学んでいたのか、令嬢たちは口を閉じた。

「ラミア、いらっしゃい」

うつむいて泣き出しそうだったラミアに声をかけると、ラミアはポロリと涙を落としながら笑った。泣きながら笑うとか、器用だな。

ラミアが顔を上げるのを確認すると、すたすたと階段を下りて最前列に座る。

午前中の授業が終わった後に席を移動することが普通なのかちょうど空いていたのよ。

これで、先生の声もよく聞こえる。

「フ、フローレン様？」

「どうして……子爵令嬢なんかを……」

静かに、授業を受けたいと思っているのに、またざわざわと令嬢たちが話を始める。

黙れよ。

立ち上がって振り返る。

「豚だとおっしゃったのはどなたかしら？　もう、本当に恥ずかしくて聞いていられませんでしたわ」

本当に。

「私も、過去に豚と言われたことがありましたのよ？」

殿下にね。

令嬢の何人かが体を固くする。私が太っていたということを知っている者たちだろう。

「太っている人を、豚だの醜いだの近くにいるだけで不愉快だの同じ空気を吸いたくないだの同じ制服を着るなだの……随分いろいろな声が聞こえてきましたが……私のこともそのようにおっしゃっていらしたの？」

一部の令嬢が青ざめる。やはり言っていたのか、私のことも。

「私が、再び昔のように太ったらどうなさるおつもり？　一度口にしてしまった言葉は消せはしませんわ。私はいつまでも覚えていてよ。私が太った時、本当は心の中で豚と同じ空気など吸いたくないと思いながら私に話しかけてくるのね……と、必ず思い出すでしょう。そんな方々とうまくやっていける自信はありませんの」

陰口は仕方がないのよ。……太っているのは事実なんだし……。

でも、本人を取り囲んで悪口を浴びせるのは「言葉のリンチ」でしょう。しかも、伯爵令嬢や侯爵令嬢がそんな態度をとってしまえば、男爵令嬢や子爵令嬢はラミアと親しくしたいと思ってもできなくなる。それどころか「あなたもそう思うでしょう?」と尋ねられたら頷くしかなくなっちゃう。許せない行為だ。

「悪く思うのは自由でも、悪口を言うことは自分自身を不自由にするだけよ」

とは言ってみたものの……。

……ん? それって、悪役令嬢がするべきことなのでは?

いけないいわ。説教垂れてる場合じゃない。悪役令嬢としての責務を果たすことも大事だった。断罪されて修道院幽閉コースのために!

お前らは悪口を言うな! だが、俺は言う! オーケー? 悪役令嬢のお仕事だ。

悪口……。えーっと。

「ラミアの肌はキメが細かくすべすべですが、あなたの肌は荒れてボロボロですのね? あなたはラミアのように艶のある美しい髪に比べて枝毛も切れ毛も多くてバサバサね?」

ラミアを取り囲んでいた令嬢の後ろの方にいたやせっぽちに話しかける。

「あら、あなたに至ってはボロボロの肌にバサバサの髪……伯爵令嬢でしたか? 十分に手入れもされているでしょうに。手入れをされたうえでその程度ですの? 恥ずかしくはありませんか?」

言ってやったわ。悪役令嬢らしくね。

あらあら、まさか自分が言われると思っていなかったのか、泣いてる令嬢もいるわ。どんだけ打たれ弱いんだ。いや、コンプレックスをジャストミートしちゃったのかな。

……チクチク。良心が痛む……。うう、慣れないことはするもんじゃないわね。

そんな絶望的な顔をしないで。たかが肌、たかが髪。とはいえ、この年齢の女子って「誰もそんなとこ見てないって」って細かいことでも気になりだすと死にたくなることもあるんだよね。

「太っているのは痩せればいい、そう、私みたいにね。ラミアは私に痩せ方を教えてくれと言って行動したわよ？　ねぇ？　あなたたちは、目の前に美しい肌、美しい髪をしている令嬢がいるのが見えなくて？」

令嬢たちがハッとしてラミアを見る。

自分より優れているなんて言われてラミアがにらまれてしまうのではと思っていたけれど、令嬢たちは、太っているというラミアの欠点から、美しい肌や髪という長所に向いたかと思うと希望の光を目に宿した。

「ラミア、どのような手入れをしていらっしゃるのか、教えてくださる？」

ラミアが小さく首を振った。

「私、特に何も……フローレン様にお教えするような特別なことなど……」

まぁ、そうでしょうね。髪や肌の手入れを人一倍気にするなら、こんなに太るわけないわよねぇ。

思わず手を伸ばしてラミアのもちもちのほっぺたに触れる。

「あっ」

ラミアが驚いて小さく声を上げた。

しまった。つい。ぷにぷに気持ちよさそうだなんて思って手が伸びちゃった。

「しっとりして柔らかく、本当に美しい肌ね」

人の顔に勝手に触るなんて失礼だよね。ごめん。ごめん。と、とりあえずぷにぷにしてて触りたくなったなんてもっと失礼だろうから、肌を褒めておこう。

「ありがとうございます……」

真っ赤になってラミアが視線を落とした。

褒められることに慣れていないから恥ずかしいのかな。

まぁ、髪も肌も前世ではいろいろな商品が出ていたけれど、正直な私の感想としては、結局のところ「遺伝」と「生活習慣」でほぼ決まっちゃうんだよね。遺伝はどうにもならないけど、生活習慣はどうとでもなるってもんよ。

肌荒れは睡眠不足、ストレス、そして食事。髪も栄養が大事。ってことはよ？

「特別なことはしていらっしゃらないとおっしゃいますが、ご家族や使用人の肌や髪はいかがですか？」

「え？　えーっと……屋敷の中にいる者たちは皆、肌の調子は良く、髪にも艶がある方……だと」

ふむ。

「あら、では、髪や肌によい食事をしているのでしょう」

「そんな、特別なものは……。ぜ、贅沢できるほど……お恥ずかしながら子爵家は豊かでは……あ、最近はちょっと余裕が出てきましたが、それでも……その、お恥ずかしい話、領地で売れ残った食べ物や売れないような食べ物を消費しているような状態で……」

「あら、それならば、その食べ物が肌や髪によいのでしょうね。詳しくお聞かせ願えますか？　もちろん、私は痩せられる食べ物を教えますわね。ふふ、これでお互いに情報を交換することになりますわね」

ラミアに微笑みかけ、他の令嬢から視線を外す。

うん、なんか教えてほしそうな感じで聞き耳を立てているのが見えましたが、知りませんよ。

授業が始まった。

歴史の授業。王室賛美のような内容。どうでもいいわ。ちぇ。

せっかく先生の声がよく聞こえるように一番前の席に座ったのに。……というか、ちらりと席を見渡すと、最前列は私とラミアだけ。

二列目三列目にびっちりみんな固まっている。すごい密度だけど、その後ろから何段かは誰も座ってなくて最上段に殿下たち三人。

……こりゃ、ちゃんと席順決めた方がいい案件なのでは？

私とラミアの両脇に誰も座らないのは、ラミアはいじめられてて、私は問題児として遠巻きにされてるのかな？

あ、殿下と目が合った。お前も授業聞いてないのか？

嬉しそうに笑っている。王室に関する歴史だぞ？　ちゃんと聞きなさい。

……隣のラミアは真剣に聞いている。真面目だなぁ。

しかし、ラミアはどんな食事をしてるのかな。ポテチ食べ過ぎて太ったというわけではないよね。

だとしたら肌もボロボロになってるだろうから。

領地の売れ残りを食べてると言っていたけれど……。食べ過ぎているだけで、量を減らせば問題ない食事内容なのかな？

授業が終わった。

「じゃあ、ラミア、明日のお昼にいつも家で食べているものを見せていただいてもよろしくて?」

「あ、はい。もちろんです。……あ、でも、持ってこられないものも……」

「もちろん持ってこられるものだけで構いませんわ」

刺身を毎日食べてたって、刺身は持ってこれないもんねぇ。腐ると困るし。生臭さが広がってもだめだし。あー、刺身食べたいなぁ。刺身……マグロにサーモンにタイにヒラメに……。

「はぁー」

大きくため息が漏れる。

「フローレン様、どうなさったのですか?」

ラミアが心配そうな目を向けてくれる。初日のあの憎しみのこもった目はどこへやら。

「いえ、明日のお昼楽しみですわ。私も、痩せる食べ物を持ってきますわ」

迎えの馬車まで、ラミアは空になったバスケットを持ってついてきてくれた。自分で持つと言ったけれど、頑なに拒否られた。


「お帰りなさい、お義姉様。変な虫は出ませんでしたか?」

屋敷に戻ると、天使なイーグルたんが馬車まで出迎えてくれる。

「変な虫?」

首をかしげると、イーグルたんは侍女のメイを見た。メイが首を横に振る。

「……そうか、侍女は学内に入れなかったか……。やはり、誰か学内の様子を報告させる人間を見つけなければ……」

イーグルたんが何かぶつぶつと言っている。

「大丈夫よ？　ムカデもヤスデも毒蜘蛛も何も出ないから」

安心させるように教えると、イーグルたんは満面の笑みを見せてくれた。

「学園での様子を教えてくださいね、お義姉様。どなたかと親しくなりましたか？」

イーグルたんが馬車を降りるために手を差し出してくれる。その手に、手を重ねながらふと思い出し笑いをする。

「そうだわ、イーグル。私ったらね、イーグルがいつもエスコートしてくれるでしょう？　だから、バスケットを受け取ろうとして差し出された手に、思わず手を重ねてしまったのよ。ふふふ、おかしいでしょ？　リドルフト様の驚いた顔と言ったら」

ピクリとイーグルたんの手に緊張が走る。

「お義姉様の手を……じゃない、お義姉様バスケットをどうしてリドルフトに？　……まさか、持って行ったお昼ご飯を食べさせたの？」

イーグルたんが空になったバスケットに視線を落とす。

「そう。そうなの。リドルフト様もレッド様もそれはもうおいしそうに食べたのよ」

「なんだか、すごく楽しそうですね。お義姉様」

沈んだ声。

もしかして一人で家にいて寂しかったのかな？　領地ではずっと二人一緒だったもの。朝起きてから勉強の時間も食事の時間も遊びの時間も読書の時間も……。

「そりゃ楽しいですわよ。ドゥマルク公爵家の特産品の売り込みに成功したんですもの！　イーグルが将来ドゥマルク公爵になったときに、領地がさらに繁栄していると想像したら楽しくないわけはないわ！」

　領地が繁栄すれば私が断罪されたとしても公爵家はそこまでひどい扱いを受けないはずだし。

「僕のため？」

「そうよ、イーグルとお父様のためよ」

　ニコリと微笑むと、天使のイーグルたんが嬉しそうに微笑む。ああ、祝福が大地に降り注ぐようだわ。眼福眼福。

「あ、でも、ちょっとは自分のためでもあるわね。殿下もいたんだけどね」

「……まさか、殿下にも食べさせたの？」

　食べさせる気はなかったけれど、裏切者がいたのよ。

「まぁ、成り行き上殿下も食べたけどね、もっと食べたいと言う殿下の目の前で、レッド様とリドルフト様にだけ、ドライイーストを渡したわ。俺にはないのかって目をしていたけれど。くふっ」

　ああ、思い出しても愉快だわ。

「お義姉様、殿下にはあげなかったんだね。食べたうえで、お預け……」

　あれ？　イーグルたんは楽しくない？　あ、もしかして不敬じゃないかって心配してる？

「ねぇ、お義姉様は、好きな子をいじめるタイプをどう思う？」

「ない」

　お猿のジョルジを思い出して不快に顔をゆがめる。

　ラミアの目の前で別の女性と仲良くするとか、ひどい言葉を投げつけるとか、もし「好きだからいじめたかった、嫉妬してもらいたかった」とか言い出しても、絶対無理だわ。ラミアがその言葉にジョルジにめろめろになるなら、ラミアとの縁もそれまでというくらい無理。

「お義姉様は、その……つい、いじめたくなったりは……」

はい？　私？

「イーグルをいじめたいなんて思ったことなんて一度もないわよ！」

ん？　あれ？　ゲームの私は、義弟がかわいすぎていじめてたのかしら？　時々いるわよねぇ。いじめることでしか愛情表現できない壊れた人間。私は違うわよ。本当は、思いっきり抱きしめて頬ずりして頭をガシガシして、離せとか迷惑だとか言われてもしつこくほっぺにぶちゅぶちゅしたりしたいけど、相手が嫌がることは我慢してるもん。ラミアのほっぺも一度しか触ってないもん。

……ん？

「あ、私、すっかり好きになってる」

「は？　誰を？　まさか、殿下？　……全力でひねりつぶす、王座が手に入ると思うなよ」

「殿下？　はぁ？　好きになるわけないわ。ラミアよ。子爵令嬢のラミアという子がいるんだけれどね、弟子にしてくれって言うのよ？　ふ、ふふ、はじめは面食らったけれど、自分の目標に向かって熱心なところは嫌いじゃないなぁって」

イーグルたんがほっと息を吐きだした。

「子爵令嬢……。害はないんですよね？」

害？　……そういえば、ゲームでの冤罪による断罪シーンに子爵令嬢はいたかしらね？　取り巻きは伯爵令嬢や侯爵令嬢だったと思うし。

……そもそも、あんな太ったキャラはいなかったはずだ。ラミア……あら？　家名は何だったかしら？　まぁいいか。

社交界で生きていくつもりはないので、本来なら覚えなければいけない家名や顔や貴族同士の関係とか派閥とか全然分からない。今後も覚えるつもりはない。ラミアは子爵令嬢だから、派閥だとかお父様に敵対していたとしても影響力なんてないだろうし。

「そうだわ、こうしてはいられないわ。明日のお昼の相談を料理長としなければっ」

ラミアで思い出した。明日はダイエット向きの食べ物を持って行くと約束したんだった。

「え？　明日もまさかリドルフトたちに差し入れるつもりですか？」

「いえ、明日はラミアと食べるのよ」

とりあえず渡したレシピとドライイーストで料理に心得のある人間ならふわふわのパンが焼けるかの結果を見てから、第二弾に進むつもりだ。

結果が出るまでに一週間くらいだろうか？

レシピの表記の改良も必要ならもう少し後になるかな。

「あ、パン屋の準備も進めないと」

「それでしたら僕が仕入れ先候補、物件候補などリストにまとめているところですよ。店の規模に合わせて従業員も募集しなければなりませんが、今のところは店の責任者や調理リーダー販売リーダーなどは公爵家の使用人から希望者を募り教育するつもりです。もちろん、すべての最終決定はお義姉様にお任せしますが」

しゅごい。なんか、昨日の今日なのにめちゃくちゃいろいろ進んでる。

持つべきものは優秀な義弟。

「……あれ？　私、必要なくない？」

首をかしげると、イーグルたんが私の手を両手でぎゅっと握りしめた。

「お義姉様が僕には必要です。お義姉様のいない世界なんて……あ。えーっと、お義姉様は販売する商品の開発という一番重要な部分をお任せいたします」

イーグルたん。それなら任せて！


「料理長～！」

鼻息荒く、制服から着替えを済ませると調理場へと向かう。

「料理長～！　料理長はおらぬか！」

調理場へ飛び込むと料理長の姿が見えない。

調理台の上には、こねかけのパン生地が載っていた。近づいて、パン生地の表面を見る。

「まだ、乾いていない。放置されて間もないということね。さっきまでここにいた……」

パン生地から顔を上げて、調理人に視線を向けると、挙動不審な五人の目がちょろちょろと同じ方向に向けられる。

ふっ。

「料理長はそこですわね！　隠れても無駄ですわっ！」

食器棚の陰を指さすと、チッという小さな舌打ちとともに、料理長が顔を見せた。

「料理長「無理です」

くっ。めちゃくちゃ早いスピードで言葉をかぶせてきやがった。

「いえ、今日は生の魚が食べたいというお願いじゃなくてね？　「無理です」」

刺身のお願いじゃないというのに、無理だと？　まだ何も言っていないのに、無理だと？

「フローレンお嬢様に頼まれたパン屋の商品開発で手一杯です。これ以上他のことに時間はさけません」

あら？　ちょうどいいじゃない。そのパンの商品開発の話で来たんだもの。

「最優先事項だと、イーグル様に念を押されておりますゆえ」

まぁ、そうなの。イーグルたん、パン屋開業のために頑張ってくれてるし。

「そっか、イーグルたんもパン屋を開くのを楽しみにしているのね。そっか。頑張らなくちゃ。で、料理長実は「無理です」」

いや、なんでよ！

「パン屋の商品開発の相談に来たのよ？」

料理長がほっと息を吐き出して、食器棚の陰から出てきて調理台の元へと戻った。

「そうでしたか、それで、どのようなパンをとお嬢様はお考えで」

「そうねぇ、メロンパンかしらね、まずは」

「ほう、メロンパンとは？」

クッキー生地をパン生地にかぶせて焼く……。

ん？　クッキー生地にはバターがいるぞ？　だめじゃない？

「いえ、やはりクロワッサンかしら？　アップルパイ風もいいわね」

「はあ、クロワッサンとは？　アップルパイ風とは？」

クロワッサンは、バターを幾重にも……って、だめじゃないのよ。

「ジャムパンならば……」

流石にジャムはある。いや、これ、開発するまでもなくない？

イチゴジャム、リンゴジャム、ブルーベリージャム、季節の果物を使ったジャムを使ったジャムパン専門店。

……しょぼい！　いや、もうむしろ最近日本でもはやりの食パン専門店にする？

まずはドライイーストを広めるつもりだからそれでもいいけれど……。でも、柔らかいパンじゃなくても硬いパンでもお腹が膨れれば十分だという層もいるのよね。

ぶっちゃけ、従来の硬いパンに比べて、柔らかいパンはかびやすい。日持ちしない。それに日にちがたてば硬くなる。だったら、わざわざ柔らかいパンを買ったり作ったりしなくてもいいじゃんと思われかねない。

それじゃあだめだ。柔らかいパンなしじゃ生きられない体にしなくちゃ。やめられないほどずぶずぶにはまらせないと。とすると……。

食パンの美味しい食べ方を提案したほうがいいって話……よねぇ。美味しい食べ方……。

唐突に、殿下が幸せそうな顔で牛カツサンドを食べる姿を思い出した。

あ、そうか、殿下だ。殿下も美味しいと食べたって、いい宣伝にはなる。

「料理長、サンドイッチよ！　サンドイッチ専門店にしましょう！　当面はその路線でパン屋をやりましょう！」

柔らかいパンを焼くための卵は手に入る。卵サンド用の分はどうだろう。そこまで豊富には手に入らないかな。卵も遠方から運搬するわけにいかない。割れる問題があるから。

でも、牛ほど土地がなくても鶏なら飼育できる。養鶏場を作ればいい。何なら養鶏団地方式で鶏を飼育すれば、狭い土地でも相当数の鶏を飼育し卵を生産できるはずだ。

公爵家の王都のこの屋敷の庭にだって。パン屋で使う分くらいはすぐにでも生産できそうだ。

卵サンドを作っちゃいましょう。焼いた卵バージョンと、茹で卵バージョンの両方。もちろん、悪魔の食べ物マヨネーズを作ってね。

マヨネーズの材料にも卵は必要だし。卵を作ろう卵を。

マヨネーズさえ作ってしまえば、ポテサラも簡単よね。ポテサラサンドも作って。

それからハムサンドに……あら？　ハムって見かけない……。そういえば、ソーセージやベーコンも食べたことないよ？　肉といえば、硬いステーキと、保存のための塩っ辛い干し肉。あとはスープやシチューに入れるくらいだ。

加工肉がない……？　そうだよね。ハンバーグすらなかったのだ。ミンチにして香辛料と混ぜて腸詰するソーセージがあるわけないか。

ハムやベーコンがないのは干し肉よりも腐りやすいから？　それとも燻製という調理法がない？

ハムサンドは必要でしょう。ハムサンドのためにはハムが必要！

「サンドイッチですか。では今朝作った牛カツサンドのほかにいろいろなものを挟むのですね。分かりました、いろいろと試して「料理長！」」

料理長の言葉を遮るように口をひらく。

「……なんでしょう」

料理長が不安げな顔を見せる。何よ、その顔。

「ハムよ、サンドイッチと言えば、ハムサンド。ハムサンドがないサンドイッチ専門店なんて、柴犬のいない犬百科事典のようなものよ！」

「犬？」

「違うわ、犬は食べません、ハムは豚肉で作ります。ハムサンドを作るために、ハムが必要です。料理長にはまず、豚肉でハムを作っていただきます」

料理長が無の顔になった。

なぜに？

「ハムが作れたらハムサンドだけじゃなくてハムカツサンドも作れるし、ハムエッグのせトーストも食べられるのよ？　厚切りハムステーキだって食べられるし……」

ああ、想像しただけでよだれが出そうになる。

料理長がそんな私の顔を見て深く息を吐き出し、そして、悟りを開いたような顔をする。

「ええ、分かっております。フローレンお嬢様のその顔が出たときは、美味しい料理が閃いた顔に間違いないと。ハムという謎の料理もきっと美味しいのでしょう。作らせていただきます。私の料理人人生は、お嬢様とともに……」

「ありがとう。いつも私の期待以上の素晴らしいものを作ってくださるもの。大丈夫よ。生ハムが食べたいなんて言ったりしないから。普通のハムでいいの」

生ハム美味しいんだけどな。きっと火を通さないというだけで拒否されるだろう。ああ、刺身への道のりは長い……。

「おかしい……なぜパン屋のはずが、私は豚肉に囲まれているのだろう……」

料理長が、さっそく料理人たちが用意してくれた豚肉を前に乾いた笑いを漏らす。

だから、ハムサンドを作るためだってば。

作り方を覚えている限りざっくり伝える。塩漬けと燻製と加熱。

燻製に関しては初めて聞く調理法だと驚いていた。あ、料理の知識は本で読んだり夢で見たり閃いたということであっさり信じてもらえている。お父様が「天使の閃きだね。もしかしたら神様からの啓示かもしれないね」と親ばかを発揮してくれたおかげ？

「あ、とりあえず燻玉夕飯に出してね」

ついでに頼んでおいた。楽しみだなぁ。燻製卵。しまったな。もっと早く思い出していれば、燻製イカも領地で食べられたのに。美味しいよねぇ。

あ、そうだ。明日のダイエット用のお昼ごはん、何にしようかなと思ったけどなんちゃって和食でいいや。海が遠いから魚介類は領地にいた時のように食べ放題というわけにはいかないけれど……。持ってこられるものは持ってきた。

ラミアの口に合うかな？　イーグルたんもお父様も喜んで食べてたけど。和食は好き嫌いがあるよね。

ラミアの持ってきてくれるものはどんなものかなぁ。これ以上髪や肌が美しくなったら、天使から女神に昇格しちゃうわ！　なんちゃって。

調理場から部屋に戻る途中、書類を抱えたイーグルたんと会った。

「お義姉様、何か楽しいことでもありましたか？」

あら、この天使さんはこれ以上美しくなったら何になってしまうのかしら？　まぶしすぎて目がつぶれちゃったらどうしましょう。

「瞬きをそんなにして、お義姉様、目にゴミでも入ったんですか？」

すっかり私よりも身長が高くなったイーグルたんが、顔を近づけて、顔を覗き込む。

近い。イーグルたんの顔が目の前！　まぶしくて目がつぶれるぅ～！

ああ、本当に綺麗な子だ。かわいらしい天使から、美しき大天使なお父様に似てきた。しかも、大人へと成長をとげる少年時代。一番美しい年齢だ。眼福すぎて拝ませていただきありがとうございますだよ。

「ありがとう、イーグル」

「いえ、お義姉様のためなら僕は何でもしますよ？」

「何もしなくても、存在しているだけで幸せよ」

私の言葉にイーグルたんが目を細めた。

「お義姉様も……そばにいてくれるだけで僕は幸せです」

イーグルたんの言葉に、胸がギュッとなる。

多分私が眼福ありがたしなんて思ってる気持ちと全然違うんだろう。家族を失ってこの家に来たばかりのころのイーグルたんを思い出す。

孤独な少年。家族だよと言った時のあの時のイーグルたん……。

「私は、ずっとイーグルの家族だからね。たとえ離れて暮らしても、私はイーグルの義姉だから」

イーグルたんの頭を両手でつかんで肩の上にのせ、ぐりぐりとなで回す。

「いつまでも義姉では困るんですけどね……離れて暮らすつもりもありませんし」

ん？　何かつぶやいたけど、なんて言いましたか？

「あっ、そうだ、思い出したわ！　イーグル、養鶏を始めましょう！　土地があれば養鶏場。土地が確保できないのであれば養鶏団地！　卵を大量生産するのよ！　卵はパン屋に欠かせないわ！」

イーグルたんが笑顔を顔に張り付ける。

え？　張り付いた笑顔……？

「僕はお義姉様のためなら何でもしますよ」

「イーグルたん、いつもありがとう」

イーグルたんの抱えている書類の束を見る。私、またイーグルたんの仕事を増やしちゃった？

……えっと、振り回してたりする？　で、でも、ほら、私、わがままな悪役令嬢だから仕方がないのよ？　え？　流石に甘えすぎかな……。

「夕飯は、新しい料理が食べられるからね？　期待していて？」

「はい。楽しみです」

今度は本当に笑顔になった。

「手伝うわ。いえ、イーグルが手伝ってくれてるんだったわね？」

ん？　なんかしっくりこないな。私が手伝っているのか私が手伝ってもらっているのか。どちらもちょっと違う感じがする。

「手伝うとか手伝ってもらうじゃなくて……そうだ、二人で一緒に領地のために頑張りましょう」

「二人で一緒に……そうですね。僕とお義姉様の二人の共同作業。二人は一心同体。僕は義姉の手足。義姉は僕で、僕は義姉……」

さすがに私はイーグルたんを自分の手足としてこき使ったりしてないよね？

そのつもりがなくても、そう感じてる？

「イーグル、その、無理しないでいいからね？　専門家に頼むこともできるし、えっと、その、人を雇えばいいし、えーっと」

「僕は必要ない？」

イーグルたんが冷たい声を出す。

「僕はお義姉様に必要ないの？　もういらない？　そんなこと言わないで」

「ち、違う、単にいっぱい頼み事ばかりして悪いなぁって」

「僕が必要？」

「当たり前よ！」

「じゃあ、僕が必要だって、僕がいてくれないとダメだって言ってよ。僕なしじゃ生きられないって……」

バサバサと音をたてて、イーグルたんの手から書類が落ちる。書類を手放したイーグルたんの両腕は私の背中に回った。

ぎゅっと抱きしめられる。

初めて会った時の、あのやせっぽちで折れそうな体の小さなイーグルたんが、こんなに成長したのか。私よりも身長が伸びて、鍛えている体は筋肉がバランスよくついている。息ができないくらい強く抱きしめられる。力も強くなってきたんだね。

また家族を失うことにおびえているのかな？　……こんなイーグルたんを置いて修道院に行くなんて、私はひどい義姉だろうか。

「大丈夫よ……」

ヒロインと真実の愛に目覚めれば大丈夫。

ん？　ってことは何だ？

殿下エンドでもレッドエンドでもリドルフトエンドでもなくて、目指すは義弟エンドなのでは？

イーグルたんのために私がすべきことは、ヒロインとイーグルたんの仲を応援することだったりする？

「イーグルが不幸なら、私は幸せになれないわ。だから、イーグルの幸せを私はいつも願ってる」

ポンポンと背中をたたくと、私を抱きしめるイーグルたんの手の力が緩んだ。

「僕は、お義姉様がいれば幸せだよ……だから、僕の幸せを願うなら、ずっとそばにいて……」

消えてなくなりそうな小さな声が耳に届く。

どうして、そんな不安げな声を出すのだろうか。私が修道院へ行こうと画策しているのを肌で感じている？　だとしたら私のせいだ。

早くヒロインよ、イーグルたんの心を救ってあげて！

次の日の朝。

「お義姉様、これは……？」

食卓に並んだのは、たくさんのおにぎり。いろんな味を楽しめるように小さめサイズにしてもらっている。コンビニおにぎりの二回りくらい小さなサイズ。

……残念ながら米はないので、オートミールだけどね！

食べなれてしまうと、これはこれでまぁいけなくはない。

「海の幸のおにぎり尽くし！　ラミアに持っていく痩せるメニューの試食も兼ねた朝食よ！」

イーグルたんがおにぎりたちを凝視して考えている。

「イーグルもおにぎり好きよね？」

米粒……いえ、オートミール粒をほっぺたにくっつけて「お義姉たま、おいちいです」って言っていたイーグルたんの姿を思い出してニヨニヨする。そのあと、ちゃんとほっぺたの粒は取ってあげた。「お義姉たまもついてましゅ」と、イーグルたんに倍の数の粒を取ってもらったっけ。

「お義姉様、おにぎりを、領地の特産品にと考えてますか？」

ん？　その手があったか？

領地から持ってきた日持ちする海産物を使ったおにぎり。でも見た目も味も地味よ？　売れる？

やっぱり、まずはあれからでしょう。パンに合うものからでしょう。

「いいえ、これはあくまでもラミアのためだけよ？」

ダイエット用だからね。

イーグルがほっとした顔をしている。何？　これ以上仕事が増えたらどうしようかと思った？

いや、だから誰か人を雇えば……という言葉は飲み込む。ヒロインと出会ってイーグルたんの不安が拭い去られるまではね。


学校に到着し、馬車の停車場所にはすでにラミアが立って待っていた。

手にはバスケットを持っている。

おう、あれに肌髪つやつやになる食べ物が入ってるのね。お昼が待ち切れない。でも、何が入っているのか尋ねるのは野暮ってものよね。

ラミアは私が馬車を降りると、侍女のメイが手に持つバスケットに手を伸ばした。

「お持ちいたします、フローレン様」

いやいや、自分のバスケットに加え、私が持ってきたバスケットを？

両手にバスケットを持たせるなんて流石に……。

「いえ、大丈夫ですわよ？　自分で運びますわ」

メイから受け取ろうとバスケットに手を伸ばすと、ひょいと目の前からバスケットが消えた。

「運んでやるよ」

レッドだ。

侯爵家なので馬車停車場所が近いのだろうか。馬車停車場所は爵位によって決まっている。歩く距離が短い場所が高位貴族。

「え？」

「ほら、そっちも寄こしな」

レッドは、ラミアが戸惑った顔をした次の瞬間にはラミアのバスケットも手に取った。

お、おお。

「レッド様は男前ですわね」

公爵令嬢の私の荷物を運ぶだけでなく、ちゃんと子爵令嬢のラミアの荷物まで持ってくれるなんて。筋肉のくせに気遣いのできる男だ。

「はぁ？　いや、あー……普通だろ？」

レッドがカーッと顔を赤くした。

普通かなぁ？　むしろ、お猿さんジョルジなんかラミアに荷物押し付けそうだけど。「なんで侯爵家の俺に荷物持たせるんだ、お前が持てよ」みたいな……。下手したら、浮気相手の女性の荷物までラミアに運ばせそうだよ。あ、妄想で腹が立ってきたわ。

「いえ、なかなかできることではありませんわ。自然に行動できるなんて、騎士道精神が身についていらっしゃるのね」

騎士たるもの、女性や子供をなんたらかんたらみたいなのあったよね。

「あはは、そう言ってもらえると荷物持ちを買って出たかいがあるな」

レッドが嬉しそうに笑った。そういえば、レッドは騎士にあこがれを持っていたのだっけ。うっかり褒めちゃったわ。悪役令嬢なのに好感度上げてどうする。下げなきゃ、評価。

「本当は、また食べられると思って荷物持ちを買って出たのではありませんこと？」

レッドがバスケットに視線を落とす。

「この中身はまたサンドイッチか？」

レッドの顔がぱぁっと明るくなった。

え？　本当に、別に食べ物のおすそ分けを期待していたわけじゃないの？

驚いて口が半開きになってしまう。

「え？　俺、なんかおかしなこと言ったか？」

「い、いいえ……」

びっくりした。裏表なく、爵位に関係なく、人助けできる人なんだ。あ、いや。ゲームの中では確かにそうなんだけど。それはヒロイン中心での話なのでまさか、悪役令嬢の私や、モブのラミアでも助けてくれるとはなんか……驚いた。

「サンドイッチではありませんわ。今日は、体によい食べ物ですわ。ラミアとお互いに教えあうことになっていますの」

バクバクとする心臓を知られないように、視線をラミアへと移す。

「は、はい」

ラミアが緊張気味に返事をすると、レッドがバスケットを上に掲げた。

「なんだ、今日は俺たちにはおこぼれはなさそうだな」

お預けを食らった犬みたいにしょげた顔をする。

……バスケットを運んでもらったお礼に少し分けてあげようかな。でも、今日はおにぎりしか持ってきてないからね。

三人で教室へと向かうと、途中でレッドが何かを思いついたように私の顔を見た。

「バスケット、食堂の個室に運んでおこうか？」

ん？

「それは生徒会の個室で預かってくださるということ？」

確かに教室では邪魔になる。特に、前方の席は大人気でぎちぎちに人が座っているのだ。

「いや、それでもいいが、フローレン様も個室を取るだろう？」

ああ、そういえば、フローレンもゲームの中では生徒会の隣の個室をサロンにしていましたね。取り巻きを呼んでお茶会だの派閥づくりだのする気はないけれど……。

食堂メニューを食べるときはいいけれど、持ち寄った料理を食べるときは人の視線は確かにない方がいい。

「そうですわね。今日は個室を予約しますわ」

と、食堂へと向かおうとしたら、レッドが制止する。

「運ぶついでに手続きもしといてやるよ。取った部屋にバスケットは置いておけばいいよな」

「ありがとうございます」

お礼を言うと、ラミアがちょっぴりぶぜんとした表情をしている。

あれ？　ここは、レッド様素敵な方ですわってぽーっとした顔をして見送るところじゃない？

「私にも運べましたわ！　フローレン様の大切なお荷物を運ぶのは私の役割なのに……」

はい？

「個室のことは……私、知らなくて。フローレン様のお役に立てなくて申し訳ありません。精進いたしますので、これからもどうかおそばにいさせてくださいませっ」

深々とラミアが私に頭を下げている。

その様子を生徒たちが遠巻きに見ている。

おや、これ、悪役令嬢が取り巻きを叱りつけてる感じに見えてない？　しめしめ。

「頭を上げよ」

ちょっと待てい、誰ですか！　悪役令嬢ごっこの邪魔をするの！

「で、殿下っ」

ラミアが頭を上げて息をのんだ。

いつの間に現れたのか、私の横に殿下が立っていたわ。いや、近づいてくるのは見えていたけれど、見ないようにしてたのに。

「ラミアだったな。お前はフローレンのことが信じられないのか？」

へ？

「フローレンは役に立つとか立たないとかで人を判断するような人間だとでも思っているのか？」

正しい。殿下の言うことはね。役に立つからそばに置くんじゃない。好きだからだよ。

そういえばイーグルたんが必要とされる人間にならなきゃと必死だったけど。私は知らない間に周りの人を不安にさせてるんだろうか？

「お前は子爵令嬢だろう？　爵位は低い。そのうえ、取り立てて優秀というわけでもない。何の利用価値もなければ役にも立たぬ」

殿下がズバリとラミアに言った。ちょ、ひどくない？　流石に人に豚って言う男だよっ！

「そんなお前を、フローレンはそばにいることを許した。それはなぜだと思う？」

取り巻きがいた方が悪役令嬢っぽいからですけど？

「お前を、他の者たちの悪意から守ってやるためだろう？」

はい？　守る？　私が、ラミアを？

いやいや、いやいやいや、そんなつもりは全然なかったけれど。

ラミアがハッと驚きの表情を見せる。そうだよね、守ってもらおうなんて思ってなかったよね？

痩せるためだよね？　ラミアは痩せ方を教えてほしくて、私は悪役令嬢としての体裁を整えるため、そういう関係だよ？

「ラミア、お前がすべきことはその恩に報いるために努力することだ。見捨てないでとすがることでも、頭を下げて同情を誘うことでもない。見捨てられないように学び努力し成長することだ」

「はい。殿下。その通りでございます。私は必ずフローレン様のお役に立てるようにいたします」

ぷにぷにの柔らかいラミアのほっぺがなんだか心なし、引き締まって見える。

「ああ。そうするがいい。もし、いつまでも役立たずであれば、俺はお前がフローレンの側にいることを許さない」

ちょ、待って、なんでラミアが私の側にいることに殿下の許可がいるのよっ！

「あ……ありがとうございますっ！」

ラミアが殿下に深々とお辞儀をする。

え？　なぜお礼を……。

「まさか……お許しがいただけるなんて」

ラミアがほほを紅潮させている。

「必ず役に立てるよう成長いたします。子爵令嬢の私でも、将来の皇太子妃のお側付きでいることができるように」

ラミア、将来の皇太子妃って誰のことかな？　私じゃないわよ？

とはいえ、そういうことか。役立たずであれば側にいることを許さないということは、役に立つ人間であれば側にいてもよいということだ。

つまり、まぁ今は公爵令嬢である私にだけど、身分差など関係ない、一緒にいていいよと。殿下がお墨付きを与えたってことよね？

殿下も見てたんだよね。昨日の……公爵令嬢とともに過ごすのに子爵令嬢はふさわしくない、侯爵令嬢や伯爵令嬢の自分たちの方がふさわしいと主張する人たちがいた一幕。

それで、ラミアのことは自分が認めていると公言することで収めようとしたってことかな？

なんだ。いいとこもあるじゃん。

とはいえ、役に立つとか立たないとかで周りにいる人たちを選別したりしないからね？

それからラミア、私は皇太子妃になる予定はこれっぽっちもないからね？

……ああでも、殿下の認める優秀な人物になれば、誰が皇太子妃になっても、お側付きになれるかもね。ヒロインは、イーグルたんと幸せになる予定だから、誰が皇太子妃になるか知らないけど。

殿下の姿が見えなくなってから再び教室に向かって歩き出すと、柱の陰からリドルフトが姿を現した。

「フローレン様、ご相談が」

おい、教室に行くまでに忙しいな！

ヒロイン並みのイベントの発生率よ。攻略対象キャラに順番に遭遇するじゃん。こりゃヒロイン大変そうだね。疲れるだろうよ。

「何かしら？　今でなければなりませんの？」

教室入りが遅くなると席埋まっちゃうでしょ。

「席についてご相談が。できればもう少し後方の席に座っていただけませんか？」

なんでよ。

「はっ！　まさか、近くに来てほしいということ？　ごめんなさい、私はお気持ちに応えることはできませんわ」

「いえ、近くに来てほしいと思うのなら、自分から近くに行きますので……」

「あら？　確かにそうよね」

「って、違います、近くに行きたいとかそういうことではなく……。僕が近づくなど、絶対にありえませんから。ええ、天地がひっくり返ろうとありませんよ。殿下に何を言われるかっ」

ぎょっとした表情で、全力でリドルフトは否定している。

……失礼ね。そこまで全力で否定しなくても。

「席は自由とはいえ、暗黙のルールがあるのはご存じですか？」

「一応、爵位の低いものが前方、爵位の高いものが後方ということでしたか？　ですが、学園で定められている規則は〝自由席〟ですわよね？　暗黙のルールに従う必要がありまして？」

リドルフトが困った顔をして頭をかいた。

「確かに、そうなのですが……。爵位が低い者はそうもいきません。暗黙のルールを犯して、上位貴族ににらまれるわけにはいきませんから」

……なんか、会社の飲み会を思い出した。自由参加といはいえ、ほぼ強制なアレ。

……待てよ？

「もしかして、生徒たちが前の方の席にびっちり座っていたのは……」

勉強熱心だというわけではなくて……。

リドルフトがうんと頷いた。

「本来、公爵令嬢であるフローレン様よりも後ろに座るべき爵位にない者たちが、後ろに座る意思はないということを示そうと前方の席に集まっているのかと……」

そういうことだったのか。

随分ソーシャルディスタンス取らないんだな、王都の貴族たちと思ったら……。

我先にと前の席に座ろうとした結果ぎちぎちだったのか。

「それは、悪いことを……」

私の言葉が終わる前にリドルフトがほっとした顔を見せる。

「では、殿下の隣に」

あ？

「悪いことをしたなんて私は思っていませんわよ？　悪いのは、やる気もないのに暗黙のルールに従って前方の席に座ったくせに、ぺちゃくちゃおしゃべりして授業の邪魔をする人たちよね？　勉強する気がないのは構わないけれど、勉強する気がある者の邪魔をする人たちは最低だわ」

リドルフトが面食らった表情をしている。

「とにかく、私は悪くありませんわ。ですから、後ろの席に移るつもりもありません。先生の声が聞こえなくなりますもの」

「フローレン様……」

「話はそれだけですの？　では失礼いたします。あ、そうだ。私は先生の話を楽しく聞いてますし、ラミアもメモを取りながら熱心に聞いておりますわ。最前列に座るにふさわしい授業態度だと思っておりますが、文句がおありですか？」

リドルフトが何も言わないのでそのまま背を向けて教室に向かう。

「ラミアに対する嫌がらせへの報復ということではなく……勉学に励むために前方の席に……」

リドルフトが何かつぶやいていたけれど知らん。


「……あう……」

嘘、でしょう。教室に入って愕然とした。

最前列にはすでに私とラミア二人が座る場所がない。

二段目も、三段目も。四段目も。

昨日はあんなにぎちぎちに座っていたというのに、今日は逆にソーシャルディィーーーーーーーーースタンスってくらい一人が広いスペースを確保して等間隔に座っている。

絶妙に、私とラミア二人が座るスペースが確保できない感じに……。

空いているのは、最上段と上から二段目だけ。

「くっ、来るのが遅かったか……」

明日はもっと早くに来なければ。

流石に「どきなさい、そこは私の席よ！」と言うことはできない。

すごすごと上から二段目の席に座る。

と、レッドがやってきて私の隣に来た。あれ？　レッドは最上段だよね？

「はい、鍵」

レッドが鍵を差し出す。部屋の名前が書かれた札が付いた鍵だ。

「薔薇の間……」

食堂の個室だ。そういえば、旅館みたいに個室に名前つけてあったよね。旅館みたいに。生徒会が使う部屋は鳳凰の間。その隣が薔薇の間。あとはゲーム内でも話題になることもなかったから知らないけど。

「おい、レッド……お前どういうつもりだ？」

受け取ろうとしたら、後ろの席に来た殿下がひょいとレッドから鍵を取り上げる。

「何をなさいますの、殿下」

ハンバーガー強奪事件といい、こいつは人のもの奪うの好きだなぁ。

「個室を取った男が、女に鍵を渡すのがどういう意味か知ってるのかっ、知っていて、お前は受け取るのか？」

レッドが慌てて否定しようと口を開こうとするより前に閉じた扇を机に打ち付けた。

「何を誤解しているのか分かりませんが、レッド様は私とラミアが持ってきたバスケットを運んで個室に置いてきてくださったんですわ。レッド様ありがとうございます」

　レッドに丁寧に頭を下げると、殿下がしょんぼりした。

「ご、誤解してすまない……。荷物なら、次は俺が運んでやる」

「馬鹿ですかっ！　どこの世界に殿下に荷物持ちをさせる人間がいます？　そんなことをさせられるのは、両陛下か殿下の婚約者くらいでしょう」

　あとは、ヒロインかな。でもヒロインは義弟エンドになるから近づかせないけどさ。

「ば、馬鹿って言った……フローレン様、それは流石に……」

　レッドがうろたえている。

　あ、本当だわ。思わず皇太子殿下に向かって馬鹿と……。いやいやいや。どうせ断罪されるんだもん。一つ二つ罪状が加算されるだけ。

「だから、俺はフローレンの荷物を持ってやる」

　だからって接続詞はどこからくるんだ。

「殿下の意思で荷物を持ったとしても、後々殿下に荷物を持たせるような非常識な人間だと言われて被害をこうむるのはこちらなのですわっ！」

　殿下がぐっと奥歯を噛みしめる。

「俺は……フローレンに何かしてやりたいんだ。荷物持ちがだめなら、何がしてやれる？」

　まっすぐな目で私を見る殿下。真剣そのものの目だ。

「私に……何かしてあげたい？　それは、どうしてですか？」

「いや、それは……その、言わなくたって分かるだろ？」

首をかしげる。

分からないので、とりあえずレッドの顔を見ると、レッドがうんうんと訳知り顔で頷く。

いつの間にか殿下の隣に現れたリドルフトの顔を見ても、力強く頷かれた。

ラミアの顔を見たら、ラミアが幸せそうな顔でにこにこしている。いや、にやにやかな。

何だ、皆、理由が分かってそうだ。

「……もしかして、豚と言ったことに対する罪滅ぼしですか？」

私の言葉に、リドルフトがブルブルと頭を振っている。ハズレのようだ。

「では、ハンバーガーを奪ったことを詫びるため？」

レッドが頭を横に振っている。また、ハズレだ。

「あ、分かりましたわ。そうでしたの。……一日も早くドライイーストが欲しいんですわね？　そのための点数稼ぎですわね？」

なるほど。恩を売って、手に入れようという算段ですか。

「ち、違う……」

殿下ががっかりした顔をする。

「あら？　違いましたの？　柔らかいパンが食べたくはないのですか？」

「いや、それは違わない」

「ほら、やっぱり」

流石に、意地悪しすぎたかな。ちょっと反省。

「いや、そうじゃない、俺は、その……その……」

「違うと言ったり違わないと言ったり、よく分かりませんが、分かりました」

私も何を言ってるんだ。まぁいい。

「殿下は私に何かしたいのですね？　でしたら、何かしてほしいことがあれば頼みます。それでいいですか？」

殿下が嬉しそうに笑う。

「ああ、なんでも言ってくれ。フローレンのためなら俺は何だってする。もちろんできないこともあるが、できる限りフローレンの願いを叶えると約束する」

まぁと、ラミアが小さく声を漏らした。

先生が到着し、会話をやめて席に座ると、ラミアがため息を吐きながらつぶやいた。

「殿下は情熱的でいらっしゃいますのね」

情熱？

確かに、柔らかいパンを食べるだけのために何だってするなんて、ものすごい情熱だよな。

どんだけ食いしん坊なんだとびっくりしたかな。昔からだよ、殿下は。


一時間目は数学の授業。

日本の数学とは少し違い、簿記だとか経理だとか、予算だとか、領地運営そのほかの数字に関してを含んだ授業だ。

そのため、計算は日本人の記憶がある私には楽勝なんだけれど、それ以外のことはちんぷんかんぷん。税金の金額の決め方とか知らんがな。脱税の見分け方なんて、もっと知らんがな。給金の決め方とかもあるんだ。最低賃金とか決まってたのか。役職によって最低賃金が違う……。何人雇うといくらでしょう。あ、数学……じゃないな算数の計算問題みたいに締めくくられてる。

それから、戦争時の兵糧。一人どれくらい必要なのか、兵を何人、馬を何頭……へぇ。

こりゃ勉強になるな。計算だけ延々とさせられるよりも楽しい。

そっか。一日一〇〇〇人の兵を養うだけでもそれくらい……そりゃ戦争は金がかかるわな。

え？　これって、国が負担するんじゃなくて、兵を出した貴族負担なの？　そんなん貴族は兵を出したくないやん。

ん？　その分活躍すれば報奨金もあるし、爵位が上がるなどのご褒美が……。へー。そうなんだ。

……って、ちょっと。前方の席が騒がしいとまでは言わないけれど、私語が多くないですか？

何？　令嬢は戦争に興味がない？

……興味がないなら黙っとれ！　むしろ、興味がある人間が周りの人間とこういう場合はどうなんだとかうちの領地ならどれくらいの規模かとかいろいろ話をしちゃうのは分かるが、とにかく、うるさいわ。先生の話が聞こえないだろう。

先生も、私語を注意してくれませんかね？　……分かってますよ。先生とはいえ爵位は生徒より低く注意ができないんですね。分かりますが、納得できないわ。

左端前から三番目の生徒もメモを取りながら授業を真剣に受けてるけど、その隣の令嬢が別の令嬢とけらけらと笑っている。

時折迷惑そうな視線を向けるも、それだけ。

「なるほど……」

背後からリドルフトのつぶやきが聞こえてきた。

え？　今、先生の説明に何かなるほどと思うことあった？　私には全然なるほどポイントが分からなかったよ。


二時間目は貴族の系譜。流石に派閥がどうのみたいな話はしないけれどね。どこの貴族とどこの貴族が縁戚関係にあるとか、隣国との婚姻による結びつきなど。興味なし。

てなわけで、ぼんやり過ごすことにする。そうなんだよ、いくら興味がなくてもおしゃべりして人の邪魔をするようなことはしない。

ちらりとラミアを見ると、必死にメモを取っている。

……ああそうだよね。子爵令嬢なら、失礼があってはいけない相手が多いから大変よね。間違えたら軽く見ているとにらまれたりするわけだし。

これに加えて、派閥なども覚えないといけないってことよね。大変そうだなぁ～。貴族ってめんどくさいね。

そう考えると、私は早くに前世の記憶が戻ってよかった。悪役令嬢で修道院にゆるゆる幽閉コース確定だって知らなかったら、今ごろ私も必死に人の名前と関係を覚えないといけなかったんだよね。いや、悪役令嬢なら覚えないかな？　でもサロンに声をかける人やかけない人とか自分の派閥に誰を引き込むだとかなんだとか考えないといけなかったんだよね？

私はラミアだけでいいや。一人は流石にさみしいけど、一緒に行動する人が一人いれば十分だよ。あ、でも私が冤罪で断罪されたあと、私の味方をしていたからとラミアも処罰されちゃだめよね。

……ってことは私が断罪されたあとラミアのことを任せられる人を……じゃないな。ラミアは私にひどい目にあわされていたと思われれば大丈夫なのか？

ということは、ちょこちょこ意地悪しているところを目撃させておかないとだめってことね。

よし。早速ラミアに意地悪してみよう。

ラミアの手元のメモを覗き込む。

美しい字だ。字を罵ることはできなそう……と、メモを目で追っているとごちゃごちゃと書いては消ししてしっかりメモが取れていない部分を発見。

よし。ごめんね。私がいなくなった後にラミアが同情してもらうためだからね？

「あら、ラミアはニーチャ王国へと嫁がれた、現在のニーチャ国王のお祖母様の名前もご存じないのですか？」

突然上げた声に、先生は黙り、生徒たちはこちらを振り返った。

よしよし、証人大量ゲットよ。ラミアはかわいそうに悪役令嬢であるフローレンからひどい言葉を投げかけられている被害者です。

「子爵令嬢はこのような常識的なこともご存じないのね？　皆さまは当然ご存じでしょう？」

私は知らんけどな。

「子爵令嬢はろくに家庭教師もつけられないのでしょうね。ふふふ、ふふふ。仕方がありませんわね。先生、もう一度教えて差し上げてくださる？　哀れな子爵令嬢に」

よし。これくらい馬鹿にしておけばラミアに同情が集まるでしょう。

あれ？　なんか、皆さんかわいそうにっていう目をラミアに向けないで、視線をそらして前を向いたり俯いたりしていますよ？　ちょっと、目撃者になってもらわないと困るわ。困るんだってば。先生は、ちゃんと目撃してくださいましたよね？　生徒のこと守ってくれますよね？

私が断罪されたあと、ラミアの責任も問われたときにちゃんとかばうようなこと言ってくださいよっ。と、先生に視線を向けると、目が合ったとたんに先生は咳ばらいをした。

「さすがは公爵令嬢フローレン様でございます」

？

「確かにニーチャ王国と我が国との外交上とても大切な婚姻関係の一つとなっております。近々第二王子が留学してくるという噂もあります。間違えがあってはならない項目です」

え？　そうなの？　ニーチャ王国の第二王子が留学？　……いや、なんか隠しキャラでいたっけ。でもそれって、私が断罪された後だよね？　関係ないよね？　確か、正体隠してひっそりこっそり学園で生活していたのが、ある日突然ヒロインに正体がばれてとかいう設定だっけ。

……もうすでに正体を隠して教室に潜伏していたりして。

まさかね。

「ありがとうございます。フローレン様。聞き洩らした内容でしたので、もう一度先生が説明してくださると助かります」

ラミアがお礼を口にした。おかしい。罵ったのに、お礼を言われちゃったわ。

ニーチャ王国の第二王子が来るという話を聞いたからか、それ以後は皆おとなしく授業を聞いていた。

「殿下……フローレン様のことを私は誤解していました」

リドルフトの言葉に昼食に出されたシチューを口にしながら耳を傾ける。

場所は生徒会が使う食堂の個室。鳳凰の間だ。

今日はフローレンは隣の薔薇の間で、ラミアと二人で食事をする。自分も行ってもいいかと喉元まで言葉が出ていたが、それを察したのかフローレンににらまれたのであきらめた。

どうにもフローレンに食いしん坊キャラに認定されている節がある。

俺は、フローレンと一緒にいたいだけだというのに。

「誤解とは？」

リドルフトは俺が小さいころからずっとフローレンのことを褒め続けているのを聞いている。

が、いつも「思い出補正ですよ、実際に会えばそこまで素晴らしい女性とは限りませんよ」だの、「現実に目を向けるべきですよ、他に素晴らしい女性はたくさんいますよ」だの言い続けていた。

フローレンのように素晴らしい女性が他にいるものか！　と言えば「はいはい」と投げやりな返事をよこす。

と、言うのに入学式に、フローレンのことを見てころりと手の平を返した。

「あれほど美しい女性であれば、エディオール殿下が心を寄せるのも頷けます」

……誰が、フローレンが綺麗だから好きだなんて言った？

確かに、六年ぶりに会ったフローレンは、思い出の中の彼女の百倍は美しかった。

あまりにも声をかけるのに緊張しすぎて、思わず「緊張したときは、人を豚だと思えばいいのよ」という母の教えを実行したほどだ。そして、うっかり彼女に「豚」と呼びかけてしまった。

この六年の間に、人前に出ることも、人と会話をすることも訓練を積み、かなり改善されたと思っていたのに。

フローレンを前にしたとたんに、人前で緊張する昔の自分に戻ったようだった。

心臓はバクバクと弾けそうなほど早く脈打ち、頭の中は真っ白で何も考えられなくなった。逃げ出したい思いにかられるけれど、手足は震えだしそうでうまく動かすことができない。

落ち着け、大丈夫、そう、豚だ。目の前にいるのは緊張する相手じゃない……。落ち着け……。豚。豚、そう、目の前にいるのは……。

……いや。ちゃんと、フローレンを前にすると緊張してしまうということと、昔のことの謝罪もできたからよかったのか？

「殿下は、見た目でフローレン様のことを好きなわけではないんですね」

リドルフトの言葉に、何を今さらという目を向ける。

「俺は見た目が好きだなんて一言も言った覚えはないが？」

「いえ、そうですがあの美しさを見てしまえば男なら誰でも心惹かれると思いますので」

誰でも心惹かれる？　お前もか？　思わずリドルフトをにらみつけると小さく頭を横に振る。

「とにかく、私は誤解していたようです。……彼女ほど聡明な女性を初めて見ました。皆にいじめられ孤立しそうなラミアをそばに置くことでいじめられないようにかばった優しさがあるだけではない。……昨日、前の席に座ったのはラミアをいじめていた者たちへの意趣返しなのかと思ったら、純粋に授業を聞き洩らさないようにということだと言う」

リドルフトがフローレンを褒める言葉に、思わずにやけてしまう。

自分が褒められたかのように嬉しい。俺のフローレンはすごいだろう？　もっと褒めてくれ。

「言われてみれば、後方の席では時折先生の声が聞き取れないことがあると気が付きました」

「ああ、そうだな。まぁすでに家庭教師から学んだ内容だから聞き取れなくても構わないと気にしていなかったが」

「そうなのです。私も学園での授業内容はすでに履修済ですし、先生の話を聞くということに大した価値は見出してはいなかったのですが」

リドルフトはそこで言葉をいったん切ると、感嘆のため息を漏らしてから続けた。

「フローレン様は、私の一歩先……いいえ、二歩も三歩も先をお考えでした。自分が理解すればよしとはしない。周りの人間の理解度にも気を配り、重要なことを理解していない者がいると知れば分かるように手助けをする」

リドルフトの言葉にああと、頷く。

「……あれには俺も驚いた。授業中に突然声を上げたかと思うと、ラミアを注意したように見せかけて、学べていない者たちすべてにちゃんと聞くようにと遠回しに苦言を呈した。あの言葉を聞き、確かに家庭教師から学んでいない者も多くいるはずだと思い至った」

「そうなのです。静かにしなさい、先生の声が聞こえませんと言うのは簡単ですし、ちゃんと授業を聞きなさいというのも簡単です。しかし、彼女は違った。子爵令嬢は知らなくても仕方がないけれどと言うことで、当然伯爵家などそれ以上の家の者は知っているだろうと。知らないのは恥ずかしいことだと釘を刺した」

確かにそうだ。ラミアを馬鹿にするような言葉だが、実際は教室にいたすべての人間に対しての忠告だった。常識的なことだと。知らないのは恥ずかしいと。

そして、先生にもう一度説明させることで、先生の話に生徒たちは耳を傾けることになった。

「そして、うまいのは、ニーチャ王国の第二王子が留学してくるかもしれないという話がある中で、ニーチャ王国関連の部分を指摘したことです。隣国の王族に失礼があってはいけない。どのような処罰をされるか分からない。知らなかったではすまないことがある。それはよく分かっていますから、一層身を引き締めて授業を聞くようになりましたね」

リドルフトの言葉に、大きく頷く。

「俺は、隣国の王族を迎える可能性があるのに、生徒たちのニーチャ王国への理解度を気にしたこともなかった。それをフローレンは授業態度などから的確に判断し、それを改善するために最善の策をとってくれたのだ」

リドルフトがうんと頷く。

「素晴らしい女性です。ぜひ、皇太子妃となさるべきです」

「あ……うん……」

妃に。フローレンが俺の妃……。想像しただけでも顔がにやけてしまうが。

王室からの婚約の打診は断られている。九歳のお茶会の後と、学園入学前の二回。

断りの理由は「王妃など務まりません」と本人が言っているというものだった。一度目は。

二度目は「周りの者がふさわしくないと言っているでしょう?」と父親である宰相から嫌味たっ

ぷりに言われた。

……確かに、醜いと噂が立っていて、皇太子妃にふさわしくないと口々に言う者がいた。娘を醜いと言われて宰相は心底腹を立てていたので嫌味も仕方がないと。

そして言われたのだ。「自他ともに認められるのであればお受けしましょう」と。自他……つまりは、ふさわしくないと言っていた周りを黙らせ、フローレン自身もその気になればということだ。

この分であれば、周りはすぐにフローレンこそ皇太子妃にふさわしいと認めるだろう。

問題は……。

「どうしたら、フローレンは皇太子妃になってくれるだろう？」

彼女の気持ちだ。

「好きになってもらえばいいのでは？」

「どうしたら好きになってもらえる？」

リドルフトが黙り込んでしまった。

「す、少しずつ距離を縮めていけばいいのではないですか？　ほ、ほら、六年間は会うこともできなかったのですし。今は毎日顔を合わせられます。会話もできます。えーっと、彼女は勉強熱心ですから、その、一緒に勉学に励むとか？　分からないところを教えてあげるとか……その……」

リドルフトがいろいろなアドバイスをくれる。

「なるほど、勉強を教えてやるのか。確かに、賢い男に惹かれる女性はいるよな」

待てよ。賢い基準でいけば、リドルフトの方が頭の出来がいいじゃないか。

フローレンがリドルフトを好きになったらどうしよう。俺は、素直に祝福してやれるだろうか？

……無理、無理だ。無理だ。心の狭い男と思われてもいいが、フローレンを誰にも渡したくない。より一層勉強に励むとしよう。そういえば、先生の話をよく聞くには前方の席の方がいいんだよな。だからフローレンも最前列に座っていたのだ。

……もしかしたら、一番後ろに座っていた俺のことは「授業を聞く気がない、やる気のない男」だと思っていたのではないか？

いや、確かに家庭教師にすでに教えられた内容だったためあまりやる気はなかった。

これでは、フローレンに好きになってもらえないっ！　よし。明日から俺も最前列……いや、午後からでも最前列に……！

「待たせたな！」

レッドが部屋に入ってきた。

「遅かったな、どこへ行っていたんだ？」

「ああ、家のものが届けてくれた。どうやら、成功したらしい」

レッドがニカッと笑ってバスケットを掲げた。

「まさか……」

「ああ、そうだ」

テーブルにバスケットを置くと、絹にくるまれた物を取り出した。

絹をほどけば、中から丸いパンが姿を現す。

「フローレン様の持ってきたサンドイッチのパンと形は違うが、柔らかさはひけを取らない」

レッドがにやりと笑った。

「もらったレシピで五度失敗しているが、六度目に成功した。早速食べてくれ」

レッドがパンをつかんで毒見係を買って出る。レッドの手に握られたパンは指が食い込み、見ただけでも柔らかいというのがよく分かる。

毒見が終われば、俺も食べられる。ほんのり甘くて、ふかふかで柔らかい極上のパン。

「そうか、ドライイースト……魔法の粉とレシピがあれば、この柔らかいパンは焼けるんだな。うちのシェフが焼いたものは、まだ膨らみがいまいちなんだが、すぐに焼けるようになりそうだな」

リドルフトも嬉しそうだ。

「魔法の粉……フローレンが俺のために作ってくれたんだ」

あれ？　もしかして、俺はフローレンに好かれている？

いや、だったら婚約の打診を断られるはずがないか？

ど、どっちなんだろう。少しは期待してもいいのか……。いや、だめだ。

俺は足りないことだらけだ。リドルフトには知識で負け、レッドには剣術で負ける。

もっと勉強し、鍛えないと。

「これは、殿下が言っていたハンバーガーにして食べたいですね。ハンバーグを挟むんですよね」

リドルフトの言う通りだ。

しかし、今日の食堂のメニューは、シチューとジャガイモ。

残念だ。

レッドに渡された鍵を使って「薔薇の間」に入る。

食堂の個室はサロンとも呼ばれるだけあって、テーブルも椅子も立派なものだ。十人ほどが着席できるようになっている。壁には絵画が飾られ、暖炉もあり、暖炉の前にはソファセットまで置かれている。生徒会用の部屋だけが豪華なのかと思ったらそうでもなかった。……ゲームでは悪役令嬢の薔薇の間にヒロインが立ち入ることがなかったから知らなかった。ちょっと新鮮な気分だ。

テーブルの上には、レッドが運んでくれたバスケットが二つ置かれている。それから、ベルを鳴らせば食堂で提供されている食事がすぐに運ばれてくるらしい。

「さぁ、じゃあ、ラミアが持ってきたものを見せてちょうだい。髪や肌が美しくなる料理。楽しみだわ」

何だろう。

ラミアがバスケットから出して、大きな黒っぽい塊が載った皿をテーブルの上に置いた。

まるで、四人では食べきれないほどの大きさのホールケーキのような黒っぽい塊。

「これは……ハンバーグ？」

巨大だけれど、どう見てもハンバーグ。

「は、はい」

ラミアが視線を泳がす。……髪や肌を美しくする食事がハンバーグ？

「えっと、ラミアは普段からハンバーグを食べているのね？　……これで髪や肌が美しくなるのかしら……？」

ハンバーグ美容法なんて聞いたことがない。

それに、あの肌や髪が荒れてたご令嬢もハンバーグを食べていると思うんだけど……？　頻度の違いかしらね？

「ラミアは毎日ハンバーグを食べているとか？」

牛の産地だそうだし、毎食の可能性もあるな。ぽっちゃりの原因になっている可能性も。

ラミアの顔をじーっと見ると、涙目になった。

「も、も、申し訳ありませんっ」

頭を下げると、下げた状態のままラミアが早口で言葉を続ける。

「公爵令嬢に食べていただくならと、料理長が張り切っていつもは作らない料理を作りました。あの、うちの領地の特産品は確かに牛肉なんですが、いつも食べているのはちゃんとした肉を使った料理じゃなくて、売れ残ったり余ったり、売れないものを使ったものなんですっ。そんなものを食べさせるわけにはいかないと……」

なんだ、ハンバーグは美肌や美髪アイテムじゃないのか。まぁ、分かってたけど。

「じゃあ、いつもは何を食べているの？」

「皮とかです」

皮？　皮って言った？

「えーっと、皮というのは、牛の皮？　でも、革製品を作るために牛の皮は売れるわよね？　売れ残りではないのでは？」

牛の皮は、食料としては出回ることはほぼない。革製品にした方が値が付くからだ。でも、美味しいから食べちゃえという国もあるそうだ。だから、食べられないものではない。こりこりしているとか。……気になる。食べたことないのよね。

「その、尻尾や足や顔などの……」

ああ、広い面積をとれない部位の皮か。それは確かに革製品にするにも手間がかかるものね。

「食べてみたいわ」

どんな味なのかな。こりこりといえば鶏軟骨が思い浮かぶし、噛み応えがあるなら牛ホルモンというのも。ハツモト、センマイ……何に近いんだろう。煮るの？　それともやっぱり焼肉？

私の言葉に、ラミアが顔を上げた。

「た、食べますか？　あの、その……、ハンバーグとは別に、私の好きなものを持ってきたんです。売れ残りで作った料理なんて失礼かもと思ったのですが……」

「何を言っているの？　そのいつも食べているものがラミアの美しい肌や髪を作っているのでしょう？　私はそれを知りたいと言ったの。売れ残りどころか、これからはそれが売り物になるかもしれませんわよ？」

ラミアがハッと息をのむ。

「売れ残りが売り物に？」

「そう。そうなれば、もう売れ残りとは呼べませんわ。だから、私が食べるのは売れ残りではなく、新製品よ。ラミア、食べさせてくださるわね？」

「は、はい。お口に合うか分かりませんが」

と、ラミアがバスケットから取り出したものは、どう見ても肉じゃなかった。

カップの中に入っているものは、カップを揺らすとプルンと揺れる。

「えーっと、これが牛の皮……？」

「いえ、あの、違います。その、牛の皮や骨を煮込むとできるもので、喉が痛いときにもするりと喉を通るんです。それで、野菜をくたくたに似てつぶしたものや、果物の汁を入れたりして食べるんですが……」

ああそうだった。聞いたことがある。皮や骨を加熱して抽出するタンパク質だったっけ。

「ジュレ……」

「はい？」

ジュレなんておしゃれな言葉で表現しちゃったけど、要はゼリーだ。ゼラチンで作るやつだ。

そして、ゼラチンの主原料……八割以上はコラーゲン。

カップに入ったこれ、コラーゲンだよ、コラーゲン。

コラーゲンなんて、ＴＨＥ美容成分じゃん。そりゃ、美肌にも美髪にもなるわ！

「いただきます」

コラーゲン、美容成分。

ああ、リンゴゼリーだ。リンゴの果汁とすりおろした実と両方入ったゼリーだ。美味しい。

やっぱり、寒天とゼリーは違うよね。寒天は寒天で美味しいけど、ゼリーはゼリーだよ！　寒天は海の幸なので、食べてるよ。ダイエットに寒天もありだったか。今度は寒天を持ってくるか。

「はぁー。美味しいわ。ラミア、コラーゲン……いえ、ゼリーは売れるわよ」

ラミアが目を見開く。

「まさか……。牛の尻尾や頭を使って作ったものです。フローレン様のように口にしようとする方がいるとは……」

ん。確かに想像したら食べにくいよね。でも私はこの出来上がったゼリーというものを先に知っているから全然平気。というか、美容に良いというのが証明できれば、美容にうるさい人間は原材料が何だろうが飛びつくと思うんだけどね……。

「いえ、あの、フローレン様が悪食だという意味では……」

失言したとばかりにラミアが口を押さえる。

「ふ、ふふ。いいのよ。私は美味しい物が必ずしも美しい見た目をしているわけではないということを知っているだけですわ。そうですわね……タコという生き物はご存じ？　見た目はそうね……不気味で気持ちが悪いわ。ぬめぬめして足が八本もあるし、真っ黒な液体を口から吐き出します。足にはびっしり吸盤が付いていて吸盤に吸われ体に巻きつかれてしまえば簡単に引きはがすことはできませんわ」

あら？　単に日本人なら普通に知ってるタコの特徴を説明しただけなのに、随分不気味な生き物みたいな説明になってない？　タコも食べるまでに料理長とかなりバトルを繰り広げた。タコの唐揚げ。うまうまでした。

「そのような恐ろしい生き物が……」

ラミアの想像するタコはどんな生き物なのか分からないけれど。

「美味しいんですよ」

「……お、美味しい……？」

「調理されて食卓に並んでしまえば、元の形は関係ありませんわ」

「はぁ」

「逆に、いくら普段から食べていると言っても、目の前にそのままの牛を置かれても困りますもの。そうでしょう？」

ラミアがふっと笑った。

「確かに、そうですわね」

「そうよ。そもそも食べているものの形なんて案外気にしないし、知らないものよ」

だいたい、ドゥマルク公爵領から売り出そうとしているドライイーストは、イースト菌だからね。菌よ、菌。ばい菌、病原菌の仲間だからね？

同じ現象でも人の基準で発酵と腐敗とを呼び分けているだけだからね？　納豆なんて腐った豆よ？　発酵食品は食べられる腐った物だからね？

鰹節やチーズだって、かびさせて作ったりするんだよ？　菌とか腐敗とかカビとか……気にしだしたら美味しいものは何も食べられないよ。

と、話がそれた気がしないでもない。とにかく「菌」なのに「ドライイースト」は「魔法の粉」として殿下も喉から手が出るほど欲しがったんだから。原料は何だとか聞きもせずにさ。

「……ですが、後で、よくもこんなもの食べさせたなと言う輩はいなくはないのでしょうか？」

牛のゴミで作った物なら安く売れとか理不尽なことを言う人間もいるかもしれないし。

「そうですわね、売り出す前に箔付けをした方がよさそうですわね」

コラーゲンだって、コラーゲンっていう名前だから売れてるんだろう。「牛の尻尾から抽出したドロリとした固まり」っていう名前では、美容家ではなくユーチョーバーに人気が出そうだ。

「あの、箔付けって、その、本当に売るつもりでしょうか？」

「あら？　そうでしたわ。売るか売らないかは、ラミアさんの領地の問題でしたわね？　私ったら……最近商売のことを考えすぎてつい……」

ラミアが驚いた顔をしている。

「公爵令嬢のフローレン様が商売……ですか？」

「あら？　何かおかしいかしら？」

いや、おかしいか。

貧乏な貴族や、領地もない名ばかり貴族や、爵位を継げない次男三男などなら商売でお金を稼ぐということはある。公爵令嬢で父親は宰相。領地運営も問題ないそこそこ裕福な令嬢が商売というのは、確かにびっくりするか。

「商売といっても、商人とは違いますわよ？　領地の繁栄につながる物を売り込むという話よ？」

「領地の繁栄のための商売を？」

ラミアが、さらに驚いた顔をしている。

どうしたんだろう？

「貴族令嬢が……領地のためにできることは、より良き人の元に嫁ぐことでは？」

は？

「ラミア、もしかして両親はそういう考えの持ち主なの？　娘を駒として扱うような人間なの？」

そういう考えの者は少なくない。

跡を継ぐ嫡男以外はすべて駒だと。使える駒は最大限に生かし、使えない駒は切り捨てる……と。

「いえ……父も母もそのようなことは……。もともと貴族とはいえ平民に近い生活でしたし。ですが、ハンバーグという食べ物が世の中に広まり、牛肉の需要が増えたことで領地が繁栄してきたことで……その、貴族としての責任も重くなって」

なぬ？　きっかけはハンバーグ？　ハンバーグのせいで人生が変わっちゃったの？

「ジョルジ様と婚約してから、ジョルジ様がいろいろと貴族について教えてくださるのです。女は領地のためにできることなど結婚だけだ。領地運営するわけでもないのだからな。だから、お前は俺という上位貴族と結婚することで役に立ててよかったな。俺にもっと感謝しろよ……と」

あの男か！

「……領地のために、ジョルジと結婚しようというのですね？　両親からの強制でもなければ、好きだからということでもなく」

答えにくい質問だったからだろうか。ラミアは複雑な表情を顔に浮かべる。

いや、もうその顔でジョルジのことが好きじゃないということはよく分かったわ。

確か、金銭的援助を受けているのはジョルジの家の方だったはずで。侯爵家なのに子爵令嬢と婚約など、よほど金銭に困っているのだろう。爵位の差があるとはいえ、金銭的な事情も含めればイーブンな立場と言えなくもないはずだ。

婚約が解消されればジョルジも困るのに、ラミアを下に見てやりたい放題している。それにラミアはなぜ耐えているのかと思えば……。

洗脳されていたのか。ＤＶ男やモラハラ男の常とう手段だったわ。「お前は無能で出来損ないで何もできないどうしようもない人間」だと洗脳していく。

ラミアは領地のために自分ができるのはジョルジと結婚することだけだと思い込んでいたのね。

両親がよい人で、領地のために何かしたいという思いが強いがゆえに、あんな男の仕打ちに耐えていたんだ。領地の、領民の、両親のためにと。

私なんかよりよっぽど立派だ。私は、イーグルたんとお父様に迷惑がかかるかもしれないと思いつつも幽閉生活を目指してる。その良心の呵責から、領地を富ませればチャラになるんじゃないかと特産品を売るぞと思ったんだもの。

純粋に領地のことを考えて自分を犠牲にしようなんて……。

「ラミア、あなたは馬鹿ね」

「え？」

「もっとわがままに生きればいいのに。婚約が嫌なら嫌だと言えばいい」

「そ、それは……できない……です」

「できないんじゃなくて、やらないんだよね。もちろん嫌だと言うだけで後は知らないというのは無責任だと思うわよ？　でも、嫌だと言っても大丈夫な状況を作って言えばいいじゃない？　……例えば、もっと素敵な男性を見つけてジョルジとの婚約は嫌だと言えばいいのでは？　誰かと結婚することが領地のためになるというなら、もっといい人と結婚した方が領地のためになるわよ？あんな男が本当に領地のためになると思う？」

ラミアは私の言葉は聞こえているはずだし、意味も分かってると思う。

けれど、洗脳されていたせいなのか「そうですね！」とも思えないのだろう。理解できないのではない。考えてはいけないことを与えられ、思考停止しているように見える。

カップの中に残ったゼリーを口に含む。

「あー、美味しいわ」

ぶっちゃけ、浮気と、入学式の日の私を愛人にしてやる発言だけで追い詰め、ラミアとの婚約を解消させることなどお父様に頼めば簡単なんだけどね。流石にラミアの人生だし。どうしても助けてほしいって言われれば考えないこともないけど。

ラミアが自分で決めることだもんね。

「私……痩せます……」

ラミアがつぶやきを漏らした。

「あ、そうでしたわ。私ばかり美味しいものを食べさせてもらっては不公平ですわね。痩せるための食事を用意してきたの」

ゼリーがおいしくて、コラーゲンに衝撃を受けて忘れるところだった。

持ってきたバスケットからおにぎりの包みを取り出す。乾燥を防ぐには葉っぱよ。大きな葉っぱにくるんであるんです。

あら？　私痩せるためにオートミールのおにぎりを用意したはずよね？

二人分というには量が多くて、こんなに食べたらむしろ太らないかな？

ホールケーキのようなでかいハンバーグといい勝負になるくらいでかい葉っぱの包み。

開くと、ミニサイズのおにぎりが六〇はある。普通サイズで考えると二〇個分はあるよね。お寿司換算にすると八〇貫分？　いや、無理でしょう。食べきるの。

「あ、あの、フローレン様……この黒いのは……」

「ああ、これ？」

ミニおにぎりの右端を指さす。

「この黒いのはひじきね」

鉄分が豊富だよ。ちゃんと、鉄鍋で煮てるか！　ダイエットとはいえ栄養は摂らないとね。

ラミアが納得した顔をしていない。あれ？　黒いのってこれのことじゃないのかな？

その隣のおにぎりを指さす。

「この黒いのは昆布よ」

うまみ成分が豊富で出汁にも使うからね。

ラミアの表情が変わらない。あれ？

「この黒いのはもずく」

ねばねば成分がぴか一で消化を助けるとかなんとか。

これでもなかったか。その隣のおにぎりを指さす。

明るいところで見れば黒ではないけれど、室内では確かに黒く見える。

「これは海ぶどう」

プチプチした食感がもち麦風でいい感じなの。

やだなー、これでもない？

「これはワカメ」

緑だけど知らない人が見れば室内では確かに黒い。

ん？　これのことでもない？

「これは海苔の佃煮」

残念ながら醤油はないので塩と砂糖と酒での味付けだけどさ。

え？　これも違う？　おにぎりの種類はこの六種類……って、全部黒いわ！　あらぁ。

海藻類は、どれもカロリー控えめで、食物繊維やミネラルが豊富でダイエットに適した食材。

「いえ、そちらの黒いものはなんでしょうか？」

ラミアの視線の先にあったものを手に取る。

「ああ、これはこうして食べるのよ」

焼き海苔のことだったかー。

ミニおにぎりに巻き付けて、そのまま口に運ぶ。まずはワカメおにぎりにしましょう。

うむ。よい塩加減。

「え？　まさか……痩せるためにはそこまでの努力が……」

はい？　おいしく食べて痩せる。適度に運動はしないといけないけど、そんな絶望的な顔をするほどの努力ではないと思うんだけど？

「真っ黒に染めた紙を食べてまで……食事を制限して……」

真っ黒に染めた紙？　はて？　なんのこと？

「ラミアも食べてみて。口に合わないようなら、明日は別のものを用意するから。無理はしなくていいわよ？」

和食は好き嫌いがある。日本人だって、海藻類嫌いな人は嫌いだ。

オートミールを直接手でつかむとべたべたになるので、海苔を手に取りラミアに手渡す。

「あ！　ラミアが言っていた紙ってこれ？　違うわよ。海苔というの。海藻……海の野菜と言えばいいかしら？　野菜を細かくして薄く延ばして乾燥させたものと言えばいいかしら？　ここでは黒く見えるけれど、真っ黒じゃなくて緑っぽいのよ？」

「え？　海の野菜……？　あ、確かに葉っぱも紙のように薄いですよね」

ラミアがおにぎりを包んであった葉っぱを見た。

「知らないことばかりで申し訳ありません。いただきます」

海苔を受け取ると、私が食べたのと同じワカメのおにぎりをくるんで口に運ぶ。

「あ……初めて食べる感じです。海苔……はパリパリしていて、粒が口の中でほどけます。甘みのある粒……麦でしょうか？　それに、黒い物の塩気がちょうどよく調和して……鼻から抜ける何とも言えない香り。美味しいです」

ラミアがぺろりと一つ目のおにぎりを食べた。

「気に入ってもらえてよかったわ。なるべくよく噛んで食べてね。食べられそうならレシピを用意するわ……あ、材料が特殊なものだから、届けさせるわね」

そういえば、ひじきも昆布もワカメももずくも海ぶどうも海苔も王都では売ってないわ。うっかりしてた。ダイエットするために継続して食べられる物を教えてあげないとだめだったよ。何があったかなぁ。思い浮かぶまでは暫くは渡すとして。

「そんなっ、いただくわけには……。代金はお支払いいたしますので」

「いいえ、結構よ。手に入らない物を紹介しておいて、お金をいただくのは売りつけたみたいで後味が悪いわ」

「ですが、弟子にしてくれとお願いしたのは私ですし、それに……痩せたいんです。一日も早く、痩せたい」

おや？　なんだか熱意がすごい。

「ふふ、分かったわ。ではこうしましょう。私はこのゼリーが欲しいです。ゼリーを作るときに使っている、牛の皮を煮てできるぷるぷるしたものが。これが、ラミアの髪や肌を美しくしている食べ物で間違いないと思いますわ。ゼリーと、海苔などの海藻類を交換いたしませんこと？」

ラミアの顔がほころんだ。

「はい、ぜひ」

よし。交渉成立。ふふふ。コラーゲン食べ放題生活、ゲットだぜぇ！

確かコラーゲンもカロリーはそれほど高くないはずだ。

とはいえ、果汁などゼリーに使う他の材料はカロリーが高いものもあるから食べ過ぎは厳禁だけど。コラーゲンボールとして鍋にでも投入しようかしらね？　鍋もダイエットにはいいのよねぇ。野菜がたくさん食べられるから。海鮮鍋はよく食べたなぁ。

「当面は、こうしてお昼に受け渡ししましょうか。あまり大量でも消費しきれないでしょうし」

粉ゼラチンや板ゼラチンのように加工されてない生のままじゃ保存もできないだろうし。

海苔とワカメとひじきともずくは乾燥させたものを領地から屋敷に運ばせてあるから日持ちはする。ただ、実際料理に使った状態を見てもらってレシピを渡さないと食べ方が分からないと思うし……。焼き海苔を黒い紙だと誤解するくらいだ。

それにしても……だ。

「どう考えても、二人で食べきれる量ではありませんわね……」

うちの料理人もラミアの家の料理人も張り切りすぎだ。

持ち帰って食べるには流石に時間がたちすぎていて不安だ。

「仕方がありませんわね。残すなんてもったいないことはできませんもの」

海苔を一枚手に持って、隣の生徒会メンバーのいる部屋のドアをノックする。

「フローレン様、いかがいたしましたか？」

すぐにドアを開いたリドルフトが部屋に招き入れてくれる。

「レッド様、リドルフト様、私とラミアが持ち寄った食事の量が多くて食べきれないのですが、手伝っていただけませんか？」

にこりと笑うと、殿下が立ち上がった。

「なんだ、任せろ」

「嫌ですわ殿下。なんの冗談でしょう。私がお願いしたのはレッド様とリドルフト様ですわ。殿下にお願いなど恐れ多くて」

殿下がずんずんと私の近くへと歩いてくる。

「今日は試作品ではないのだろう？　毒見なら二人にさせればいい。何の問題もない」

私の目の前まで来た殿下に、海苔を出して見せる。

「黒い、紙？」

驚いてる驚いてる。

驚くのはこれからよ！

「今日持ってきたものはごちそうでもありません。このような品を殿下に食べていただくなんてとても……」

にこりと笑って、海苔をパクリと口にする。

「フローレン様が紙を食べっ……！」

リドルフトの驚く声が上がった。

「毒見は問題ないな」

小さく頷くと、殿下は私がかじっている海苔の反対端にかぶりついた。

ちょっ。また、やりやがったな！　全然成長してないじゃないかっ！

ポッキノゲームじゃないんだから、一つの食べ物の両端をくわえるとか……。

顔、顔が近いっ！　このイケメン、何してくれてんのよっ！

意地汚いにもほどがあるっ！　イケメンの暴力だ！

カーッと顔が熱くなるのを感じる。

そのまま顔を引けば、パリパリの海苔が、びりっと破れて顔が離れる。

海苔がもったいないからかじりついたまま破ってやりましたわよ。海苔を食べきってから、文句を言おうと殿下を見る。

「うん、まずくはないが、一味足りないか？　そうだな、油で焼いて塩をかけたらもっと旨いかもしれないな」

って、その通りだよ！　ごま油で揚げて塩をかけると美味しいんだよ！　食べ物に関する味覚の鋭さは流石。って、褒めないよ、褒めないっ。

「今日は、別の食材と合わせて食べるために持ってきましたのよ。一緒に食べることでおいしさが倍増しますの」

分かってないわねという顔をして殿下を見る。海苔のおいしさは私の方が知ってるんだからね！

「なるほど、別の食材と組み合わせておいしさが引き立つんだな。フローレンが言うのだから間違いないのだろう。行くぞ、レッド、リドルフト」

「え？　殿下、紙……ですよね？　大丈夫なのですか？」

リドルフトが信じられない物を見たという顔で呆然としている。

「俺も早く黒い紙を味わってみたい、早く行こうぜ？」

レッドは興味津々といった様子だ。

「薔薇の間に用意してありますわ。どうぞ」

おかしい……。なぜ、またもや殿下にもごちそうする流れに……？

しかも、どうして私は殿下の隣に座らされているのだろうか。殿下の両隣って、レッドとリドルフトじゃないの？　私と殿下の正面にはレッドとリドルフト、そしてその隣にラミアという布陣だ。

ラミアはもう緊張のあまり卒倒しそうになっている。

そりゃそうだよね。皇太子殿下と同じテーブルを囲むなんて、子爵令嬢としては本来ありえないことだ。

男爵令嬢のヒロインはその点全然気にしてなかったみたいだけど。心臓強いよね、ある意味。美味しいものはみんなで食べた方がもっとおいしくなるんですよ！　とか言って同じテーブルで食べるとか……。いや、相手は皇太子殿下ですよ？　私など「同じテーブルに座るなど恐れ多くてとても食事が喉を通りませんので遠慮します」って逃げ出すわ。逃げ損ねたけど。

ラミアの持ってきた巨大ハンバーグは、ローリエやらナツメグやらいろいろなハーブや香辛料が使われていていつものハンバーグとは違ったおいしさがあった。流石、牛肉の名産地なだけはあり、肉の臭みを消す方法だとかより味を引き立てる調理法だとかが発達しているようです。ハンバーグを見たときは、いつも食べてるとがっかりしたけれど、美味しい誤算でした。

で、オートミールのおにぎりとちょっと濃い目の味付けのハンバーグ。一緒に食べておいしくないわけないよね。

「黒い紙……じゃない、海苔というのか。この海苔、フローレンの言う通りおにぎりを包むとおいしさが何倍にも広がるな」

ニコニコと殿下が笑顔を向けてくれる。

あまりにおいしそうに食べ、満足そうな顔をしているので、ドヤ顔を返しておいた。

「あ、殿下、ついてます」

おにぎり初心者にありがちな、ほっぺたに米粒ならぬオートミール粒を引っ付けている。

ふふっ。思わず笑いだしたくなるのをこらえ、殿下のほっぺたについた粒を指でつまみ、そのま
ま……。

はっ！　危ない！　つい、小さなイーグルたんにいつもしていたように、そのまま自分の口に運んじゃうところだった。

セーフ。

殿下のほっぺからとった粒はそのまま指につまんで、殿下と私との間で止めた。

「あ、ああ……フローレン、その、そうか。うむ」

殿下が、私の指に唇を寄せる。

いや、私がつまんだ粒を食べた。指が、殿下の口にくわえられた。

ぎゃーっ。

「で、で、で、殿下っ」

殿下の柔らかな唇が私の指に触れてる。

私が素っ頓狂な声を上げたことで、殿下が自分の犯した失態に気が付いたようだ。

顔を上げると慌てて言い訳めいたことを口にする。

「いや、すまない、手を差し出したままだったので、食べさせてくれるのかと思って……、ほ、ほら、俺は両手がふさがってるから……」

殿下が真っ赤になっている。そりゃそうだろうよ。小さな子供じゃあるまいし！

「家族や恋人でもないのに、食べさせるわけありませんわっ！　だ、だいたい、私が暗殺者で、指先に毒が塗ってあったらどうするおつもりですか！」

殿下が、手に持っていたおにぎりを置いた。それから私の手をぎゅっと握って、もう一度指先に唇を当てた。

ひゃーっ。唇が当たる。ちょっと、舌を出して人差し指、舐めるのはなんでなのっ。

「俺は、フローレンを信用している。毒など疑うわけはない」

「わ、わ、分かりました、信用されているというのは、分かりましたけどっ」

それを示すために指を舐めるって、どこの風習か！　いや、そんな風習ないわ！　どこにもないわ！　知らんけど！

「私も、フローレン様を、信じておりますっ」

ラミアが私の逆の手をつかんだ。

待って、ちょ、待ってって！　そうじゃない、違う。舐めなくていいからぁ！　ラミアさん、ちょっと！

なんとか殿下のお戯れ……悪ふざけだということで、収めた。ぜーはー。

っていうか、その間、レッドもリドルフトも何も見ていませんって顔で、もくもくとおにぎりを食べていた。

裏切者め！　殿下の間違った行為をそのまま放置するなんて！　むぐぅーっ！　今度、おにぎりにワサビたっぷり入れてやるぞ！　……まぁワサビは見つけられていないんですけどね。ちぇ。

コケコッコーッ。

大きな鶏の鳴き声で、目が覚めました。

卵を生産しましょうという私の言葉に、早速イーグルたんが動いてくれたようです。

コケコッコーッ。コケコッコーッ。

いや、うるさいわ！　なにこれ……近所迷惑なのでは……。

コケコッコーッ。

はい、分かったわ。起きますわ。

「毎朝これでは、皆寝不足になってしまうわね……」

と、心配をしたけど、使用人たちは雄鶏が鳴く前に起きてるようです。

「いえ、でもお父様やイーグルたんは……」

え？　宰相として出勤する前に領地のことを処理してる？　領地運営の勉強としてイーグルたんも手伝いをしている？　……はい。雄鶏に起こされてるの、私だけのようです。問題なかったわ！

せっかく早起きしたし。今日のお昼のダイエットメニューでも考えますか。

あ、そうだ。ふ、ふ、ふ、ふ。

「料理長～！」

着替えて調理場に駆け込む。

ん？　逃げも隠れもしていない料理長が私をにらむ。

「朝食の準備で忙しいのですが、お嬢様、朝食の準備よりも大事な話ですか？」

朝食と昼食……大事なのは、殿下たちと食べる昼食よりもお父様とイーグルたんと食べる朝食。

「えへ、ごめんごめん。えーっと、あの辺の人一人借りれる？」

料理長から一人料理人をゲット。領地にもついてきた人間だったら作り方も知ってるよね。というわけで、作ってもらう。

黒糖がなく、蜂蜜を使うのでちょこっとカロリーは多めになっちゃうんだけど食べ過ぎるような物じゃないから大丈夫だろう。


学校へ到着し馬車から降りると、手ぶらのラミアがお出迎え。

ん？　あれ？　今日もゼリー持ってきてくれたんじゃないのかな？

「フローレン様、こちらをどうぞ」

ラミアが差し出した手には、薔薇の間の鍵。

「あら、まさかバスケットはすでに薔薇の間に？」

ラミアが笑う。ぷにぷにほっぺのラミアの笑顔は幼児を連想させてかわいい。痩せちゃうのかぁ。本人の希望だから仕方がないけど。やっぱりその前にほっぺたつつきたいなぁ。柔らかくてもちもちな肌、ムニムニしたい。

「はい。これでしたら、フローレン様の大切なお荷物もお運びすることができます！」

と、ラミアは張り切って私のバスケットを侍女から受け取った。

「それではフローレン様、私は薔薇の間にバスケットを置いてから教室へ向かいますので。先に教室に移動してくださいませ」

　頭を小さく下げて、ラミアは大切そうにバスケットを両手で持つと食堂へと向かって歩き出した。

「あのような方が、フローレンお嬢様のおそばにいてくださるようで安心いたしました。昔のお嬢様を見ているようで幸せな気持ちになりますね」

　……メイ、それって……。コロコロしてるってこと？

　メイは私の心を読んだのか、すぐに言葉を続けた。

「見た目の話ではありませんよ？　イーグルお坊ちゃまがいらした後、張り切ってイーグル様のお世話をなさっていましたでしょう？　一生懸命いろいろと行動している姿が、フローレン様の昔の様子に似ていらっしゃいますよ」

　……え？　そう？

「ラミア様の表情を見れば、やらされているわけでも、計算があるわけでもなく好きでしているのだろうと伝わってきます」

　メイの言葉に、胸が温かくなる。

「好き？　私、ラミアに好かれているのかしら？　それって、お友達になれたってこと？」

　思わず顔がニマニマしてしまう。

「立場がありますから、友達……というわけにはいかないとは思いますが、損得抜きの付き合い方ができるのではありませんか」

　立場はどこまでもついて回る。いっそ、私も子爵令嬢であれば友達になれただろうに……。

「一生懸命、役に立ちたいと思いながらちょっと抜けているところが、昔のフローレン様を見ているようで本当に微笑ましい」

抜けてる？

メイが私の手に握られた薔薇の間の鍵を指さした。

「あ！」

鍵を私が持っていては、部屋に出入りできずバスケットを置くことができない。

「まったく、ラミアったら……仕方がないわね」

すぐにラミアを追いかけて食堂へと向かう。……メイは楽しそうに笑っている。ちょっと待って、私が昔抜けてた？　はて？　記憶にないけれど？

速足で歩いているとすぐにラミアの姿が見えた。

「ん？　ラミアに話しかけているのは、お猿の坊ちゃんジョルジ？」

なんだ、なんだ？

声をかけようと思ったけれど、ジョルジが反省して謝罪して二人はラブラブみたいな内容じゃ、ただのお邪魔虫になっちゃうので、見つからないように二人に近づき見守ることにする。

べ、別に、盗み聞き楽しいとか思ってないからね？

ささささ、そそそと移動し、二人の声が聞こえるところまで近づき木の後ろに隠れる。

「ラミア、ちょっと公爵令嬢と一緒にいるからっていい気になるなよ？」

「いい気になど……」

おや？

「お前はしょせんは子爵令嬢だ。しかも誰からも馬鹿にされるような醜い女だろうが。俺より偉くなんてなれないんだよっ！　俺の頼みを何断ってんだ！」

頼み？　ラミアは何か頼まれて、断ったってこと？

「シャリアナをフローレン様のサロンに呼ぶように頼めと言ったら頼めよ」

シャリアナって誰？　まさか、浮気相手の女じゃないよね？

「お前みたいな豚よりも、シャリアナの方がフローレン様にふさわしいんだよ！　いいな、シャリアナをサロンに招くように言えよ」

冗談じゃないっ。断るわ！　でも、ラミアの頼み方が悪いから断られたとか言うんでしょう？　目の前で言ってやるわ。婚約者のいる男性に体を寄せるような女、大っ嫌いだって！　そう言われれば、ラミアが悪口吹き込んだとか言いがかりを付ける余地はないでしょうよ！

「何度言われても、お断りいたします」

ラミア、よく言った。

「ああ、そうかい。だったら、お前なんてさっさと公爵令嬢に見限られるがいい！」

見限らないわよ。

「お前は、公爵令嬢から預かったバスケットを落として台無しにしてしまうんだ。どんくさいから、転んで落としたとしても誰も疑わないだろ」

ラミアは、バスケットを胸元に引き寄せて両手で抱え込む。

ジョルジが腰にぶら下げていた麻袋を手に取った。

「ほら、これは婚約者の俺からのプレゼントだ。お前は、俺からのプレゼントに驚いて逃げ出す。その途中で転んでバスケットを手放すんだよ。分かるか？　俺は単に婚約者にプレゼントを渡すだけ。何も悪いことはしちゃいない」

　ジョルジがぺろりと赤黒い舌を出して唇を舐めた。汚い色だな。どこか体悪いんじゃないかな。悪いのが性格だけじゃないなんてかわいそうに。いやいや、ラミアにプレゼントを渡すなら、いいところあるのか？

「ほら、お前の大好きな蛇を持ってきてやったよ」

　蛇？　ラミアは蛇が好きなの？

　私は嫌い。鰻は好きだけど、蛇はだめ！　アナゴは好きだけど、ウミヘビはだめ！

　って……。ラミアの顔が青ざめている。

　ジョルジのやつ、ラミアが蛇が嫌いなのを知っていて……何がプレゼントだっ！

　ジョルジが麻袋の口を縛っていたひもをほどき始めた。

　小学生かよ！　嫌がる女子に蛇をつかんで近づける男子とか、いたよね！

　止めようと二人のところに行こうとした私の手を誰かがつかんだ。

「ちょっと、離してっ」

　と言おうとした言葉は口をふさがれて声らしい声にならない。

　手で口をふさがれ、いつの間にかお腹にも手が回されて後ろから抱きしめられていた。

　誰よっ！　私はラミアを助けるんだから！　ジョルジの仲間なの？

　私の顔の真横に、私を後ろから捕まえている人間の顔が現れる。

「見てるんだ」

　この声は、エディオール殿下！

何言ってんの？　ラミアの顔は真っ青だし、プレゼントなんて嘘だって分かるじゃないっ。

「ラミアは、そばにいるにふさわしい人間になろうと努力を始めている。そうだろ？」

耳元でささやくようにつぶやく殿下の言葉に首を小さく横に振る。

ジョルジの婚約者としてふさわしくあるために痩せようとしてるわけじゃないっ！

「ラミアが、子爵令嬢でありながら、王妃の侍女になれるかどうか、どれほどの覚悟を持っているのか見ていろ」

え？　王妃の侍女？　それと蛇が何の関係があるのよっ！

「王妃と散歩しているときに蛇が現れ、王妃をおいて逃げ出すようではとても侍女にはなれない」

確かに。

いくら苦手だからと、主をおいて逃げ出すようでは、侍女として失格ですよね。

「ほら、贈り物だ。さっさと逃げないと体をはいずりまわるぞ」

ジョルジが麻袋をさかさまにしてラミアの足元に向けて蛇を出した。

緑の小さな蛇がうねうねとラミアの足元へと近づく。

「プ、プレゼントを受け取ることはできま……せん。用事がそれだけでしたら、私はフローレン様の荷物を運ばなければなりませんので失礼いたします」

ラミアは悲鳴を飲み込み、足元に迫る蛇から逃げずにジョルジの顔を見て言葉を発した。

その声は震えていて、蛇への恐怖に耐えていることが伝わってきた。

言い終わると、ラミアはしっかりとバスケットを胸に抱えたまま、再び食堂へと向けて歩き出す。

大切そうにバスケットを抱えたまま、慎重な足取りで、転ばないようにと歩いて行った。

「ちっ、糞生意気な女め。馬鹿にしやがってっ。くそっ」

ジョルジはいら立ちまぎれに蛇を踏んだ。

蛇は苦しみもがくようにジョルジの靴に巻き付こうとして、再び踏みつけられる。蛇が動きを止めるまで何度もジョルジは踏みつけ続けた。

「あれは、だめだな……」

殿下の冷たい声が耳に届く。

背中がひゅっと寒くなる。

冷たい声。これは、ゲームの中でフローレンと会話するときに何度も聞いた声だ。

胸が痛む。

そう、私は断罪される悪役令嬢。いつ、殿下にこんな冷たい声を向けられるか分からない存在。

自分の望みだ。修道院へ行って引きこもり生活をすることは。殿下に冷たい言葉を浴びせられるのは当たり前なのに。

私に対してではない、他の者に対して発した冷たい声にこんなに驚くなんて……。

「ギャップ大きいよ……」

思わず漏れた声に、殿下がいつもの声で尋ねる。

「何？　聞こえないよ」

まだ、私は嫌われていないらしい。いろいろひどい態度取ってるのにね？

……ヒロインが現れる前だからかな。意地悪いっぱいしているんだから、嫌われても仕方がない。

自業自得。

ゲームの強制力というわけの分からない力じゃない。誰かに陥れられるわけでもない。自分がした行いで嫌われるんだから！

誰かに運命を握られるなんて冗談じゃない。

冷たい声を初めて聞いたからびっくりしただけ。きっと。

「大丈夫、もう驚いたりいたしませんわ。それよりも手をどけていただけません？」

殿下が慌てて私の口をふさいでいた手を外した。そりゃ声も聞こえづらいだろうよ。口をふさいでおいて聞こえないって何言ってんだってやつだよね。

賢いんだかおバカなんだか、分からない男だよ。

「すまん、驚かせた……ふさぐべきは口ではなく目だったな。俺としたことが……フローレン、嫌なものを見せた……」

蛇を踏み潰すことだろうか？　確かにね……。普通の令嬢じゃ悲鳴物だろう。

殿下が、慌てて私を拘束するためにお腹に回していた手も放す。

「だが、俺はいいものを見させてもらったよ。ラミアはいい侍女になる。覚悟がある」

殿下がうんうんと頷いている。

そして、まぶしそうな目で私を見た。

「フローレンは、とっくに見破っていた……のかな……流石だよ」

そんなつもりは全くないけど？　そもそもラミアの方が弟子にしてくれって突撃してきたんだし。

言えないけどね。ダイエットの弟子だなんて。豚弟子とか言えないけどね！

適当に微笑んでごまかしておく。

それにしても、殿下は学園生活を通して側近候補を見繕う他に、将来の王妃に仕えるにふさわしい女性の見極めもするつもりなのか。まぁ確かにいくらヒロインが素晴らしい女性でも、男爵令嬢だからなぁ。王妃の侍女なんて貴族ばかり。変な人たち選んだらいじめられるだろうねぇ。まぁ、まさか男爵令嬢を妃に迎えるなんて思ってはいないんだろうけれど。ちゃんと妻となる者が過ごしやすいように侍女にふさわしい人を見極めようとするのは悪くはないと思うよ。

ラミアのことは高評価みたいだから。あとは私が断罪されたときにラミアに同情が集まるようにしておかないと作戦を私がちゃんとすればいいのよね。

「あら？　買いかぶりですわよ。ラミアを側に置けば、もう誰も豚なんて言わないでしょう？　ねぇ、殿下？」

どうだ。殿下に嫌味を言いつつ、ラミアを軽く扱っている感じを出せる一石二鳥の言葉。我ながら賢い。

「そうだな。誰もラミアを豚だと馬鹿にできないだろう。フローレン、君の側にいれば」

ありゃ？　ラミアが痩せようとしてること知らないよね？

おっと、こうしちゃいられない。

「では失礼いたしますわ。私、ラミアに鍵を届けようとした途中ですのっ！」

速足で殿下の元を離れ、ラミアを追いかける。

「ねぇ、ご覧になりました？」

「見ましたわ。エディオール殿下が、フローレン様を後ろから抱きしめている姿！」

「やはり噂は本当でしたのね。婚約はすでに内定しているという」

「ああ、それにしても美男美女。何て素敵なお二人でしょう」

「お似合いですわよね。お昼もご一緒しているらしいですわよ」

「聞きましたわ。初日は生徒会の個室に、昨日は薔薇の間でご一緒したんですわよね？」

「ほら、エディオール殿下がフローレン様を愛しそうな目で見つめておりますわ」

「ふふふ、フローレン様も殿下に笑顔を向けておりましたわね」

「そういえば、フローレン様が醜いなんて噂がありましたけれど……あれほど美しいのに、誰が言い出したのでしょう」

「は！　もしかしてあれは変な虫がつかないように殿下が故意に流したのではありませんこと？」

「まぁ、何てロマンチックな。ふ、ふふ。お二人の仲睦まじいお姿を学園で拝見できるなんて、私たちは幸せですわね」


「ん？　何か視線を感じるけど……？　気のせい？　あ、ラミア。追いついたわ」

「フローレン様？　あの、バスケットは無事ですっ！」

ラミアがほっとした顔で私を見た。うん、しっかり守ってくれたのは見ていたわ。だけれど、覗き見していたことを言うわけにはいかない。

「ほら、これ。薔薇の間に出入りできないでしょう？」

鍵を見せると、ラミアが真っ赤になった。

「ああ、申し訳ありません。わ、私ったら……本当にだめですね」

しゅんっと落ち込んでしまった。

だめなんかじゃないよ。ジョルジにはっきり言い返してる姿はかっこよかった。

ん？　やっぱり視線を感じる。

周りを見ると、生徒たちの何人かがこちらの様子を興味深げにうかがっているようだ。

「そうね、本当にあなたはだめな子だわ」

わざと周りに聞こえるように大きな声を出す。

「だから、私がもっと鍛えてあげるわ。さぁ、早くバスケットを置いていらっしゃい。ここで私は待っているわ」

どうかしら？　悪役令嬢がラミアをこき使っているように見えるわよね？

「ありがとうございます。鍵を届けてくださったばかりか、待っていてくださるのですね」

ちょ、ラミア、そこで嬉しそうに笑っては効果が半減しちゃうってば。これ以上叱られないようにと緊張した表情で去るのが正解よ。

ぽてぽてと、丸々とした体でラミアが走りだした。

「ラミア、走るなんて転んだら危な……」

怪我したらどうするの！　って、違う、悪役令嬢は心配なんてしない。

「貴族令嬢としてはしたないわよっ！」

と、大声を出してしまい、これもまたはしたないと反省。あ、反省する前に「これだから子爵令嬢は……」と馬鹿にしたような言葉も必要だったかも。ま、いいか。

ラミアと教室に入ると、昨日と同じように前方の席は埋まっていた。

しまったぁ！　早く来て席取りしなくちゃと思っていたのに。

ジョルジの浮気相手の女性と目があった。何かを期待するような視線を向けられるが、知らんがなと、表情を硬くしたら、私の後ろをにらみつけた。

ラミアのせいじゃないからっ！　私が関わりたくないんだよっ。

なるべく前方で空いている席はないかと教室を見渡すと、中断あたりに座っている伯爵令嬢が慌てて視線をそらした。

ああ、ラミアをいじめてた子の一人ね。相変わらずどんな手入れをしているのか肌も髪も荒れてるわね。

その二列後ろに一緒にラミアをいじめていた侯爵令嬢と何令嬢かも分からない令嬢がいる。つるんでたくせに、席はバラバラなんだ。あの時限りの関係だったのかな？　それとも、爵位に準じて忠実に座っているってこと？　はぁーめんどくさいわ。

友達同士近くに座ることもできないの？　私とラミアの場合、公爵令嬢と取り巻きのようなものだから認められているということ？　いや、認めないと思ってる輩がラミアに文句言ってたんだったわね。あー。やだやだ。爵位だけで一緒にいる人間を選ぶなんて冗談じゃない。むしろ友達になりたくないし。

ゲームで私の取り巻きだった人とは特に仲良くなれそうにない。断罪劇に加担して笑ってた顔は忘れてないわ。いえ、忘れかけてたんだけど、思い出したわ。ラミアを取り囲んでいる姿を見てね。

仕方がなく、後ろから二段目。最上段は殿下たちなのでその前に腰かける。

昨日に比べて生徒たちは静かに授業を受けているため、先生の声は何とか聞き取れた。

……けれども。なんだろうねぇ。

黒板がなく、ずーっと話をしているのを聞いているだけって、メリハリがなくて飽きるわ。

黒板を見る時間、書き写す時間、話を聞く時間と、分かれていたのはよかったのね。黒板欲しいってわがまま言うか。悪役令嬢なんだし、わがままは十八番。

黒い大きな板を用意しなさい！　でいける？　いや、黒いだけじゃダメなんだっけ？　確か昔は漆だとか柿渋だとか使って黒板作ってたのよね？　墨汁塗って黒くしたって話も聞いたことがあるな。緑じゃなくて昔は本当に真っ黒だったとか。……どうにも和風な材料だな。あるのかな？

チョークは確か卵の殻でもできるんだよね。あと貝殻。

あら？　貝殻なら、海沿いの領地を持つドゥマルク領の得意分野。貝塚ができるくらい豊富にある。廃棄物から新しい特産品が作れるなんて最高じゃない？

チョークを売る！　そのために黒板を作る！　……って待って。教室すべてに黒板を設置したとして、年間に消費されるチョークの量ってどれだけになるわけ？　めちゃくちゃ少ないよね。だめだ。全く産業として成り立たないわ。

やっぱり食べ物が一番産業として成り立つよね。人は食べなければ生きていけないんだから。そして、美味しいものは麻薬のようなもの。一度食べて虜になれば何度も食べたいと思ってしまう。一度手に入れてしまえば二度目はないものとは違う。

ほーっほっほっほ。もうすぐよ。ドゥマルク領の新しい特産品が世界を制するのは、もうすぐ。見てなさい！

「ど、どうかいたしましたか、フローレン様」

はうっ！　思わず立ち上がってしまっていたわ。教師がびっくりした顔で私を見ている。

質問がありますとか言ってごまかそうにも、今なんの話をしてた？　ねぇ？

「ラ、ラミア、ノートを見せなさい」

ラミアは真面目に授業を聞いてメモしている。

「あ、はい。フローレン様」

ノートを受け取り目を通すと、どう考えても不自然に空欄になっている部分がある。

「ここを書きとっていないのはどうして？　先生の声は聞こえていたでしょう？」

ラミアがちらりとペンとインクツボに視線を向ける。

「インクをつけている間に、話が進んでしまったものですから……」

なるほど。そういうことか。どんどん書き進めて行かないと追いつかないのに、インクをペン先につけるというタイムラグが発生して、聞いたことを全部メモできないのか。

「そう、あなたのノートを見せなさい、あなたも」

前の席にいる二人の男子に声をかける。

一人は真面目に授業を受けない男子。いやぁー、何も書いてないわ。何なら好きな子の名前なのか人の名前が繰り返し書いてある。だめだこりゃ。

もう一人は真面目に授業を受けてはいるものの、要点をまとめるのがへたくそすぎて、ノートを読み返しても勉強になるのか疑問だ。

ラミアが書き落とした部分が分からないわ。

「なんですの、このノートは！　いいでしょう、全員ノートを出して並べなさい」

はっ！　しまった！　何を言っているの、私……！　授業聞いてない言い訳が、なぜ、どうしてこうなった。

ずらりと私の前にノートが並べられた。

「ふっ。これは素晴らしいですね」

リドルフトが楽しそうに私の横に並ぶ。

「ノートをチェックするとは思いつきませんでしたが、これは参考になりますね。卒業時にすべての授業のノートを提出させましょうか」

殿下がノートを見比べながら頷いた。

「そうだな。今年卒業の三年生からノートを提出させよう」

「やべー！　ちょ、このノート、ラミアのだよな？　すげーじゃん。よくまとめられてる。分かりやすくて綺麗だなぁ！　後でノート見せてくれよ！　書き写させてくれっ！」

レッドがラミアのノートを大げさなくらい褒めたたえた。

「あはは、そうだな。書き写すなどの対策を立てられそうだ。書き写すだけならまだいいが、誰かのノートを買い取ったり強奪したりする者もいるかもしれないな。何にしろ対策を立てられるのはすぐだろう。ここ数年の卒業生、三年生、二年生と早急にノートを提出させるように」

殿下の言葉にリドルフトが頷いた。

「ではすぐにでも手配いたしましょう」

なんでぇ？　どうして、そんなに幅広くノートを集めることに？

「ノート一つで、性格や能力など把握できるということですね。より良い人材をふさわしい場所へ配属する参考になる。フローレン様は目の付け所が違いますね」

リドルフトが他の人には聞こえない小さな声で私と殿下に向けて言葉を発した。

違う、そんなつもりはなくて……。ラミアが書きとれなかったところを誰かに見せてもらえたらそれでいいと……それだけのつもりだったんだけど。

「本当だ。ラミア様のノートはとても分かりやすくまとまっている」

「フローレン様が側に置くだけのことはある」

ん？　なんだかラミアの株が上がってる。よ、よし。ケガの功名。

自分でノートをとるのが嫌だからラミアに書かせているとでも思ってくれた？

あら？　ラミアを褒める人がいる一方、にらんでる人もいるわ。自分の方がノートが綺麗に書けてるのに褒められないから妬んでる？

殿下が私の耳元でささやいた。

「フローレンはすごいな。こうして並べて見させることで、ラミアの優秀さを示して、子爵令嬢という地位の低さに対しての反感を抑えるとは……とても俺には思いつかない方法だ」

何それ？

というより、何？　ノートを全員提出？　冗談じゃない。おちおちノートの端っこに落書きができないじゃないの。

鉛筆なら消すことはできても、ペンで書いたものは簡単には消せないんですよ？　タコ焼き食べたいなぁと考えながら書いた鉢巻巻いたタコの絵とか、カニも美味しいよなぁと思いながら書いたカニカニカニカニィーという呪文とか、全部見られちゃうとか！　無理だわ。

これはノートの取り方で優劣がつかない板書を写すシステム。黒板を導入してもらわないと！

いや、むしろ、落書き専用のノートを別に持ってくる？　いやいや、落書きを消せる鉛筆と消しゴムを作る？　ハードル高いなぁ。

消せる……？　ん？　黒板とチョーク……。

あれ？　もしかして、生徒一人ひとりに、小さい黒板を持たせればいいのでは？　つづりなどの練習や計算メモなど、残しておく必要がない、消しても構わないものは黒板に。紙もインクもそこそこ貴重品ですし……。

生徒一人に一つの黒板ともなれば、チョークの消費量も増える。

貝殻を使ったチョークが、ドゥマルク領の新しい産業に？

もちろん学園での使用量は知れてますけど、公務にも使えるでしょう。メモに会議にと。それこそ文字を覚える段階の子供たちの練習には引っ張りだこ間違いない。

となれば、チョーク……いけるんじゃない？　よし。やってみるか！

って、その前に。ノートチェックされたんじゃたまったもんじゃない。

「殿下はノートをとっていらっしゃいますの？」

「いや。すでに履修済の内容だから今さら……あ。なるほど。しっかりノートが取れているかどうかだけで判断するべきではないと……」

「そうですわね。ノートの提出は、全員である必要はないのではありませんこと？　事務作業や……そうですわね、議事録を作る方などの試験の一つとして、メモの取り方などを課せばそれでよろしいのでは？」

殿下がうんと頷く。

「確かに……メモしておきたい事柄というのは人によって違うでしょうね」

お、リドルフトはいいことを言った。

「ですわね。同じ話を聞いても、人によって大事な事柄だと思う部分は違うこともありますわ。ですので、先生が伝えたい大事な部分を聞きもらしてしまう方や、理解が追い付かないままメモだけを取っていく方もいらっしゃると思うのですわ。そこで、私、提案したいことがありますのよ」

「なんだ？」

殿下が食いついた。

よしよし。って、まだ黒板もチョークもできるかどうか分からないんだったぁ！

「準備もございますし、今は授業中ですからまた後ほど。先生、授業を中断してしまい申し訳ありませんでしたわ」

なんか、私、授業の邪魔になることばかりしてない？

昨日はうるさいって授業を止めてしまったし。今日は別のことを考えていていきなり立ち上がるとか……。悪役令嬢だから、まぁ、教師にもにらまれるようなことしても問題ない？　ごめんなさい。先生……。心の中で謝っておこう。


やってまいりました。お昼ご飯の時間。

薔薇の間に集まったいつものメンバー。

って、なんでいつも殿下とレッドとリドルフトとご飯食べなくちゃいけないんだろうね？　ラミアの美肌美髪コラーゲンなんてお前たちに必要ないだろうに。何を食べてるのか知らないけど、攻略対象補正なのか、キラキラエフェクト見えるくらい美しいじゃん三人とも。それに、私のダイエットメニューだって必要ないでしょう。太ってないだけじゃなくて、ちゃんと鍛えて筋肉しっかりついてるし。筋肉たくさんあると、食べても太りにくいんだよね。うらやましい！

「これは、なんだ？」

殿下が私が取り出したものを凝視している。

「これが料理？　なんというか、斬新な……」

バスケットから取り出した小鍋には、羊羹のような形の直方体の長細い物体。が数本入っている。

「あの、フローレン様もしかしてこれは……」

「ああ、違うわよ。ゼリーとは別物。食べたら違いが分かるわ。ふふ、見ていて、仕上げはこれからなのよ」

直方体を、細長い木箱につるんと入れる。そして、入り口には取っ手の付いた蓋。出口には、丈夫な糸を格子状に張ってある。

「こうして押し出すのよ！」

蓋の取っ手をぎゅっと推すと、出口からうどんのように細くカットされた少し濁った透明なものが出てくる。

そう、これは心太。しんたじゃないよ。ところてんと読むのだ。ところてん。なんで心太って書くのかしらね？　本当は、黒蜜で食べたいところだけど、残念ながら黒糖がない。

「そこに、蜂蜜とレモン汁を混ぜたソースをかけます。ところてんの出来上がりよ。どうぞ」

ラミアの前に皿を置く。爵位が一番低いラミアから食べるのは毒見も兼ねているから、問題視されない。っていうか、ラミアのためのメニューだから毒見させてるつもりはないんだけどね。

自分用のも作りましょう。カット前のところてんを木箱に入れて、蓋をして、押し出す。

ちゅるるんっと、麺状のところてんの出来あがり。

殿下がそわそわしている。

リドルフトが鍋の中の寒天を不思議そうに見ているし、レッドはラミアが口に運ぶのを凝視。

蜂蜜レモン味のところてん。甘くてさっぱりして美味しいんですよね。

「見た目は似ているのに、しゃっきりした歯ざわりで違うんですね……。このように細くしてもしっかりとしていて食べやすいです。はちみつの甘さとレモンの香りが口の中でところてんとまじりあい……。ゼリーのプルンプルンとは違い、つるんつるんとしてとても美味しいです」

ラミアの満足そうな顔を見ながら、私もところてんを食べる。

甘いからデザートの立ち位置かなとは思ったんだけども。食前に食べてお腹を膨らませることで食事量を減らしてダイエットと考えると食前になる。

「俺にもくれっ！」

ずっとそわそわしていた殿下がついに口を開いた。

ラミアの美味しいって言葉に食べたさマックスなのか。でも、私も食べてる途中なんだから。もうちょっと待ってられないのかなぁ。

殿下の分を準備しようと腰を上げかけたところで、制止される。

「いや、自分でやる」

はぁ？　殿下が自分で？

……めちゃくちゃ嬉しそうな顔でところてんを押し出している。

いや、あれ、気持ちいいけども！

「レッドの分も作ってやる」

……レッドが自分でやりたそうにしてるのを見て見ぬふりをしたな。

「リドルフトのもな、任せておけ」

リドルフトも残念そうな顔をした。そうだよね。楽しそうだもんね。

「これはいいな。ところてんか。うん、うん」

全部押し出した後に、空になった小鍋の中を名残惜しそうに見る殿下。

おかしいな。ヒロイン視点で話が進む物語では、こんな子供っぽい感じじゃなかったんだけどな。

「うお、これは食べたことのない新しい食べ物だな」

「実に面白いですね。果物のようにジューシーで不思議な食べ物だ」

「つるつると口の中に入って、喉を通るのがいいな。飲み物に近いが、飲み物よりも満足感がある。

訓練の途中に食べたい」

ああ、蜂蜜レモンは運動部への差し入れの定番でしたね。ところてんは水分九割なので熱中症対策にもなるのかな？　知らんけど。

「ところてんを食べた後に食事をしましょう」

「え？　あの、フローレン様……」

「大丈夫よ。炭水化物抜き……パン抜きでおかずだけならばね」

流石にところてんやゼリーばかりじゃ栄養が摂れなくて倒れてしまう。基本はバランスの良い食事。そして運動。

「はい」

というわけで、食堂の食事が運ばれてくる。本日は魚だ。王都で出てくる魚は川魚。鮎の塩焼きみたいな感じなんだけど、頭や皮がついてることに拒否感があるようで、骨も内臓も皮も頭も尻尾も取り除いた鮎の身が皿にのってる感じ。まぁ赤ワインのソースとかかかっていておしゃれなんだけど。ボリューム感はないよね。

「くあー、やっぱ俺はハンバーグの方が好きだなぁ」

レッドががっかりしている。

「なぁ、そう思うよな？　魚よりも肉だよな？」

レッドが同意を求めるように私の顔を見た。……もしかして、ハンバーグを考案したドゥマルク公爵家の私は肉好きだと思われてる？

ふっ。かわいそうなレッド。魚のおいしさを知らないなんて。憐れむような眼をレッドに向ける。

「え？　ええ？　魚より肉だよな？」

同意を得られなかったのがそれほど悲しいのか、仲間だと思っていたのに裏切られた気持ちになったのか、レッドは今度はラミアを見た。ラミアが困った顔をして私を見る。

そりゃそうだろう。師匠の私が魚より肉だと言ってないのに、レッドに同意などできないよね。

さらに、ラミアは牛肉を主産業としている領地の娘。肉より魚が好きということもできないだろう。

「ラミア、正直に答えればいいのよ？　好きな食べ物が違えば、取り合いになることもありませんし、悪いことではありませんもの」

なるほどという顔をしてラミアはレッドに答えた。

「私、昔は肉も魚も好きではありませんでした。肉は硬くて顎が疲れてしまいますし、毎日のように肉ばかり食卓に並んでいましたので」

硬い肉は確かに顎が疲れるよね。

「ですが、ハンバーグの作り方を知ってからは、肉を食べるのが楽しくなりました。柔らかいだけではなく、肉にしっかり味を付けることができます。骨から削ぎ落した肉の端切れもハンバーグにすることで売れ残りの肉を食べるしかないというみじめな気持ちがなくなりましたし」

ラミアはそこまで言ってから自嘲気味に笑った。

「まぁそれで、少々食べ過ぎてこのようになってしまいましたが……」

うっ。丸々としてしまった原因は、やっぱり私が広めたハンバーグだった。ご、ごめん……。責任をもって痩せさせるよ。

というか、ラミアの言葉に、どう反応していいのか分からないようで三人が固まっている。

「とにかく、なんでも食べ過ぎはよくないし、好き嫌いもよくないのですわよ？　魚にはＤＨＡ……えーっと、記憶力をよくする成分が含まれているという話ですわ。もしかして、魚をたくさん食べると賢くなれるかもしれませんわよ」

川魚は海の魚に比べて含有量は少ないって話だけどね。食べないよりはましでしょう。

「なるほど、魚が嫌いだからレッドは……」

かわいそうな子を見る目でリドルフトと殿下がレッドを見た。

あれ？　この場を収めようとして、方向性間違えたかな？

「はぁーお腹いっぱいですわ」

ところてんを食べてから食事をしたせいか、おかずの魚とサラダだけでお腹がいっぱいになった。

「おかわり取ってくる！」

どうやら男性には足りないようで……いや、なんか魚を大量に持ってきてませんか？　必死……。

うん、見なかったことにしましょう。

「ラミア、コラーゲン……もとい。ゼリーをお願いするわ」

ラミアがバスケットからカップを取り出した。

「あら？　今日のはもしかして、ブドウ味かしら？」

「はい。こちらがブドウ果汁のゼリーで、こちらはブドウの実も入れたものです。それからこちらはワインで作ったものになります」

なんと、三つのブドウのゼリーを持ってきてくれた。

ワインのもおいしそうだけれど、やっぱりブドウの実が入っているものがかわいいかなぁ。

どれにしましょう。よし。君に決めた！　ブドウの実入りだぞ。

紫色のブドウ味のゼリー。小さめの皮をむいた白いブドウの実をスプーンですくって口に運ぶ。

ちゅるん。

美味しい！　いくらでも食べられそう。贅沢にブドウの実がたっぷり。巨峰みたいな大きなブドウもいいけど、小さなブドウも味がぎゅっと濃縮されていて美味しいよねぇ。

「ラミア、美味しいわ」

幸せだなぁ。これで美肌に美髪効果があるなんて。しかも小麦粉を使ったスイーツよりもヘルシーだなんて。丸ごとフルーツゼリー最高！

「フローレン、そんなに美味しいのか？」

ええ、もちろん。にこりと微笑むと、ぬぅっと私の手に持っているカップにスプーンが伸びた。

驚いている間に、そのスプーンはカップの中のゼリーとブドウの実をごっそりとすくい上げる。

ちょっ！　盗人！　盗人が現れたぞ、であえであえー！　十手を手に叫ぼうとしたその時、悲鳴が上がった。

「あーーーっ」

ラミアの悲鳴に、盗人は、スプーンを口に入れるすんでのところで手を止めた。

殿下め！　また、人の食べているものを横取りしようとするとは。成長してないな！

「なんだ？　大丈夫だぞ？　俺の分が準備されていないなんて責めないからな？」

ラミアが真っ青な顔をしている。

「いえ、あの……その」

「なんだ？　随分青い顔をしているが、まさかフローレンに毒入りのものを出したわけじゃないだろうな？」

殿下がラミアをにらみつける。

「いえ、あの……」

ラミアは殿下ににらまれて言葉が出ないようだ。

「エディオール様、ラミアが毒など入れるわけはありませんわ。こちらのゼリーは牛のしっぽや顔など通常食さないような部位を使って作られていることから、殿下に出すにふさわしくないと思っているだけですわ。というわけで、返していただきますわね」

殿下のスプーンを持つ手をつかんで少し引き寄せ、ゼリーを食べる。

「うわ、え？　俺の手から、フローレンが食べ……」

殿下が、凝りもせず私のカップから再びゼリーをすくい上げ、私の顔をちらりと見た。

その手をつかんでスプーンのゼリーを食べる。なぜか殿下が嬉しそうな顔を見せる。どういうことだよっ！

「もう、いい加減にしてくださいまし。これは私のためにラミアが作ってくださったものですわ！殿下には差し上げませんっ」

逃げるように場所を移動してブドウの実まるごとゼリーを死守。

「あ、いや、すまないフローレン、怒ったのなら謝る。その、つい……」

ついじゃないわ。

「……はぁー」

大きなため息が漏れる。

「ラミア、一つ殿下に差し上げてもいいかしら？　このままではゆっくりゼリーを味わえませんわ」

「で、でも、殿下に尻尾などで作ったものを献上するなど……」

殿下は、ワインのゼリーを手に取った。

「牛だろ？　尻尾も顔も、牛だろ？　別にミミズで作ってるわけじゃないんだ、問題ない。というかすでにところてん食べてるしな」

　待て待て待てーい。

「殿下、ところてんとゼリーは別物ですよ？　確かに見た目は似ていますが」

　殿下は私の主張など無視してさっさとワインのゼリーを口に運んだ。

「うお、なんだこれは。違う。違う。ところてんと違ってぷるりんと……柔らかさが違うのか？　いや、根本的になんか違う？　これも美味いな。いいなぁ。牛ってすげーな。肉以外にもこんなにうまいもん作れるのか。ってか、尻尾の中にこのぷるんぷるんしたやつが詰まっているのか？　触ったらぷるんとした感じなのか？」

　殿下の言葉に、ラミアが真面目に答える。

「いえ、あの、尻尾の中にゼリーが詰まっているわけではありませんので、触り心地は他の部分と変わりません」

　殿下の言葉に私は思わずゼリーを口から噴き出すところだった。危ないわ。

「なんだ？　ところてんと同じじゃないのか？　ぷるんぷるんって何だ？　俺ももらっていいか？」

「待ちなさい、あと一つしかありません。ラミア嬢のものを取り上げる気ですか？　確かに、気にはなりますが」

　レッドとリドルフトがゼリー食べたい。欲しいと顔に書いてあるのが丸分かりの状態で、テーブルの上に載っているブドウゼリーを見ている。

ラミアが困ったように、私を見た。

「仕方がありませんわね。味見いたしますか？」

スプーンで少なめにゼリーをすくい上げて、差し出す。

ほれほれ、分けてやるから口を開けなさいと、ずいずいとスプーンをレッドの口元に持っていく。

パクリと、殿下が横から顔を出してスプーンをくわえた。

「どうして、食べさせてやろうとするんだ、俺以外の男に！」

「ゼリーを独り占めしたいとおっしゃるの？」

「フローレン様、そういう話ではないのではないでしょうか……」

ラミアがちらちらと三人の様子をうかがっている。

「あの、このようなものでよろしければ、明日はたくさん持ってきますから……今日はあの、お二人で仲良く分けていただければと……」

ラミアがブドウゼリーのカップをレッドに手渡した。

「よし、リドルフト、二人で分けるぞ。あっちで食べるか」

「そうだな、スプーンを二本持って行って二人で食べるか」

リドルフトとレッドがテーブルの端に逃げた。また殿下に横取りされると困ると思ったのかな？

あ、二人で争うようにゼリーを食べている。どうやらおいしかったようだ。動きが素早い。

ラミアは、皆がゼリーをおいしそうに食べている様子をずっと見ていた。

あ。三個しかなかったもんね。ラミアの分がないんだ……。ごめんよ。

「あの……フローレン様……」

ラミアがぎゅっと口元を引き締める。なんだろう？　真面目な話？

「あー、うまかった。そうだ、フローレン、提案したいことってなんだ？」

ラミアの話を聞こうと思ったら、殿下が空気を読まずに口を開いた。

「後にしていただけます？　提案は、改めて提案書を作ってお持ちいたしますわ。言葉だけでは伝わらない部分もございますでしょうし、試作品ができ次第現物もお持ちいたしますので」

黒板の話だったっけ。まだ開発できるかも分からないんだから。っていうか、提案しといてチョークが作れませんでしたっていうわけにもいかない。もしくは別の者が開発しちゃったらドゥマルク領が遅れをとってしまう。

「ん、ああそうだな。考えをまとめる時間も必要ということか。じゃあ、提案書待ってるから。俺たちは生徒会の仕事をしに行くよ」

殿下が立ち上がると、レッドとリドルフトもそのあとに続く。

ラミアが、殿下たちが食べたあとのカップを手に取り小さな声で尋ねる。

「……本当でしょうか……おいしかったというのは」

「本当でしょうね。奪い合うように食べていましたもの。それに、また持ってくるというラミアの言葉に、必要ないとか断りの言葉もなかったでしょう？」

というか、あとで釘を刺しておかないといけない案件なのでは？

子爵令嬢なんてどうあがいても殿下の言葉に逆らえるわけないんだから。私とラミアは、ギブアンドテイクで、ダイエット食品と美肌食品をお互いに持ち寄っている。あいつは、食べるだけ。私はいいわよ？　パン屋の宣伝に利用させてもらうつもりだし。

パン屋の商品開発にも反応を見て役立てさせてもらうつもりだし。ラミアに迷惑をかけるなと、言われないと分からないだろうから。あの、空気読めない男は。

「ラミア、たくさん用意して持ってくるの大変でしょう？　無理しなくても」

バスケットにカップを入れ終わると、ラミアが私の顔を見た。

「……私、領地の役に立ちたいんです。フローレン様が、結婚以外にも役に立つ方法があるっていう言葉をずっと考えていたんです。商売をすると……領地の新しい特産品を作って売って豊かにするという話」

ラミアが真剣な目をしている。

「結婚以外にも、役に立てると……フローレン様がおっしゃった言葉が頭から離れませんでした」

うんと頷く。

「私……ジョルジ様との結婚しか領地のためにできることはないと思っていたのです。でも、そうじゃない……そうじゃないなら、私……」

あら？　もしかして。ジョルジと婚約解消したいという流れ？

私から協力を提案するつもりはなかったけれど……。別れさせたなんてあとで冤罪に追加されても困るから。

でも、もし、ラミアが婚約破棄……おっと、婚約解消したいのなら協力は惜しまないよ。

「あ、もしかして痩せたいと、昨日言っていたのは……」

熱意が今までの何倍もあった。

「はい。痩せて……お前みたいな醜い女は他に貰い手がないんだから俺に感謝しろという言葉に、少しは自信を持って言い返せればと思ったのです。でも、もう一つの道。誰かに貰ってもらう以外に道があるなら、貰い手は必要ありませんと、そう言ってやりたいんです」

あら？

「ラミア、あなたにはたくさんの道があるわ。我慢してジョルジと結婚する、ジョルジ以外の素敵な人と結婚する、王妃付きの侍女として働く、領地に残り領地運営に協力する……それから、私と一緒に修道院でのんびり暮らすとかね？」

修道院引きこもり生活は楽しみだけど、一つだけ。ずっと一人だったら寂しいかもと思っていたのよね。お友達がいればもっと素敵じゃないかって。誰とも結婚しない貴族令嬢が修道院に入ることはよくある話。ラミアが独身を貫くつもりなら、一緒に行ってくれるんじゃない？

「あ、はい。もちろん、私、フローレン様にどこまでもついていきます！」

ラミアが明るい顔をする。おお！　一緒に修道院に行ってくれるの？　あ、でもだめだわ。そんなに簡単に決めていい話じゃないから。

「学園を卒業するまでゆっくり考えましょう」

「はい。フローレン様や殿下に認めてもらえるように、頑張りますっ！」

殿下に認めてもらう必要はなくない？

「あの、それで領地の新しい産業と言っても、酪農はハンバーグのおかげで好調で。農地を広げることもできませんし、やっぱり無理かもしれないと思ったのですが……。フローレン様の売れ残りじゃなくて売り物になるという言葉、殿下のどの部位でも牛は牛だろうという言葉に、本当にゼリーが新しい売り物として受け入れてもらえるのかもしれないと……その……」

「ええ、絶対に売れるわ。ゼリーは、コラーゲンですもの」

ゼリーは美味しい。でも美味しいだけじゃだめだ。

付加価値、コラーゲンが美容によいということを前面に押し出して、高くしなければ。

高くても美容のためなら買う人はいくらでもいる。効果が高ければ高いほどね。

作れる量に限りはあるだろうし、日持ちの問題もある。器もどうするかだ。

プラスチックの容器があるわけでもない。安い器でも、そこそこの値段がする。器の値段も込みでゼリーの価格を設定するしかない。となればそれほど安くは売ることはできない。

だったら、初めから安く売るなんて考えずに、目いっぱい高くすればいい。効果が確かなら、高くてもお金がある人は飛びつくはずだ。

ふぅとため息をつく。ラミアの美しい髪や肌は、宣伝にならないんだよねぇ。

ビフォーアフターが効果的なのだ。すでにアフター状態のラミアでは宣伝にならない。

「コラーゲンとは？」

「美容にいい魔法の薬みたいなものね。私も協力するわ。商品のラインナップを充実させましょう。そうね、今日のブドウの三種類は素敵だったわ。見た目も鮮やかな紫色だったのもいいし……ああ、そう。半分ほど器に入れて固まってから別のものを入れて固めると二段、三段と色が違うものができるわよ？　ああでも透明のカップじゃないから見えないわね。じゃあ、バットに入れて固めてそれを重ねて切り分ける？　それには今より少し固めの方がいいかしら。あら、そうすると器を一つずつ用意する必要はなくなりますわね。でも、どのような形で提供すればいいんでしょうねぇ。あ、瓶詰もいいですわね。大き目の瓶に何層か重ねて入れ、食べるときにクラッシュゼリーにして混ぜて出すのも。映えますわねぇ」

いろいろなゼリーを思い浮かべてよだれが出そうになる。

私の目の前にいるラミアは泣きそうな顔になっている。なぜそんな顔を？

「あの、フローレン様、メモが間に合いませんっ。もう一度お願いしてもよろしいですかっ」

あら失礼。それほどゼリーに対して情熱的に語ってしまいましたか？


三時間目はダンスの授業。

……貴族令嬢の体育みたいなものよね。

「ラミア、いいこと。ダンスはとにかく細部までしっかり。大きく切れのある動きをするのよ？体をしっかり動かすことで痩せられますからね？」

「はい！　フローレン様！　へたくそですが、全力で踊りますっ」

初日ということもあり、実力を見るということで五、六組ずつ五グループに分かれて踊ることになった。組み合わせは自由と言われ、殿下やレッドやリドルフトの周りには女性たちが集まっている。誘ってと目が訴えている。

婚約者がいる場合は婚約者とさっさとペアを組んでいくのが普通だ。同学年で婚約している者は少ないためほとんどいないが。

ラミアのもとにジョルジは来なかった。浮気相手の女性がジョルジと腕を組んで勝ち誇ったように笑っている。

ラミアが動じなかったからなのか、わざわざ聞こえる声でジョルジに話しかけている。

「婚約者のラミアさんと踊らなくてもよろしいの？」

「いいさ。あの体でまともに踊れるわけないだろう。俺の評価まで下がっちまう」

「ふふふ、そうよねぇ。でも、誰も相手がいなくてはかわいそうではなくて？　女子の方が人数が多いのですもの。男子の誰かが二度踊らなければならないわ。　踊って差し上げてはいかが？」

「君は優しいな。あんなやつのことまで気にかけてくれるのか。そうだな、名目だけの婚約者とはいえ、他に誰もあの豚を相手にするわけないもんな。君の後で踊ってやるか」

……ダンスは体で踊るんじゃない！　魂で踊るのよ！　分かってないな。

ダイエット中、私もイーグルたんも「踊れるデブ」だったのよ！

「フローレン、いいだろうか」

殿下が私に手を差し出した。

「ああ、やっぱり」

「そうですわよねぇ」

って声が聞こえてくる。やっぱり、公爵令嬢だから誘いに来たってことかな？

そりゃ、下手に声をかけて気があると勘違いする令嬢がいたり、嫉妬で後でねちねち言われる令嬢がいたら問題だもんね。私ならその心配もないわけだし。

「殿下は、ダンスの実力はいかほど？」

殿下が自信ありげに笑った。

「期待していいよ」

「そうですか。では、さぞリードも上手なのでしょうね？」

殿下が小さく頷き、手をさらに私へと近づける。

「では、うまくリードしてくださいまし」

ラミアの手をつかんで殿下の手の上にのせた。

「「え？」」

ラミアと殿下がほぼ同時に声を上げる。

「フローレン……お、俺は」

「リードがうまいのでしょう？　ラミアはあまりダンスが得意ではないそうですの。ダンスが得意ではない女性をリードできてこそ、うまいというのではなくて？」

リドルフトが私の隣に立ち、声を潜めて殿下に耳打ちした。

「もしかしてフローレン様もあまりダンスが得意ではなく、リードできる相手かどうか確かめたいのかもしれません」

失礼ね。私はダンスは苦手ではないわ。

「なるほど。分かった。ラミアと踊って、合格点がもらえれば俺と踊ってくれるか？」

「ええ、そうね」

その挑戦受けて立ってやろうじゃないの。私の華麗なステップについていけるかしら？

殿下とラミアを含む五組がまずダンスフロアに立つ。

流石貴族の学校というべきか。ピアノの生演奏での授業。領地でのダンスレッスンは家庭教師の手拍子だった。月に一回くらいだよ。音楽で練習できたの。楽器が演奏できる人が少ないからね。

音楽が始まると、自信満々だっただけのことはある。殿下は、ラミアをよくカバーしながらダンスを披露した。

その様子を、うらやましそうに眺める令嬢たち。そして、ラミアを憎々しげに眺める令嬢たち。

うん、怖い怖い。ジョルジの顔がゆがんでるわ。よかったじゃん。まともにリードできなくて評価下がることが回避できたんだし。なんでそんな顔してるのだか。隣の浮気相手も同じように怖い顔してる。

あっという間に一曲終わり、次の組が入れ替わってダンスフロアに入っていった。

「どう？　合格？」

殿下がほんのり上気した顔で尋ねてきた。

なんだ。いつにもまして色気のある顔だなぁ。もう攻略対象怖いわ。自分に気がなくてもこんな表情見たらちょっと勘違いしそうになる。ラミアは大丈夫？　勘違い始まってない？

「フローレン様、殿下私が踊りやすいようにとてもうまくリードしてくださいました。あの、ですから、フローレン様、ぜひ殿下と」

めちゃくちゃラミアは私に殿下とダンスするように勧めてくる。……ぽーっとして殿下を見ることもない。ラミアには殿下は素敵に見えないのかな？

「フローレン、俺と、踊ってほしい」

殿下の訴えるようなまなざしに、差し出された手に無意識のうちに手を重ねていた。

「そうね。逃げ出すなんてかっこ悪いことはしませんわよ。どちらが上か決着をつけましょう」

随分自信があるわね。ラミアとのダンスでは実力を出し切っていないということ？

私だって、ダンスは得意なのだから。負けませんよっ！

最後の組としてして、殿下にエスコートされてダンスフロアに立つ。

音楽が始まる。ああ、やはり王都の楽師は腕がいいわ。心地よい音楽に、胸が高鳴る。

そして、いつものように、より大きく切れのあるダンスを踊る。痩せるために体の隅々にまで神経を行き届かせた踊りだ。足先、手の指の一本一本まで。背筋、腕の角度、顔の角度……すべてが一番美しく見えるように。

いつの間にか、音楽以外の周りの音が消える。そして、ダンスフロアには、私と殿下しかいないような錯覚に陥る。

殿下の腕が、大切なものを包み込むように優しく私をホールドしている。

私が動きたい方向に、動きやすいように導いてくれる。

まるで、殿下の体が私の一部で私のすべてが殿下の手足、二人が一つになったかのように感じる。

ダンスが上手いとか下手とかを超えて、気持ちがいい一体感に、殿下の顔を見る。

殿下もちょっと驚いたような顔で私を見つめていた。

「フローレン、好きだ」

ため息のような言葉が殿下の口から洩れる。

「ええ、私も……」

無意識に言葉を返すと、殿下の手に力が入った。腰に回した手とつないだ手に。

「殿下と踊るのが好きですわ」

ダンスには自信があった。殿下と踊ると、実力以上のものが出せていると感じる。ああ、楽しい。

楽しくて笑顔になる。

「そんな顔されたら……フローレンと踊ることが好きなわけじゃないなんて、言えないだろう……」

ぼそりと殿下が何かをつぶやいた。

曲が終わり、夢のような世界から現実にと戻る。

わーっ、という歓声と拍手が耳に届いた。

「すごいですわ！　フローレン様とても素敵でした！」

「これはまた見事なダンスでしたね」

ラミアたちが褒めてくれる。

「殿下、素晴らしいダンスでしたわ。敵ながらあっぱれですわ。でも、次は負けませんわよ？」

悔しいけれど、私は井の中の蛙だったみたい。ラミアのような初心者をうまくリードできる分殿下の方が優秀かもしれない。私もどんな下手な相手とでも美しく踊れるようにならなければ！

「え？　敵？　いや、フローレン、なんで、俺がお前の敵に……？」

あ。しまった。王家を敵に回すなんてとんでもない失言だ。

「好敵手と書いて、ライバル。ダンスにおいて、私と殿下は一位を争うライバルという意味ですわ」

慌てて訂正する。

「いや、だから、なんでライバルなんだ？　そうじゃないよな？　よきパートナーだとか言うところじゃないのか？　なんか、違わないか？」

殿下がレッドやリドルフトに何かを確認している。

……フローレンの踊っていた時の顔を思い出すと、たまらないな。

はぁー。ずっと見ていたかった。だが、他の男に見せたくはないから終わってよかったのか。

動いているせいか、体温が上がり頬がほんのりピンクに染まったフローレンの顔。

目がキラキラと輝き、口元は本当に楽しそうに笑っていた。

美しいだけじゃなく、あの時は匂い立つような色気も感じた。

あのまま抱きしめて誰もいない場所へと連れ去りたくなった。思わず心の声が口に出てしまった。

フローレン、好きだ……と。

すぐに私も、という言葉が返ってきて、喜びのあまり抱きしめてしまうところだった。ダンスの途中だというのに。

フローレンも、俺のことが好き。フローレンが、俺を！　と、思ったのは次の言葉ですぐに否定された。

殿下と踊るのが好きって……そりゃ、俺もフローレンと踊るのも好きだけど、そうじゃないんだ。

俺が好きなのはフローレンだ。踊らなくても、何をしていてもフローレンのことが好きなんだ。

それなのに、ダンスを踊り終えて出てきた言葉が「敵」だとか「ライバル」だとか。

俺は、もしかしてフローレンに恋愛対象として意識してもらってないということなのだろうか。

なぜだ？

俺の何がいけない？　……いや、分かっている。

俺は、フローレンと比べれば、まだまだ未熟なところが多い。

彼女のすばらしさは、美しさだけではない。賢く勤勉で周りが見え優しく……そのうえダンスまでうまい。

今日も、授業中、ラミアがノートを書きとれなかったことにいち早く気が付き声を上げた。

そして、他の者たちもノートを書きされていないのではないかと心配し、皆のノートも見せるようにと言ったのだ。なんという気遣いだろう。

それだけではない。

あれは、ラミアのノートを皆のノートと比べられるようにという二重の試みだろう。

ラミアのノートは誰よりも綺麗にまとめられていた。先生の話の要点が簡潔に書かれ、そればかりか問題点や疑問点などが簡単にメモしてある。前の日までのノートを見せてもらったが、授業中にメモされたであろう問題点や疑問点の答えとなるものが追加で記入されていた。授業が終わった後に、図書室で調べたり、先生に尋ねたりしたのだろう。

子爵令嬢のラミアがフローレンの侍女になるのは難しい。

王妃の侍女は、伯爵家以上の者というのが常識である。特に規定で決められているわけではないが、過去の通例ではそうなることが多かった。

皇太子の婚約者が、お茶会や舞踏会、学園生活を通じて気の合いそうな者を選ぶのだ。そういった場では、爵位の近い者同士が集まる。ゆえに、自然と高位貴族が王妃の侍女に選ばれていくのだ。

もちろん、王妃本人が選んだ侍女以外に、王室が選任した者もつく。護衛ができる者、語学などの知識面で王妃の仕事をサポートできる者、王室のこまごまとした決まり事に精通した者など。

まぁとにかく、子爵令嬢が王妃の侍女になるとなれば、反発も多いだろう。ラミアの優秀さと勤勉さを皆に見せることで、ある者は王妃の侍女にふさわしいと納得し、またある者は自分も認められるように頑張ろうと決意したように見えた。

まぁ、ノートを見て優秀さを理解できず、子爵令嬢が生意気だと反感を持つだけの者もいたようだが。排除リストにリドルフトがメモしただろう。

もしかしたら、愚かな者たちのあぶり出しまでを計算した行動なのかもしれない。

フローレンはとても賢い。

柔らかいパン……。その元となる魔法の粉もフローレンが開発の陣頭指揮を執った。

そして、まずはリドルフトとレッドに俺の目の前で試食させ、二人にだけドライイーストを手渡す。リドルフトもレッドもすぐに手渡されたレシピとドライイーストを料理長に手渡したことだろう。すべてはフローレンの思惑通り。

フローレンはレシピを元に柔らかいパンを焼くことの口止めはしなかった。つまりは……。

噂を広めたいということだろう。

試作ということで王室にはまだ渡せないと言っていたが、すでにあれは完成されたレシピだ。

王室でも手に入らない魔法の粉、新しいパン、高位貴族の家に雇われる料理人のプライドを刺激しないはずがない。

横のつながりも強い。

すでに、料理人たちの間では「魔法の粉とはなんだ、いつ、どこで手に入るのか、実際に作られたパンはどのようなものなのか」と噂で持ち切りだろう。

お茶会などに提供して貴族から広めるよりも、料理人たちから広める……。「あそこで食べたパンは美味しかったですわ」と雇い主から言われればプライドが傷つき別の美味しいものを模索する者もいるかもしれない。しかし「噂の美味しいパンをいち早く作って雇い主に食べさせよう」と思わせればアンテナを張り巡らせ、手に入る方法があればすぐにでも飛びつくはずだ。

本当に舌を巻く。

王宮でもすでに噂は広がっていて、料理長から「殿下は実際に魔法の粉をご覧になったと。どのようなものでしたか」と尋ねられたくらいだ。

フローレンの狙いは大当たりだ。

王宮でもまだ手に入らない魔法の粉……。

かといって、ドゥマルク公爵家が王室をないがしろにしているわけではないというアピールで、側近となるリドルフトとレッドだけには特別に手渡しているから抜かりないよな……。

「あー、もうっ、フローレンにふさわしい男になるためのハードルが高すぎるんじゃないかっ！　くそっ。畜生！　だけど、絶対俺は、フローレンにふさわしい男になって見せる！　そして、婚約してもらうんだっ！　フローレン、待ってろよ！　絶対、絶対、俺は、歴史に名を残す賢王になれるように頑張るからな！」

……だが、むしろ歴史に名を残すのは、王妃フローレン……ってなりそうだよな。

ドライイーストも……すでに隣国への貿易品目というよりも、交渉材料として使えるのではないかという話まで出ている。

まぁ、俺が「一度食べたら、二度と今までのパンでは満足できない素晴らしさだ！」と声を大にして主張したからな。

ハンバーグはすでに隣国でも調理法として伝わっている。フローレンが作り出した新しい料理に間違いはないと証明されているんだ。

今回はハンバーグとは違い、「柔らかくて美味しいパンを作るための魔法の粉」という形がある品物が必要となるわけだ。

隣国を柔らかいパンの虜にし、魔法の粉を輸出する代わりに新たに協定を結ぶ可能性もある。

たかが食べ物だろう、そこまでの力があるわけないだろうと反対する者もいるが、食べて驚くがいいさ。

しかし……フローレンの言っていた提案したいこととは何だろうか。またフローレンのことだ。どんなすごい話を持ってくるのだろう。

ああ、それにしても、婚約したいな。したい。フローレンが他の男と結婚するところなんて想像できない。それに、婚約すれば、ダンスの授業で他の誰かと踊るという心配なんてしなくてもよくなるのに。婚約者だったら……毎朝迎えに行って、一緒に教室に移動して隣で授業を受けて……。

父も母も乗り気だ。だが宰相……フローレンの父親がいい顔をしない。

前々回、婚約の打診をして断られた後……フローレンは王都から去って学園入学まで領地にこもってしまったからな。

今度は学園をやめて領地にこもられても困る。

とにかく、俺は宰相に認められる男にならなければいけない。

どこまでフローレンにふさわしい男になれるかは分からないが。やるしかないんだ。

少なくとも、ダンスは認めてもらえた。

「語学に力を入れるべきか？」

フローレンのもたらした魔法の粉をきっかけに、新たに交流を持つ国も出てくるだろう。

交流か……。人前に出ると緊張する俺の一番苦手な分野じゃないか。

いいや、苦手なんて言ってはいられない。大丈夫だ、昔に比べて緊張しなくなってきた。

フローレンを前にしても普通に話ができるようになった。普通に……できているよな？

いや、そもそも好きな子を前に普通でいいのか？

いくつか女性が好む恋愛小説を読んで勉強するべきか？　女性が理想とする男性とはどういう人物なのか。

いやいや、今は自分を磨くことの方が先だ。

フローレン、学園を卒業するまでには君にふさわしい男になるから。

フローレン。好きだよ。君のなにもかもが好きだ。あんなに美しくなって他の男がフローレンを奪い去ってしまわないか心配だ。

いっそのこと太ったままでいてくれればよかったのに。どんな姿をしていても、僕には世界で一番魅力的な女性であることには変わりがないんだ。

「料理長！」

屋敷に戻り、着替えるとすぐに調理場へと向かう。

「あら？　料理長は？」

おかしいわね。直前まで調理場から声が聞こえていたような？

「あ、見つけた！　料理長、お願いがあるんですけど！」

なぜか作業台の下に潜り込んでいた料理長を見つけると、にこやかに声をかけた。

「くっ、見つかったか。私はサンドイッチの試作で手一杯ですから」

見つかった？　まあいいわ。

「ええ、パン屋開店までに二〇品くらいは準備できるといいですわね。定番商品となると年中手に入る食材が最適でしょう。季節限定商品は季節の食材を用いるとして……って、違うんですわ！

今日はパン屋のサンドイッチのこととは話は別です！」

料理長が無の表情をする。

「……サンドイッチ開発のためにハムというものも開発しなくてはならないのですが」

そうだったわ。ハムサンドがないとだめだからハムも作ってとお願いしてたんだ。ハムができたらハムエッグもいいわよね。

卵はイーグルたんが養鶏を始めてくれたおかげで、一年中入手には困らないでしょうから。

「ハム、卵、ポテサラサンドのミックスというのもいいかもしれませんわね。あ、ポテサラにはキュウリも入れたいところです。そうそう卵サンドやハムサンドにもキュウリはいりますわね。キュウリは夏場が旬……一年中は入手でき……ん？　ハウス栽培すればもしかして……ビニールハウスは作れなくても温室を持つ家はあるのよね。ガラスがあるから……別に温室じゃなくても、暖かい部屋なら冬でも育てられる？　空いてる部屋で作る？　水耕栽培は無理としても、家庭菜園の定番プランター。プランターを並べて空き部屋でキュウリを育てる。屋敷には暖炉もあるから冬でも暖かい。いや光熱費を考えたらもったいない……あ、暖炉の熱、煙突から出るのは煙だけでなく暖気。それを利用する方法はないのかしら？　……って、ちがーう！　違うんですわ！　今日はパンの話をしに来たわけではありませんっ。貝殻を取りに来たんですわ。貝殻はありませんか？」

「へ？」

料理長が間抜けな顔をした。気の抜けたような顔だ。

「貝殻を取りに来ただけ、ですか？」

「そうよ、必要なの。たくさん欲しいわ」

「申し訳ありませんが、ありません。領地では簡単に貝は手に入るのですが。今の季節は……」

ああ、そうよね。生の魚介類を領地から運ぶのは難しいんだった。貝も一緒だ。冬場の気温が低い時期なら自然が冷蔵庫代わりになるし、氷も手に入るから運べる。だから海産物は冬の食べ物なんだよね、王都だと。

「お義姉様、領地が恋しいなら、一緒に帰る？　学園は通わなくても構わないんだよね？」

イーグルたんが調理場に現れた。二言三言料理人に何か言葉をかけると、私に手を差し出しエスコートして二人で歩き始める。

「学園には通うわよ？　友達にも会いたいし」

もしかしたらラミアとは修道院も一緒に行けるかもしれないし。他にも友達作りたいし。

「お義姉様、誰に会いたいの？　僕と領地に行くよりも、それより会いたい人が……できたんだ」

あら？

「もしかして、イーグルは領地に戻りたいの？」

イーグルたんが、ふぅと小さく息を吐き出した。

「違う。僕はお義姉様と一緒にいたいんだ。領地でも王都でも場所なんてどこだっていい。お義姉様が誰かに会いたいからと僕から遠くに行くのが嫌なんだ……僕は……」

なんだ。そういうことか。

領地ではずっと一緒にいたもんね。急に学園へ行って離れている時間が長くなって寂しいのね。

そういえば、私も学園へ行くまで友達なんていなくて、イーグルたんも友達らしい人はいない。

お母様はいないし、お父様も仕事でいない。イーグルたん、早くヒロインと仲良くなってくれるといいな。孤独感を埋めてくれる人。学園でイーグルたんにも友達がたくさんできるといい。

「学園に通っている間は、一人で遠くに行ったりしないわよ？　むしろ学園に通うために王都を長く離れられないもの。だから、この屋敷に帰ってくるわ。イーグルの待っているここにね」

にこりと笑って、イーグルの頭をなでなで。

「僕は……お義姉様が帰るのを毎日待ってるよ。来年からは一緒に学園へ行って、一緒に帰ってくるんだ。そのあとは……お義姉様が卒業した後は、お義姉様が待っていてくれるんでしょう？」

ありゃ？　卒業パーティーで断罪されて修道院行きだからここで待つことはできないんだよね。

あいまいに笑って返事をしないでいると、イーグルたんがむっとした顔をする。

「お義姉様、僕を王都において領地に帰るつもりですね？　そんなの許しません。パン屋も放り出していくつもりですか？　養鶏は？　お義姉様がそのつもりなら、僕はもう何も手伝いません」

「えっ？　それは困る。一人じゃ無理だよっ」

イーグルたんが私を抱きしめた。

「そうだよね、一人じゃ無理、僕が必要でしょ？　お義姉様には、僕が必要でしょ？　僕にも、お義姉様が必要なんだ。だから、離れないでね？」

「……イーグルは一人でもなんでもできちゃうと思うけど？　私なんて何もしてあげられないよ？」

背中と腰に回ったイーグルたんの手に力が入る。

「何もしてくれなくてもいいんだ。離れないでね？　もし、僕を一人にするなら、僕は壊れちゃうよ？　そうして、お義姉様を壊しちゃうからね？」

壊れちゃう？

初めて会った時のイーグルたんを思い出す。両親を失い独りぼっちになった小さなイーグルたん。細くて小さくて壊れそうだった。

一度一人きりになってしまった経験がトラウマになってるのかな。

もう、きっと、一人でも大丈夫なのに。……怖いのかな。

「大丈夫。絶対に一人にはしないからね？」

ちゃんとヒロインと仲良くなったのを見届けるから。全力でヒロインにイーグルたん攻略ルートに乗ってもらう。殿下もリドルフトもレッドもつぶす。いや、ルートをつぶす。

「お義姉様……本当？」

「任せて！　私がいなくなってもイーグルが一人にならないように頑張るからね！」

イーグルたんの両肩をつかんで体を離すと、まっすぐ目を見た。

「……違う」

「ん？」

「分かった。お義姉様は僕が一人にならないようにそばにいてくれるってことでしょ？」

イーグルたんの背中をトントンと優しくたたく。

「安心した？」

イーグルたんが嬉しそうに笑って、私の手をぎゅっと握る。

二人で手をつないで、そのまま居間へと移動する。

「なら、簡単だ。僕は誰とも親しくしない。それならずっとお義姉様は僕のそばにいてくれるってことだね」

「何か言った？」

「ううん、何でもない。それより、貝殻も食べられるの？」

貝殻を食べる？

「やだなぁ、イーグル。流石に貝殻は食べないわよ。あ、でも粉末にして鶏の餌に混ぜるとよい卵を産むと聞いたことが……？」

卵の殻にカルシウムが必要だから鶏にはカルシウムが必要で云々とか聞いたような？

「……本当に、どこからその知識を……。お義姉様にはいつまでたっても勝てそうにない」

いや前世の知識があるだけで、私自身は無能よ。しかも怠惰ね。貴族名鑑すら覚える気がないし。

イーグルたんの方が圧倒的に優秀よ？　などと考えていたら、ノックの音が聞こえ、料理人の一人が小さな麻袋を手に入ってきた。

「イーグル様、貝殻処理場に確かに少量残っておりました」

「ああ、ありがとう」

調理人にお礼を言ってイーグルたんが麻袋を受け取る。

「お義姉様、少しですが、貝殻が手に入りましたよ。大量に必要であればあとは領地からすぐに取り寄せます。ああ、鶏の餌に混ぜるとよいという話ですから、そちらの分も取り寄せましょう」

なんと！　イーグルたん優秀！

そうか。貝殻は生ごみと別に処理するのか。確かに貝塚って歴史で習うくらい貝殻は他のごみと違って処理に困るのか……な？　それが残ってないのか料理人に確かめさせたんだ。

「ありがとうイーグル。あのね、実はチョークと黒板を作ろうと思うの」

イーグルたんが首をかしげる。

「貝殻を粉にして糊で固めて細長い形にするの。糊……あんまり固まり過ぎないで、かといって形が崩れないように保持されるもので……えーっと」

何かないかな。米……はないな。小麦粉などのでんぷん糊？

食べ物を使うのは避けたい。食べる者に困っている人からしたら、上流階級の人間が使うチョークに食べ物を使っているというのは腹が立つ話だろう。そのせいで自分たちが食べられないと思うかもしれない。

となると、着物などにつかう洗濯糊、接着剤としては弱いけれど絵具や壁材など粉末状の物に混ぜて使うこともあるって聞いたわね。あれはたしかふのりだっけ。海藻からできているから、海苔だと思ったら糊だったっていうのを覚えている。まぁ、ふのりも食べ物なんだけど、一般的に食べ物として流通してないから……

「なんかひじきみたいな海藻で赤っぽい色のやつを煮てところてんみたいな……のが、糊になって？」

ところてんじゃだめなのかな？　うーん、他に何が接着剤……糊に使えるんだろうね。よく分かんないや。

「それがチョークですか？　黒板というのは？」

「黒板は黒い板ね」

テーブルをぽんっとたたく。

「これ、仕上げにニスが塗ってあるのよね？　板を黒く塗ってからニス……艶のないものがいいかなぁ。塗ると塗料が剥げないよね？」

「黒く塗る？　それはインクで？　かなり高価なものになりますね」

ん？　確かに。

インクって高価だよね。そこそこ。まぁ、教室に設置するでかい黒板が高価でも、一回設置しちゃえば何度も買い替える必要はないから問題ないとして。文字を練習したりメモしたりするのに使う、個人用黒板があまり高価になるのは問題よね？

インクじゃなくて墨汁を使った方が安くできる？　墨汁って、確か煤《すす》とか。

「ああ！　これよ！　これ！」

目に入ったのは暖炉だ。

煙突掃除すると煤が集まる。

「煤よ、イーグル。煤を集めてもらいましょう！　煤と、膠《にかわ》があれば墨ができるわ！」

膠の材料は確か、そうよ、そう！　あるわ。協力してもらえば手に入る！

膠の材料は動物の皮や骨から抽出したものだ。つまり、ゼラチンと一緒。確か膠からもっと不純物を取り除いたものがゼラチン。すぐにでも手に入るわ。ラミアに頼めば。


まぁ、なんということでしょう。

黒板とチョークの試作品が、一週間後にはできてた。

イーグルたんすごい。

このところ真っ黒になっていたり真っ白になっていたりする使用人がやたらと多いと思っていたら、総出で煤集めや貝殻粉砕をしていたらしい。使用人たちもすごい。

あとは、私の仕事よ。任せて！

学園に殿下へのプレゼンテーション用の画用紙サイズの黒板とチョークを数本持っていく。

「フローレン様、これは？」

馬車を降りると、布にくるんだ黒板にラミアが気が付いた。

「ラミアがくれた膠で作った黒板よ。もし、大量生産することになれば、膠生産をラミアの領地に頼むことになると思うわ。ゼリーもこれから売り出していきますし、忙しくなりますわよ？」

ラミアが顔を紅潮させる。

「領地の発展のためになるんですね。嬉しいです！」

「うん、まぁ、プレゼン……殿下に提案して上手くいけばね。今日の昼に薔薇の間でお披露目よ」

ラミアが右手にバスケット、左手に黒板の包みを持った。

「片方持つわ」

流石に私が手ぶらで、ラミアに荷物を全部持たせるのも申し訳なく声をかける。

「いえ、フローレン様にお荷物を持たせるわけにはいきません。これは私の仕事ですっ！」

キリリとした表情で言われる。

えええっ！　そりゃ王妃の侍女目指してるなら、王妃に荷物を持たせる侍女なんてだめだから持ちたいんだろうけれど。

まぁ、でも、私は練習台の公爵令嬢にすぎないし。それに、悪役令嬢ですからね。

ラミアの思い通りにはさせない意地悪な悪役ですからね。

周りの生徒たちにも聞こえるように声を張り上げる。

「命令よ！」

高飛車な態度でラミアが逆らえないように命じるなんて、悪役令嬢そのもの。くふふ。

「その荷物を渡しなさい！」

反抗は許さないとばかりに、ラミアからバスケットを奪い、そのまま振り返りもせずすたすたと歩いていく。

私、完璧な悪役令嬢ね！


「今のご覧になりました？　荷物を持たせまいと気遣って」

「綺麗なだけじゃなくて優しいんだなぁフローレン様。あんな女性と結婚できたら幸せだろうな、殿下がうらやましい」

「しかしジョルジのやつ、フローレン様が認めた女性をあんな扱いするなんてどういうつもりなんだろうな」

「確かに。初めは見た目はいまいちだし爵位も低いし金で無理やり婚約させられかわいそうだとも思っていたが」

「けなげで優秀。よく見ればそれほど醜くもないだろう？　いくら不満だからって目の前で浮気するのはやりすぎだろう」

「しかし初日からそんなラミア嬢を助けようとしたフローレン様は本当にお優しいなぁ」

「婚約こそまだですけれど、殿下とは順調に仲睦まじくしていらっしゃるようですし」

「お昼はいつも一緒に食べていらっしゃいますものね。むしろ、これ見よがしに人前でイチャイチャすることがなくて好感が持てますわ」

「私もフローレン様のような方にお仕えしたいですわ。どうすればいいのかしら」

「やはりラミアさんを見習うべきですわよね。子爵令嬢でも認められるんですもの。私にもチャンスはありますわよね！」

「高位貴族だからとフローレン様に近づいて痛い目にあった方たちにはもうチャンスはないかもし

れませんが」

「ああ、あの方たちね。肌や髪がボロボロだと言われたのは伯爵令嬢でしたか」

薔薇の間、なんだか知らない間にフローレンサロンとして定着してきた部屋に向かうと、入り口に一人の生徒の姿があった。

「フローレン様」

思いつめた顔をしている。髪と肌がボロボロな伯爵令嬢。名前は知らない。なんだっけな。会話もしないし、授業では先生が誰かの名前を呼んで指名することもないからいつまでたっても名前を知らない人ばかりだ。

返事を戸惑っていると、ラミアが私の前に出た。

「アンナ様、フローレン様に何の御用でしょうか？」

アンナは生意気だとラミアをにらみつけるかと思ったら、泣きそうな顔になっている。

「謝罪を……」

謝罪？　何の？

「アンナ、謝罪とは？」

アンナが深く頭を下げた。

「フローレン様がお選びになったラミアさんに対して、失礼な態度を取ったことを。いくら、父にフローレン様に近づけと言われていたからといって、間違っていました」

父親に言われて私に近づいたのか。

「自分の意思で謝りに来たのではなく、父親に謝れと言われて来たのなら謝罪はいらないわ」

そういうの、嫌いなのよね。反省もしてないのに、謝罪会見する政治家とか芸能人。言わされてる感は逆に見ていて胸糞悪い。

「いいえ……学園をやめる前に、謝りたくてフローレン様と……ラミアさんに」

アンナが一度顔を上げると、ラミアに頭を下げた。

学園をやめる?

「ラミアさん、ひどいことを言ってごめんなさい。私はあなたの美しい髪も肌もうらやましいけれど、それよりも……毎日お腹いっぱい食べていて満たされているのに、そのうえフローレン様に認められたことが妬ましくなってしまって……」

はい? どういうこと? 肌や髪がボロボロなのは、偏った食事のせいではない?

お腹いっぱいに食べられないから? ろくに食べてないってこと?

「アンナ、学園をやめるというのはどういうこと?」

アンナの腕をつかんでびっくりした。

制服に隠れていて見えないけれど、手首があまりにも細くて。

バスケットをラミアに手渡し、つかんだアンナの腕の制服を上にめくりあげる。

「細い……何、この腕。拒食症? っていうか、ちゃんと食べないとだめよ?」

ぐぅと、小さくお腹が鳴る音が聞こえた。アンナのお腹だ。

「朝食を食べていないの?」

アンナが困ったような顔をする。

「学園で昼食が食べられますから……あの、大丈夫です」

大丈夫じゃないよ。

朝食はちゃんと食べないとだめって学校で習わなかったの！　いや、ここが学校か、この世界の。

「昼食に持ってきたものがあるから、分けてあげるわ。いらっしゃい」

薔薇の間の扉を開き手招きする。

「本当に大丈夫です。いつものことなので……」

「いつも？　いつも朝食を食べていないの？」

「いいえ、あの学園に通うようになって、食堂で食べられるだろうからと……」

ちょっと待って。

細い腕、朝食抜き、艶のない髪に荒れた肌、どう見ても栄養不良、学園をやめさせられる、父親に命じられて……。まさか、これは……。

「アンナ、あなたの母親は義理の母親で妹がいて、義妹ばかりを両親はかわいがっていたりしない？」

アンナがハッと口を押さえる。

「なぜ、ご存じなので……いえ、あの、違います」

図星か。まさか主人公級の設定を持ったモブがいたとは……。

「何が違うの？　学園に通わせてもらえるのは、私や殿下と同じ年で、取り入ることができるからじゃないの？　それが私を怒らせてしまったという声が父親の耳に届いて、謝って許してもらえ、許してもらえなければ学園をやめさせると言われたのではなくて？」

ボロボロとアンナが泣き始めた。

「私は、間違っていたのです。いくら自分が追い詰められていたからと、ラミアさんにひどいことを言っていいわけではなかったのに。ラミアさんの姿を見ていて、なんて馬鹿なことをしてしまったのだろうと。毎日悔いていました。たとえフローレン様に許していただいたとしても、ラミアさんを傷つけてしまったことをなかったことにはできない……と」

あちゃー。やっちまった。

「そうね、傷つけてしまったことは、謝っても、許してもらっても、過去は消せないわよねぇ」

そんな事情があるとは知らずに、髪や肌がボロボロだって言っちゃったんだ、私。

手入れなんてできるわけもないのに、手入れしていてそんな状態？　とかまで言ったよね。

継母にいじめられてるシンデレラなんて思わなかったし……。ひどすぎるね、私。

何度も思い出しては、悪いことをしたなぁって思うやつだ、これ。

「アンナ、過去は消せないけれど、上書きはできますわ。ね、やり直しましょう。ラミアも、それでいいですか？　傷つけられた過去によい記憶を上書きしましょう、ね？」

ラミアが頷いた。

「え？　ですが、私は……もう学園をやめますし、たぶん修道院に送られるかと……」

なんですと！　修道院仲間ゲットじゃないですか？

こりゃ棚から牡丹餅。

「やめる必要はないわ。これから、そうね、私の気が済むまでこき使って差し上げますわ。学園をやめるのは許しません。お父様にもそう伝えなさい。勝手に逃げられては困ると言われたと」

「こき使う……？　あ、あの、私……許していただけるのでしょうか？」

「だから、許さないわよ？　許されるまでこき使われるのよ？　分かったわね？」

謝罪を受け入れて一緒に行動を共にすると言えば、父親が利用しようとするかもしれないし。まだ許されてないいって伝わった方がいいわよね？

一緒に学園生活を送って仲良くなれたら卒業後に一緒に修道院に行けるかもしれないし。あ、でもアンナが修道院に行きたくないというなら無理強いはしないけどね。

「は、はい。ありがとうございます。フローレン様。私、一生懸命お仕えいたします」

「まぁいいわ。じゃあ、初めの命令ね。その、みっともなく鳴るお腹の音が私には許せませんわ。食べなさい」

薔薇の間に入ると、ラミアが手際よくお茶の用意をしてくれる。

「今日は、サンドイッチの試作品もあるからちょうどよかったわ。ラミアには太りそうなものだからたくさんは食べてもらえないと思っていたのよ。はいどうぞ」

なんせ今日は、ミルフィーユ牛カツサンドに、メンチカツサンド、コロッケサンドと、揚げ物サンドシリーズなのよね。本当はエビフライサンドとかも作りたかったけれどエビは冬場以外鮮度を保って運搬できないから一年を通じてのメニューにはできない。

「あの、これは？」

「私ね、パン屋を開く予定なのよ。店に置く試作品。食べたら感想をいただける？」

アンナがラミアを見た。

「どれもおいしくて、感想を求められても難しいんですよ。アンナ様、食べてみたら分かりますわ。

いつも殿下たちはうまいうまいしか言いませんし」

「で、殿下がお召し上がりになるようなものを、わ、私、いただくわけには……な、何もお返しできませんし」

恐縮するアンナ。

試食だから遠慮することないのに。

「あ、そうだ。ラミア、ゼリーを一つ出してちょうだい」

ラミアがゼリーを取り出しアンナの前に置く。

「これ、コラーゲン。肌や髪が美しくなる食べ物なのよ。これを毎日食べてもらえる？」

「そ、そんな、それこそいただけません」

うんうん。また恐縮ね。そりゃ美容関連のものって高価だもんね。

「アンナは実験台よ。このボロボロの髪や肌が、美しくなるかどうか。コラーゲンに効果があるのか試したいの。ほら、私やラミアじゃ分からないでしょう？　実験台になってくださるわよね？」

アンナが私の言葉にラミアに助けを求めるように視線を向ける。

ラミアが、申し訳なさそうな表情をした。

「あ、あの、フローレン様、無理強いは……。アンナ様も嫌なら断ってください。これは牛の頭や尻尾から作られているものですので」

「頭や尻尾……」

アンナがごくりと唾を飲み込んだ。頭を想像しちゃうと食べにくいよね。マグロの兜焼きとか豚の頭とかどんっと置いてあるのは私もちょっと苦手だし。

「わ、私、フローレン様のためならば、食べさせていただきます！」

覚悟を決めた目をして、アンナがゼリーを食べた。

「美味しい……」

うんうん。美味しいのよ、ゼリー。

「ありがとうございます、ありがとうございます」

アンナが涙目になりながら、ゼリーとサンドイッチを食べた。いつもろくに食べていないせいか胃が小さくなっているようで、サンドイッチ二切れでもう無理だと言われました。あ、揚げ物を朝からというのに無理があったのか。ごめん。今度からオートミールおにぎりを持ってくるね。朝食にいいのよ、あれが。

授業が始まる時間が迫り、慌てて薔薇の間を出る。私の後ろには取り巻きが二人に増えた。悪役令嬢っぽさが増しているに違いない。

「アンナ様、もしよろしければ図書室で今日からご一緒していただけませんか？」

「ええ、喜んで。ラミアさんはいつも遅くまで図書室に残っていますわよね」

「アンナ様も、毎日本を読んで勉強されていましたわね。語学の本が多かったように思いますが」

「……お恥ずかしい話、どこか遠くへ行きたいと思うことが多くて。語学を身につければそれが叶うというわけでもないのに……」

二人の話し声が耳に届く。

そうか。アンナも勉強熱心なのか。遠くへ行きたいって海沿いの修道院じゃだめかな。

「語学は、王妃付きの侍女として役に立ちますわ。一緒に、王妃付きの侍女を目指しませんか？」

え？　ラミア……それって……。

「私が、王妃様の……？」

ええ。二人とも、一緒に修道院に行ってくれないのね……。仕方ないわよね。王妃付きの侍女という夢があるなら。

「はい。私も……目指します。許されるなら」

許される？　父親が反対するかなぁ？　上昇志向強そうだし。でも、義母と義妹とひと悶着あるのかな？　大変だなぁ。毒義家族。

うちは、かわいい義弟のイーグルたんしかいないし。なーんも問題ないよね。仲良し義家族よ。


三人で教室に入ると、やっぱり前方の席は満員御礼なのよねぇ。

まぁ最近は割と静かに授業を受けるようになっているから先生の声が聞こえないことは少なくなったけれど。

ちらちらとアンナの姿を興味深く見ている人たちがいるかと思えば、明らかに敵意を向けてる人もいる。初日にアンナと一緒に問題を起こしてくれた侯爵令嬢やジョルジの浮気相手の令嬢とか。よくも抜け駆けしたわねと言わんばかりの目だ。

怖い怖い。

「ああ、フローレン様、彼女も助けることにしたのですね」

リドルフトが、席に座ると後ろから話しかけてきた。

「え？　助ける？」

「ええ。家庭の事情で家族にひどい扱いを受けているという噂は聞こえてきていましたからね」

そうなの？

「フローレン様は助けずにはいられなかったんですね。お優しい方だから……」

いやいや、違う違う。

悪役令嬢だから、優しくないよっ。

「アンナは、実験台よ。皆も覚えておいて、このボロボロの髪や肌が美しくなるかどうか実験に利用しておりますの」

いいように利用しているのよ
逆らえないのをいいことに、実験に使うなんて！　なんてひどい女なのでしょう！

「商品開発のための実験よ？　利益のために利用しているのよ？　分かったわね？」

念押ししておく。

「かわいいなぁ。俺のフローレン。本当はアンナを助けたいだけなのに」

おい、殿下、何か笑ってないか？


お昼。

薔薇の間のメンバーが六人になった。

私、ラミア、アンナ。それから殿下、リドルフト、レッド。

「よかったわ。ちょうど男女三人ずつですから、偏った意見にならずに済みますわ。さぁ、アンナも素直な感想を聞かせてくださいね。男性陣は肉、肉、肉、と、意見が偏りがちですから」

男性陣は食堂メニューとサンドイッチ。

女性陣はサンドイッチとゼリー。

「もう少しパンも厚めの方がいいな」

なるほど。具のボリュームにこだわるあまりバランスが崩れてしまっていたのね。

「あまり分厚いと口を大きく開かないといけませんので食べにくいような気がいたします」

そうね。女性の場合大きな口を開けるのは恥ずかしいわよね。

コロッケは具もパンも薄くした方がよさそう。メンチカツはドカンとボリューミーにするか。ミルフィーユ牛カツはそうなると難しいな。いっそカツはやめてローストビーフサンドとかに舵を切りなおすか？　薄切りにするから肉の硬さは何とかなるはずだし。

これは料理人にまた相談だね。

「……こんなに美味しいものを食べさせていただいて……」

アンナが申し訳なさそうな顔をするものだから、再度きっぱりと口にする。

「あなたは実験台にされているのよ？　むしろ、怒ってもいいの。分かったわね？」

ぷっと、噴き出す声が聞こえる。

ん？　誰が笑ってるの？　振り返ると笑いをこらえている殿下と目が合う。なぜ、笑った？

まぁいい。そんなことに構っていられない。プレゼンをしなくてはいけないのだ。

「食べながらでいいので、今日は殿下に提案したい物の試作品ができたので見ていただけます？」

そうして、黒板のプレゼンを始める。

「なんだ？　黒い板？　焦がしたのか？」

レッドが首をかしげた。

「いえ、これは墨汁を塗って黒くしたものです」

煤と膠を使って作った墨汁。そのまま固めると、墨ができるのよ。硯があれば、水と墨と硯で墨汁ができる。液体のインクとちがって長期保存ができるはずだけど、今のところ硯は作ってない。

「墨汁?」

「インクの一種ですわ。インクに比べて安価ですが、水に弱いため上にニスを塗ってあります」

リドルフトが興味深々といった様子で黒板を凝視している。

「で、その黒い板は何に使うんだ?」

殿下の言葉に、チョークを一本取り出す。

「こちらはチョークです。この黒板に、このように……」

フローレンと名前を書いて見せる。

「面白いな。文字が書ける板か。だが、板に黒い……その墨汁とやらで書けばいいんじゃないのか? なぜ、わざわざ黒く塗った板に白い文字を」

殿下の言葉が終わらないうちに、綿をくるんだ布を書いた文字に押し当て滑らせる。

黒板消しもそのうちよい形のものを作りたいが、とりあえず雑巾でもなんでも消すことができるから問題ないといえば問題ない。

「え? 消えた」

もう一度黒板に、今度は殿下の名前を書き、半分だけ消して見せる。

「書いたものが簡単に消える、まるで砂の上に書いた文字を手で消してるみたいだな」

おや、レッド、いいこと言いましたね。

「そうです。砂に文字を書いて消して練習する人もいるでしょう。高価な紙とインクを消費するのはもったいないですから」

リドルフトが手を出したので、黒板とチョークを手渡す。

「こ、これは計算のメモにも使えるということですね。ノートの端に無駄なメモを残さずに済む」

そうそう。その通りですよ。

「なー、これ、誰かに何かを伝えてほしいというときなんかのメモするのにも使えるよな？　伝えたあとにはメモは破棄するから紙の無駄が減らせる」

レッド君、いいところに気が付きましたね。

ですが、黒板の真の価値はそこじゃないんですよね。

リドルフトの手から黒板を取り返して、皆から距離を取る。部屋の一番奥まで良き、チョークで大きな文字で「読めますか？」と書いた。

「ああ、読めるが」

「はい。大きな文字なので、もっと離れていても読めると思います」

「黒色に白なのでよく見えます」

レッド、ラミア、アンナが答える。

「まさか……」

リドルフトは気が付いたようだ。

「ええ、そうです。黒板は、紙とちがって色を塗った板ですから、大きなものも用意できます。教室の壁一面を覆うような大きなものも」

「読めますか?」の文字を消し、国内の簡易地図を書く。

「ここが、王都。こちらがラミアの領地、それから、距離を置いて、我がドゥマルク領。こうして黒板を使えば、言葉だけでは伝えにくいことも書いて皆に見せながら説明することができます」

殿下とレッドが顔を見合わせた。

「戦略会議にも使えるということか」

そっちじゃない。

「授業で、先生が話だけでは伝えにくいことを書いてもらいます。また、ノートに書き残す必要のある重要なことも書いてもらいます。そうですね、例えば今度いらっしゃる隣国の第二王子のお名前を先生がおっしゃっていましたが、綴りが間違っていらっしゃる方がいたと思いますわ」

この間の並べたノートは表記がまちまちだった。まぁそうだよね。バイオリンだって、ヴァイオリンって書く人もいるし。

「ああ、なるほど。確かに……」

「他にも、計算の練習問題をその場で先生が作り、黒板を使って解く練習をしたりもできますわ。口頭だけではなかなか難しいことに、表などもあるでしょうか」

他、黒板って何に使ってたかな。ああ、そうそう。教室の後ろにも黒板あったなぁ。

「予定や当番を皆が分かるように書き出しておくこともできますわ。今日の担当者は誰なのか尋ねなくとも、覚えておかなくとも、遠くからでも見て分かれば便利ではありませんこと? また、すぐに消したり書き直したりできますから、別の場所へ移動して席を外すときに、行き先を書いておくことで、誰が今どこにいるのかすぐに分かりますわ」

どちらかといえばそれは職場のホワイトボードとかか。直帰とか書くやつだった。

「それ、書類の提出日をでっかく書いておくと、知らなかったとか忘れてたとかいう言い訳できなくなるんじゃね？」

「どの部署でも役に立つだろうな。大きなものも小さなものも、用途は無限に広がりそうだ」

「早速導入の検討を……フローレン、この見本を借りることはできるか？　それから予算なんだが、どれくらいで黒板とチョークは手に入るんだ？　宰相はすでに知っているのか？」

ん？

「なぜ、お父様が？　学園の管理はお父様ではなかったはずですが」

私の言葉に、殿下が動きを止めた。

「まさか……黒板とチョークは学園のために……？」

「ええ、授業が受けやすくなるようにと思って提案させていただいたものですが？」

「いや、これは仕事の効率化にこそ使うべきで……いや。そうか……じゃあ、宰相は黒板のことは知らないんだな？」

「ええ。お父様はご存じありませんわ」

ブラック企業並みに働いているからブラックボードのことは知らないのよ。

何かやってるなくらいしか分からないんじゃないかな。

「じゃあ、これはすべてフローレン様のお考えで」

リドルフトが目を見開いた。

前世の知識ですけどもね。

「いえ、いろいろな方の力を借りておりますわ。義弟のイーグルがあれこれ手配をしましたし、使用人たちが試行錯誤を繰り返して完成させました。それに原材料確保のために、ラミアにも協力していただきましたわ」

レッドがバンバンと殿下の背中をたたいている。

不敬じゃないの？　大丈夫？

「あはは、人の手柄まで横取りする人間に聞かせてやりたいなぁ。ほんとフローレン様ほどの人間はいないだろうよ。頑張れよ。取り逃がすなよ。ぐずぐずするな」

そうそう、黒板とチョークという素晴らしい物の導入チャンスを取り逃さないでよ。

「またラミアの領地が富むな。もちろんドゥマルク領も」

「あら、いやですわ。学園で学ぶ人たちのための物ですもの。チョークは消耗品で何度も買わなければいけませんでしょ？　それほど利益をのせるつもりはありませんわ。こちら、イーグルが作った価格表です。大きなものとなると多少値が張りますが、初期費用としてお願いいたしますわ。個人用の小さなものは、ノートと同じ大きさをと考えております。庶民でも頑張れば手が届くような価格設定になっていますわ。チョークは、一〇本単位での販売。一本あたりパン一個ほどの値段で提供できればと思っております」

はっきり言って、板だけは新しく用意しなければならないけれど、墨はゴミになる煤と、売れ残りの牛の部位からできる膠だ。チョークもゴミとして捨てていた貝殻と食用にはならなかった海藻だ。原材料費はほとんどかかっていない。

問題は手間だ。ほぼ人件費なんだよね。作るのと運ぶのと。あと、臼だとか型だとか初期投資の回収の見込みがあるかどうか。

「残念だけれど、儲けるつもりは無くても儲かるよ。学園だけで収まるような品じゃない。……国内だけで収まる品でもないだろうな……」

は？

「でしょうね。留学してくる隣国の者がすぐに自国へ伝えるでしょうし。よほどのぼんくらじゃないかぎり」

リドルフトも殿下の言葉に同意している。

儲かる？　儲けようと思っているのは、海沿いのドゥマルク領ならではの特産品を王都で売ろうという計画で、まだお披露目もしてないよ？　パン屋だってまだオープンしてないのに。

そういえば、お父様がドライイーストのことを聞かれすぎて仕事にならない。フローレン、早く販売を開始してくれと泣いていたような。

「ラミア、子爵家があまり儲けを出すとやっかみや妨害があるだろうから、困ったらいつでも言ってくれ」

殿下がラミアに声をかけた。

あ。そうか。

我が家が儲かれば、ラミアの家も儲かるってことだ。牛肉だけでも今は潤っているところに、ゼリーと黒板に使う膠も加わればさらに儲かることは間違いないってことだよね。

「あ、あの、殿下に相談だなんて……その……」

ラミアがびっくりして息を飲み込んだ。

そりゃそうだ。困ったら王家に相談なんて、ありえない話じゃない？

「黒板に関してはフローレンと共同開発なのだろう？　フローレンの問題は俺の問題だからな。遠慮なく相談しろ」

は？　なんで殿下の問題？　宰相のお父様が困ると王家にも打撃があるから？

「馬鹿ですか。流石にいくら何でも走りすぎです」

リドルフトが殿下の言葉を遮るようにしてにらみつけた。

「ラミアさん、困ったことがあれば私に相談してください。もちろん殿下にも伝わりますし、問題解決に実際動いてフローレン様のために働くのは殿下ですが、表に出るのは私ということで、よろしいですね？」

そうよね。王家がどこかの貴族に肩入れしてはパワーバランスが崩れたり問題が大きくなるから。

「あ、ああ。そうだな。フローレンのために力になる」

「ラミアの力になってくださるのは感謝いたしますが、私のためではなく、ラミアのためですわよね？　さも、公爵令嬢にいいように使われているような印象操作はやめていただけません？」

私が目指すのは修道院エンドだから。王族を操っていた冤罪を追加されたら、流石に国家転覆をはかったと処刑の可能性が出てくるわ！

怖い。怖すぎる。

「い、いいように使われてなど……俺がフローレンのために何かしたいと思っているだけで……」

殿下が落ち込む。

「結構ですわ。何もしていただかなくて。私には、頼りになる方が他にいますもの」

殿下が青ざめた。

「だ、誰だ！　フローレンが頼る男というのは！」

男なんて言ってないのに、鋭いな。

「もちろん、宰相であるお父様。優秀なのはご存じでしょう？」

殿下がほっと息を吐き出している。

「あ、ああ。そうだな。そうか」

「それから、義弟のイーグル。とても優秀なのよ！」

次期宰相の座はリドルフト、あなたには譲らないわ。イーグルたんが宰相になるんだからね。ふんすっ。優秀アピールしとこう。

「パン屋の準備もあっという間にしてくれるのよ。パン屋を開店するための不動産を探す手配から何から。黒板やチョークの原価計算から販売価格設定などの書類もイーグルが作ってくれたの。あとね、養鶏も規模拡大中で、とにかくすごく優秀ですごくて、頼りになるの」

ふふん。私のかわいいイーグルたんすごい。

「イーグル……か。弟とはいえフローレンとは血がつながらないんだろ？」

殿下が苦虫を噛みつぶしたような顔をする。

「血がつながらなくたって、イーグルは家族よ。大切な義弟なんだからっ！」

私の言葉に殿下がふっと笑った。

「なるほど、あくまでもフローレンにとっては弟」

「そう。かわいい弟よ。とても優秀だけどね、甘えんぼなところもあって。お義姉様とずっと一緒にいたいですって。ふふふかわいいでしょ？」

ん？　殿下の顔がゆがんだ。

何で、そんな顔するかな？　かわいいよね？　いい年してみっともない？　でも、天使だよ？

レッドとリドルフトを見ると視線をそらされた。

ラミアとアンナを見る。

「うらやましいですわ。血がつながらない義弟と仲がよくて……。私は……」

そうだった。アンナは義妹とうまくいってなかったんだ。彼女の前で義弟自慢なんて、私ってばひどい女。

「私には妹がいます。血がつながった実の妹ですが、よく食べ物を取り合って喧嘩しますっ」

ラミアが慌てて口を開いたけれど、喧嘩するほど仲がいいという言葉があるくらいだから、何のフォローにもなってないよ。

そうか。ラミアには妹がいるのね。何にも私知らないわ。

「黒板の話をもう少し聞かせてもらっていいでしょうか、フローレン様」

ナイス話題の切り替え！　リドルフト褒めてつかわす。ということで、黒板の話に。製法はラミアのとこととうちのとことで内緒にしておくということになった。

まぁ、バレるときはバレるだろうけれど。たとえばれても、煤以外に牛が必要だし、海沿いじゃなきゃ入手困難な貝殻と海藻使うしで、ゼロから材料集めて作る場合、うちで販売するものに価格で勝てないでしょう。となるとマネするとしても、王都から離れた場所や別の国になるんじゃないかな。あ、でもそうすると消耗品ではない黒板の方は売り上げが頭打ちになる。ラミアの儲けが減っちゃう。

でも、そのころまでにはゼリーの販売が軌道に乗っていれば問題ないかな?

パン屋の準備は順調そうに見えて、ちょっと難航している。

「お義姉様、サンドイッチの種類はこれで問題ないですか?」

「うーん、二〇種類は定番としていつ行っても食べられるようにしたいんだけど……。なんか、違うのよね……」

主に、私のサンドイッチ愛が深すぎるのが原因だ。

そうこうしている間に、学園への黒板設置許可と予算が降りた。

殿下たちも仕事早いな。イーグルたんも仕事早いし。

「まぁいいわ。とりあえずマヨネーズのための酢の確保よろしく」

マヨネーズ単体での販売も考慮してイーグルたんにお願いしてから学園へ。

「おはようございます、フローレン様」

うっ、まぶしい。朝からまぶしいわ。

アンナが私の取り巻きポジションについて二か月。朝の光を浴びて、アンナの髪が輝いている。肌も見違えるようにつやつやだ。

「おはようございます。こちらは例の品ですわね？」

うっ。またもやまぶしい。

ラミアの髪や肌は相変わらずピカピカ。

それに加えて、この二か月ちょっとでどれだけダイエットを頑張ったのか。十キロは体重減った？　まだ少しぽっちゃりという表現が似合うけれど、デブだとか豚だとかいう単語が逃げ出すような変わりようだ。

そして、肌や髪がつやつやになっただけなのに！　痩せただけなのに！

二人とも驚くほど美しくなった。もともとの顔の作りは悪くないうえに、今は自信に満ちて表情が輝いているからだろう。

「ええ、そうよ。ラミアも、準備はできていて？」

ラミアがうんと頷く。

しばらくしてレッドが数名の男子を引き連れてやってきた。

「これを教室に運べばいいんだな」

レッドの言葉に、ラミアが答えた。

「はい。よろしくお願いいたします。私はこちらを薔薇の間に」

ラミアがバスケットを手に取ろうとしたところレッドが先に持ち上げた。

「お前ら、その荷物を慎重に一年の教室まで運んでくれ」

レッドがバスケットを手にすたすたと歩きだした。どうやらラミアの代わりにバスケットを運んでくれるらしい。

「あの、レッド様、それは私がっ」

「いや、俺らもごちそうになってるからな」

「ですが、フローレン様のお荷物をお持ちするのは私の仕事でございますっ」

ラミアが必死にレッドを追いかける。

おや。あの二人仲がよろしいことで。

その間も、アンナは手伝いに来てくれた生徒たちに指示を出している。アンナは働き者で優秀だ。

「こちらは割れやすいですから慎重に。教卓の上にのせてくださいます？　こちらの包みは……」

今日は馬車にたくさん荷物を積んできた。なんせ、黒板のお披露目の日だからね。

指示をするアンナの姿を、ちらちらと男子生徒たちが声をかけたげに見ている。

うんうん。綺麗だもんね。アンナ。

教室に入ると、前面の壁の半分を覆いつくす黒板に皆が興味津々だった。

そりゃそうだろう。学園とはいえ、貴族が通う場所だ。日本の学校の教室なんかとは桁違いに、

壁一つとっても装飾が施され豪華な作りになっていた。その壁が、真っ黒な板に覆われているのだ。

何が起きたのか！　と思わない方がおかしい。

生徒が教室に全員揃ったところで、立ち上がった。

「皆さま、今日は記念すべき黒板デビューの日でございますわ。それを記念して私からプレゼントがございますの」

小さく頷いて合図を送ると、ラミアとアンナが個人用サイズの黒板とチョークを皆に配り始めた。

その間に、階段を下り、教室の前面の黒板の前に立つ。

「皆様にプレゼントしたものは、黒板とチョークと言いますわ。教室に設置されたものとサイズは違いますが同じものです。使い方を説明いたしますわ」

チョークを手に取り、黒板に国の名前を大きく書き、消してから、また別の言葉を書いて消す。

「お分かりいただけましたか？　紙に記録するほどでもないメモや、文字の練習などに使っていただくものになります。また、今日から先生たちには必要に応じて黒板に伝えたいことを書いていただきます。ノートに書き写すべきことがあれば書き写すようにご活用くださいませ」

生徒たちがうずうずとした様子だ。

「あ、どうぞ、書き心地をお試しください。書いた文字は布などで軽くこすれば消えます。粉がゴミとして出ますので、吹き飛ばさないようにお気を付けくださいい」

あっという間に、生徒たちはチョークを手に取り黒板に何か書いては消すを繰り返し始めた。

楽しいですよね。黒板にチョークで落書きするの。

おっと、プレゼントは何も慈善活動じゃないのよね。

「チョークは学園の売店で追加で購入ができますわ。そして、黒板は見ての通り、小さいものから大きなものまで大きさは自由に作ることができます。ご希望に応じて販売いたしますが、領地へ大きなものを運ぶのは大変なことでしょうから……特別に、この学園の生徒にだけは、黒板を作るためのインクを販売いたしますわ。黒板の作り方もお教えいたしますので、ご利用くださいね」

さて。どう出るかな。

王宮でも黒板はそろそろ各省庁で導入されているだろう。便利さに気が付けば領地にも欲しいという希望者が出てくるはずだ。

子供が持ち帰った学園で配った黒板を見て、何か閃く者もいるはずだ。

そう。「商売しよう」という輩が。

だったら、黒板の販売はまねする人に任せる。だって、板を希望の大きさに切って黒板に加工して設置するのは手間なのよ。大きくなればなるほど手間だし人手もいる。だったら、黒板を作るのに必要な墨汁だけを売った方がコスパがいいのよね。

まぁ、墨汁じゃないもので黒板の色を塗ろうとする人間も出てくるだろうけど。墨汁の方が安上がりじゃない？　と思えば墨汁を買うはずだ。

初めは学園の売店で細々と売るけど、目ざとい人間はすぐにドゥマルク公爵家に交渉して大量に取引したいと言ってくるだろう。

学園だけで動くということは、まずは貴族相手に動くということ。そして、貴族であれば公爵家が売り出したものを勝手にパクって儲けるなんて自殺行為はしないはずだ。よほど間抜けな貴族でない限り。

煤と膠が原料で、黒板に加工もしないとなると、全部ラミアの領地に生産を任せてもいいんだよね。

黒板が広まればうちの領地はチョークが売れるからね。

さて。生徒たちは一通りチョークの書き心地を試したようね。

では、次、いってみようか。

ラミアとアンナに合図を出すと、二人は今度はゼリーを配り始めた。

「もう一つ、皆様に贈り物がございますわ。こちらは食べ物になります。まず初めに説明させていただきますわね？　ラミア、アンナ、いらっしゃい」

皆にいきわたったことを確認して私の元へラミアとアンナを呼び寄せる。

「皆様も、お気づきになっているかと思いますわ。ラミアが痩せて、アンナの肌や髪が美しくなったことを」

男性たちは、かわいくなった二人を素直にうんうんと言って見ている。

一方女性たちの反応はまちまちだ。

ちょっとかわいくなったからっていい気になるんじゃないわよ、と声が聞こえてきそうな顔をしてにらんでいる者。

どうしたらあのように変化するのかと興味津々な者。

察しがいい者は、まさかという表情で今配られたゼリーに視線を落としている。

「毒見をさせていただきますわ。本日皆様に用意させていただいたのはブドウのゼリーですわ」

紫なんて魔女がぐつぐつ似ている鍋の中の色のイメージなんだけど、ブドウと聞けばホッとするよね。というわけで、朝からゼリーいただきます。

食べて見せると、待ちかねたといった様子で女性たちがゼリーを食べ始めた。

美容に興味がない男子がぼんやりしていると「食べないのならいただいてもよろしくて？」と奪いにかかる女子もいるほどだ。

「まぁ、美味しい」

「美味しいだけではなくて、これを食べていればアンナ様のような髪や肌に……？」

「ラミアさんもとても髪や肌が美しいし……痩せるということは逆にいくら食べても太らないということかしら？」

いや、ゼリーも食べ過ぎれば太るよ？　果汁とか砂糖とか使っているし、カロリーゼロじゃないからね？

「これいいな。ブドウは好きだけど一粒ずつ皮をよけながら食べるのは嫌いだったんだよな。これならがつがつ食えるぞ」

「やべぇ、まじうめぇじゃん」

ふふふ。そうでしょうそうでしょう。

「フローレン様、このゼリーはどこで手に入るのでしょうか？」

「私も買いたいですわ」

「教えていただけませんか」

来た来た。

「学園側と交渉してしばらくは食堂で販売していただけることになりましたわ」

素敵、私絶対に毎日食べますわ！　という声があちこちから上がる。

「王都にお店を近々開くつもりですの。それまでは申し訳ありませんが食堂で購入していただけますでしょうか。お持ち帰りを希望する方は、持ち帰り用の器をご持参していただくことになりますが……詳しいことはアンナに聞いていただけますか？」

一人いくつまで買えるのでしょうとか、お値段はいかほどとか、いろいろな質問がアンナに飛んでいる。もちろん、髪や肌の手入れはどうしているのかといった質問も混ざっている。手入れはほぼなし。食事改善しただけだ。あの家の待遇で手入れなどしてもらえるはずもないからね。

「え？　ゼリーを食べるだけで何の手入れもなさっていませんの？　洗顔も水だけですの？」

「オイルマッサージもなさっていませんの？　髪もブラッシングだけでこの艶を？」

「ねぇ、アンナ様、今度お茶会にご招待してもよろしいかしら？　お母様にぜひアンナ様の髪や肌を見ていただきたいの。そうすれば、お母様もゼリーを購入する許可をくださると思いますわ」

あらあら。今までアンナを一人で抜け駆けをしてと言っていた方ではありませんこと？

「ふふふ、皆様には今はあまり興味がないかもしれませんが、このゼリーに含まれるコラーゲンの最大の美容効果は、しわですわよ。ラミアの領地の人たちは普段からゼリーを食べているので、年齢よりも随分若く見える女性が多いそうですわ」

ギラリと目の色が変わったのは、授業を開始できずに教室の入り口で待機していた三〇代の女性教師だ。

「食堂で……販売……」

ぶつぶつとつぶやきが聞こえる。

「先生、授業の開始を遅らせるようなことをしてしまい申し訳ありませんでしたわ。先生にも、こちらをよろしければ」

賄賂としてゼリーを渡してから席に戻る。

まだ、教室はざわついている。

「ラミア、ほら。ゼリーは売れるわよ。分かるでしょう？　この反応で」

隣に座るラミアに話しかける。

「はい……。フローレン様のおっしゃった通りです。ゼリーの販売で私は役に立てる……。結婚だけが貴族令嬢にできる唯一の役に立てることなんかじゃ……ありません」

ポロリとラミアの目から涙がこぼれる。

「今日のブドウゼリー。以前いただいたものよりも美味しかったわ。ゼリーの不純物を取り除く過程を丁寧に行ったのでしょうね？　ブドウもゼリーにして美味しいものを探したのではなくて？あなたの努力なくしてはゼリーの普及は難しかったわよ？」

ラミアの両目から、滝のような涙が流れ始めた。

ちょ、私、何か悪いこと言った？　ラミアをそっとしておいて、逆側に座るアンナに声をかける。

「アンナ、あなたも実験台になってくれてありがとう。家では義母や義妹により強く嫌がらせをされたり、何をしているか白状しなさいと責められたりしたんじゃないかしら？　よく耐えてくださったわ」

アンナも突然号泣し始める。

えー、なんで。私の両隣でハンカチを濡らす二人。

……ん、悪役令嬢が取り巻き二人をいじめて泣かせた図。ですね？

「やってくれたな、フローレン」

ちょっと怒ったような声が背後から聞こえる。

殿下の声だ。これは……公爵令嬢という立場を利用してラミアとアンナを泣かしたなと怒っているのかしらね？

「しわまで改善するなど……取り合いは間違いないじゃないか……また功績を重ねるなんて」

ん？　泣かせたことを怒っているわけではない？

恐る恐る振り返ると、殿下と目が合う。

「追いつきたいのに。フローレン、俺の先をどんどん離れて行ってしまうようだ。フローレン、どうしたら君の横に並べる？」

私の横？

「もしかして、殿下も、もう少し前の席に座りたかったのですか？　でしたら、どうぞ」

ごめんね、ラミア、ちょっと殿下に席を譲ってもらえる？　と声をかけて移動してもらう。

これ以上怒らせてはまずいような気がして、ぽんぽんと空いた隣の席をたたいてみる。

「あ、はは。そういう意味じゃないんだけどな」

え？　違うの？　横に並ぶって、私が上に来いってこと？　いやいや、本当はもっと前の席に座りたいんですよ。これ以上後ろの席なんてノーサンキュー。

と思っていたら、殿下が机を乗り越えて私の隣に収まった。

「今は、これで良しとしよう」

殿下、近くないですか？

電車の座席かよ！　ってくらい。いや、それよりも近い。

殿下の体が密着している。腕が当たってるってば。

授業中、ノートを書いててスペルミスしたとたんに、私のペンを持つ手を、体の後ろから腕を回して握りしめるのやめてください。

「ここは、こうだよ」

と、スペルを私の手をもって書き直す必要あります？　指摘だけしてくれればいいんですよ。

「見せて」って、私の教科書覗き込まないで。自分の見なさいよ。って、後ろの席に置きっぱなし？

レッド、リドルフト、気がきかない。殿下の教科書渡しなさいよ。

ん？　振り返ったらレッドとリドルフトがいない。殿下の勉強道具もどこぞにいってしまっている。

「フローレン、黒板を皆活用してるね。使い方がまちまちなのが面白いね」

私と視線を合わせるつもりなのか、顔をぐいと私の顔に寄せる殿下。

そうですね、皆黒板にいろいろメモしたり……落書きしたりしてますね。あの子落書きうまいな。先生の似顔絵か。

「殿下っ。もう少し離れてくださいませんか？　これでは、黒板を消したチョークの粉で殿下の服を汚してしまいますので っ」

そんなことをしたら不敬だもん。私の主張はまっとうだもん。

ドキドキしちゃうからやめてほしいのが本音だけど。

……本当に、やめてほしい。

殿下のことを好きになっても、失恋で終わるって分かってるんだから。ヒロインが現れたら殿下の気持ちはヒロイン一筋になるんだよ。

まぁ、ヒロインはイーグルたんと結ばれるわけだから、殿下も失恋するわけだけど。

とにかく、奥さんのいる人を好きになるのと同じ感覚なの。他の人のものなのよ、殿下は。妻帯者や彼女持ちを好きになる趣味はないの。

「俺はフローレンに汚されても構わないけど？」

「私が構いますっ。チョークを売ろうとしている私が、チョークの欠点を広めるわけには参りません。チョークの粉で殿下を汚す危険があると言われてしまっては、売りにくくなりますっ。殿下がよくても私は全然よくありませんっ！」

「……分かった」

ふう。助かった。

毎日お昼を共にする間に、随分距離が近くなったと思う。正直なところ、側近候補であるレッドやリドルフトと同じ程度の立ち位置では？　と思わないこともない。

「あ！」

そういえば、ラミアに対して王妃付きの侍女になりたいなら云々言っていた。

殿下は将来王妃になる方にふさわしい侍女候補も学園生活で見極めているのよね。もしかしたら、私も王妃付きの侍女に……と？

いや公爵令嬢を侍女にするわけないいか。だとすれば、教育係か、相談相手、ご友人にと考えているのかな？　残念だけど、それはない。

それにしても、殿下には現状婚約者がいないというのに、女性と一緒にいるところを全然見ないような気がする。

公爵令嬢は学園に私一人だけれど、侯爵令嬢や伯爵令嬢は多数いる。あわよくばと考えて近づく方もいそうなのにな。


「見ましたか、殿下とフローレン様。隣同士の席に座って本当に仲睦まじい様子を！」

「ああ、あまり振り返るわけにはまいりませんので一度しか見られませんでしたが、美男美女で本当にお似合いでしたわ」

「皇太子妃に決まっているけれど婚約を発表しないのは、フローレン様の自由を奪いたくないという話は本当なのでしょうね」

「そうだよな。王妃教育で縛っていたら、黒板やゼリーなんか世に出なかったかもしれないんだろ？」

「素晴らしい才能ですわね。フローレン様が王妃になる時代が楽しみですわ」

「そうだな。俺も素晴らしき皇太子と皇太子妃に仕えられるように授業を頑張らないとな」

「だよな。フローレン様は爵位に関係なく才能を見抜いて採用してくださるに違いない」

「ですわね。現に子爵令嬢……ついこの間まで男爵令嬢だったラミアを側に置いていらっしゃいますし」

「そうそう。出来が悪く人前に出すことができないと、社交界デビューしていなかったアンナ様にもお声をおかけになりましたし」

「二人のノート見たけど、二人ともすげー勉強熱心だぞ？」

「ああ、この間図書室で分からないところ教えてもらったわ。全然出来が悪いことはないぞ？」

「おまえ、抜け駆けずるいぞ！　どっちだ、どっち狙いだ！」

「どっち狙いって、ラミア嬢には婚約者がいるだろう……あいつがいなきゃいいのにとは思っているけどな」

「ジョルジはあんな女と政略結婚させられる俺はかわいそうだ、形ばかりとはいえ婚約者が豚だとは恥ずかしい、仕方がないとはいえあいつと結婚するしかない、親に命じられただけだ……と散々言っていたからなぁ」

「じゃ、俺が救ってやるか？　ジョルジを自由にしてやって、俺がラミアと……」

「待て待て、だから、抜け駆けは」

「男子って本当馬鹿ばっかりね。でも、髪と肌が綺麗になるだけでもてるんだ……私だって」

「そうですわね。ゼリーでした……早速注文をしなければ！」


午前中の授業が終わり、いつものように食堂の薔薇の間へと移動しようとしたところ、ラミアが晴れ晴れとした表情で話しかけてきた。

「フローレン様、私、ジョルジ様とお話ししたいことがございますので、後で参りますわ」

「あら？　珍しい。もちろん、ジョルジ様はラミアの婚約者ですものね。いってらっしゃい」

何の話だろう。

ラミアは痩せて随分綺麗になった。浮気相手からジョルジを取り返すつもりかな？

いや、いらないか。今までさんざん馬鹿にして、浮気をしていた男なんて。

婚約破棄でもするつもりかな？　いや、でもジョルジは侯爵令息でしょ。次男とはいえ。ラミアは子爵令嬢。子爵家から侯爵家に婚約破棄なんてできるわけないわよね？

でも、ラミアが例えばリドルフトと恋仲になれば、問題なく婚約解消できたりするんじゃない？

薔薇の間に入り、リドルフトの元へと直行する。

「ねぇ、リドルフト、ラミアのことですけれど……どう思います？」

あまりにも、ズバリ聞きすぎたか。

「そうですね、単なる子爵令嬢でしかないと思っておりましたが。将来の王妃付きの侍女を目指すという目標も持ち、日々研磨する姿は大変立派だと思います。領地発展のためにと、フローレン様といろいろと尽力なさっている姿もすばらしいですね。まぁ、すべてはフローレン様あってのもの」

って、そうじゃない、リドルフト、そうじゃないのよ、私が聞きたかったのは。好きか嫌いかって話だったのに！

でも、今のところは好感触ってことよね？　立派とかすばらしいとか言っていたし。今はこれで良しとします？

「今日はこちらをお持ちいたしました。オートミールゴマせんべいです！」

「ん？　甘くない？」

「ちょっと、殿下ぁ！　なんで一番初めに食べるんですかっ！　毒見してからにしてくださいっ！」

殿下が一口かじったゴマせんべいを、私の口元に運ぶ。

「毒見、してくれる？」

え？　まって、殿下がかじったやつを？　間接キス……だよ、それ？

真っ赤になってうろたえると、

「できないの？　まさか、毒が……」

と、殿下が大げさな声を出した。

「ど、毒なんて入ってません。毒見、すればいいんでしょうっ！」

ぱくんと殿下がかじったせんべいにかぶりつく。

あ、そういえば間接キスなんてハンバーガー取られたときにすでに経験してんじゃん。なんだ、殿下は全くあれから成長してないだけか。

と思いながら口に入れたせんべいをもぐもぐとよく噛む。

「毒見、ありがとう」

殿下がにっこりと笑ってせんべいを食べ、ぺろりと舌先で唇を舐めた。

殿下、いくら食いしん坊とはいえ、口についた塩を舐めとるような行為はみっともないですよ。

「フローレンの味見」

ん？　味見？　そんなの屋敷で散々してますけどね？

まぁいいや。

「少し片栗粉を使っておりますので、食べ過ぎるとだめですわ」

まぁパン一個と同じカロリーを摂取しようとするとゴマせんべい五〇枚くらい食べないといけないんでパンよりはましですが。


昼食が終わっても、ラミアは戻ってこなかった。

話し合いが難航したのか、それともジョルジと仲良くなって離れられなかったのか。

授業開始ギリギリに教室に戻っても、ラミアの姿はなかった。ジョルジの姿もない。

「どうしたのかしら?」

首をかしげていると、ジョルジの浮気相手の令嬢が嬉しそうな顔をして一人で座っていた。

「ジョルジ様はご一緒ではありませんの?」

浮気令嬢に尋ねると、ふふふとこらえきれない喜びを漏らしながら答える。

「ええ、ジョルジはラミアさんと一緒に帰りましたわ」

「帰った?」

「はい。婚約解消の話し合いのために、侯爵家にお二人で向かったのですわ」

婚約解消の話し合い?

ジョルジに話をしてそのまま侯爵家に?　順調に解消できるということ?

「これで、ジョルジと私は結婚できますわ」

なるほど。ジョルジはラミアから婚約を解消してほしいと言われて、喜んですぐにでも解消しようと侯爵家に行ったということかしら?

「ふふふふ。フローレン様には感謝いたしますわ。邪魔なラミアをジョルジから引き離してくださって。ラミアったら本当にしつこくジョルジにまとわりついて邪魔でしたもの」

浮かれている浮気相手にお礼を言われた。

……いや、まとわりついてないよね、きっと。婚約者として最低限の振る舞いをしていただけでは？　入学式だって、婚約者がいる場合は婚約者のエスコートで入場するという暗黙のルールがあったから話しかけていただけじゃなかったかしらね？

まぁどうでもいいけど。ラミアが幸せになれるなら。

いつもの席に座ると、隣に当然のように殿下が座った。

あれ？　まさかこれから毎回隣に座るつもりなの？


授業が終わると、生徒たちが次から次へと話しかけてきた。

「黒板やゼリーのことに関しては、アンナにお尋ねください。アンナ、頼めるかしら？」

アンナが資料を手に頷いた。

「はい、お任せください」

価格表、生産計画、どれくらいの量を市場にいくらで出せるか。大量受注する場合は……などの資料はイーグルたんが作ってくれた。それを元に、アンナが貴族の関係などを考慮しつつ予約を受け付けたりなんやらしてくれる。

えへへ。私、貴族の関係全然分かんないんだよね。

「では、また明日。ごきげんよう」

今日はラミアもいないので、薔薇の間に置いてあるバスケットを取りに向かう。

ずっしりと重みのあるバスケットを手に取る。

ラミアに渡すつもりだったものが入りっぱなしなのだ。家でも食べられるようにと持ってきたけれど、お昼にラミアは帰ってしまったからね。

こんなことなら殿下たちに食べてもらえばよかったかな？

生徒会室に寄ろうかどうしようか考えながら中庭を囲む回廊を歩いていると、見知らぬ男から声をかけられた。

誰？　制服を着ていないから生徒ではないわよね？　下級貴族の普段着のような、庶民よりは上等だけれども少しくたびれた服装の二〇代の男だ。

殿下の従僕や私の侍女すらも学園には付いてこられないのに、なぜいるんだろう？

あ、もしかして授業が終わった後なら入ってもいいのかな？　というか、学園の清掃だとか手入れの人とかが出入りする時間？

「フローレン様、一緒に来ていただけませんか。ラミア様が手助けしてほしいことがあると」

「ラミアが？」

もしかして婚約解消の立ち合い人が必要だとか何かあるのかしら？　それとももめごと？

こちらから積極的に介入するつもりはないけれど、友達が助けを求めているなら助けるわよ？

「はい。こちらでございます、あ、お荷物お持ちいたします」

ラミアがいつもそうしているように、男は私が手に持つバスケットを取って歩き出した。

男の後をついていくと、下級貴族用の馬車停車場所へついた。すでに利用する生徒の姿はなく一台の小さな馬車が止まっているだけだ。御者台にはマントと帽子を身に着けた御者が座っている。

「どうぞ」

男がバスケットを馬車の中に入れる。馬車の中には、誰もいない。

「ラミアはどこにいるの？」

「はい、ジョルジ様と侯爵家に向かったあとに子爵領へと戻る予定です。途中で行き違いにならないようにすぐに出発したいと思います。今から出れば、侯爵家から子爵領へと向かう途中の一本道で合流できるはずです」

「そうなの？　行き違いになっては大変だわ。すぐに出してちょうだい」

馬車に乗り込むと、ばたんとドアが閉められ、かちゃりと外から鍵がかけられる音がした。

それからすぐにガタガタと馬車が軋みながら動き出す。

……うわぁ。安い馬車って、揺れるわ。なにこれ。おしり痛い。

クッションくらいいいのを使えばいいのに。

上下に激しく揺れる馬車に慣れるまでに時間がかかった。

どれくらい乗っていただろう。やっと、少し考え事をする余裕が出てきたところで、カーテンをめくって窓の外を見る。

「あら、もう王都を出たのね。子爵領に向かう一本道と言っていたけれど……」

太陽の位置と王都の位置、んー、子爵領って、北だったかしらね？　もう少し地理を勉強しておくべきだった？

いいえ、ぼんやり地図は覚えているんだけれど、そういえば、地図は上が北だったかどうか覚えていない。

まぁいいか。一本道ってことは迷うこともないでしょう。

ん？　待てよ？

王都のジョルジの侯爵家のタウンハウスから子爵領へ向かう一本道を進んでいる馬車と、この馬車が合流するのって……？

同じ道を進んでいるなら、追いつくっていうことよね？　追いつくの？　特にスピードが出ているわけじゃないと思うけれど。

と、いうことは、子爵領のラミアの家にまでいかないと合流できないんじゃない？

ラミアの家……かぁ。どんなところだろう？　牛がたくさんいるのかな？

ガタガタと馬車は進み続ける。

もう二時間は経っただろうか。

流石にそろそろ着くころ？

ラミアは毎日学園に通っているのだ。あまりにも遠ければ学園の寮か王都にタウンハウスを持ってそこから通うはずだ。

それから馬車は一時間は移動している。

三時間？　いくら何でも遠すぎない？　ラミアは毎日何時に起きて学校へ向かっているの？

カーテンを開いて外の様子を見ると、森の中だった。

「森？」

おかしいな。放牧するのに森ということはないよね？

窓から顔を少し出し、後ろを振り返る。

「え？」

一本道だと言っていたはずなのに、分かれ道がある。前を見れば前方にもいくつか道が分かれているのが見えた。

「どこへ向かっているのですか？　一本道ではなかったの？」

御者台に座る男に声をかけると、男は振り返りもせずに笑い出した。

「ははは、馬鹿なやつだ。やっとおかしいことに気が付いたのか。だが、もう遅い」

この声って……。

「あなた、ジョルジね？」

一体どういうこと？

「ラミアはどうしたの？」

「あの糞豚、俺と婚約解消したいと生意気に言い出したからな。分かったと言ってすぐに親父のところに連れて行ってやったさ。侯爵家に逆らうようなことをしたらどうなるか教えてやろうと思ってな」

やはり、ラミアはジョルジとの婚約を解消する話をしに行ったのか……。

ガタガタとひどく馬車が揺れる。ボロボロな馬車の軋みがひどくなり、車輪が外れて馬車が傾いた。

突然のことで、うまく受け身を取ることもできずに馬車の壁に肩と頭を激しく打ち付ける。

「痛っ」

「くそっ、このおんぼろ馬車め。だが、ここまで来ればいいだろう」

御者台から転げ落ちたジョルジが、地面から起き上がり馬車の扉を開いた。

「もう、十分に王都から離れた。これから暗くなるし、この森は迷いの森と言われるほど複雑だ。地図もなけりゃ迷って出ることはできないさ」

え？　ジョルジの顔が醜くゆがんでいる。

「お前のせいだ」

「私のせい？　何がですの？」

「ラミアに余計な入れ知恵をしやがって！　婚約解消すると親父に伝えたら、勘当すると言われた」

勘当？

「子爵家とは金銭的支援を条件に婚約したのに、勝手は許さんとな」

「まさか、ご存じありませんでしたの？　侯爵家が財政難を抱えていて子爵家に援助してもらっていたのを」

いや、知っていたはずだよね？　ジョルジが私をにらみつける。

「ラミアを連れて行ったのも失敗だった。あの豚、親父にこう言いやがった」

失敗って……。

「ジョルジ様が勝手をしていらっしゃるわけではありませんわ。私が婚約解消をしてほしいとお願いいたしましたの……と」

思い出してその時のいら立ちを思い出したのか、ジョルジは地面を蹴った。

「考え直してくれと、猫なで声で親父がラミアに頼んだのに、あの豚『ジョルジ様には他に好きな方がいらっしゃるようで、入学式にもその方をエスコートして入場されました。これ以上二人の仲を邪魔するようなことはできません』と言ったんだ」

事実しか言ってませんわね、ラミア。それなのにジョルジは何を怒ってるのか。

「親父は鬼のような形相になり、俺の頬を殴った。自分だって愛人に一人や二人抱えているというのにだ。結婚してからとする前じゃ話が違うとか言いやがった。知るかよ」

あらまぁ、親子そろって下半身が緩いのか。残念過ぎるな、侯爵家。

「しかも、ラミアは公爵令嬢に目をかけてもらっている相手であり、今後ますます発展するだろう領地の娘。みすみす取り逃がすとは何事だ、しかも明らかにこちらに非があると皆に分かる行動をとっていたなど許せぬと。侯爵家の恥だと、勘当された。俺は明日から学園にも通えない。侯爵家の下働きをさせられる」

「あら？　随分お父様はお優しいのですね。いくらばかりかの金を渡して屋敷を追い出すこともできたでしょうに」

お金はギャンブルなどですぐに失い、野良れ死ぬとでも思ったのかしらね？

「この俺様が、下働きだと？　冗談じゃない。俺は侯爵子息だぞ」

「あら？　元侯爵家の次男でしょう？　勘当されたというのであれば、貴族籍から抜け、あなたが散々馬鹿にしていた子爵よりも下の庶民ですわよね？」

ただ、間違いを訂正しただけなのに、めちゃくちゃ怒りだした。

「お前のせいだ。なにもかもっ！　ラミアに何を吹き込んだのか知らないが、婚約解消したいと言い出したのもお前のせいだろう！」

何なのだろう。

「言いがかりはよしてくださいます？　ラミアにひどいことを言ったり、相手にもせず浮気していたあなたのせいでしょう？」

「違う、違う、違う！　ずっとそれでもラミアは何も言わなかったんだ。それなのに、学園に入ったとたんに変わった。ちょっと痩せたからっていい気になって。お前と一緒に行動しているからって、自分まで偉くなったように勘違いしやがって。挙句に、結婚以外で領地の役に立とうと思いますだと？　女は男の言いなりになってればいいんだ。何がゼリーの販売が順調にいきそうですからだ。順調に金が儲かるなら、それは主人になる俺の役に立てるべきだろう？　何が領地のためだ」

本格的におかしな考えだ。ただの浮気男じゃなかった。

婚約解消してよかったよ。

流石に、父親が勘当したというのもやりすぎなのではと思わなくもなかったけど、こりゃだめだ。屋敷で働かせるというのも温情じゃない。外に放り出したら何をしでかすか分からないから目の届くところに置いておこうということだろう。

「お前がいなければ、ラミアはまた元に戻るさ。また前のようにブクブクと太って、俺の言いなりになる。それに、お前がいなければ親父もドゥマルク公爵家を恐れる必要がなくなり、俺の勘当はなかったことにしてくれるはずだ」

はぁ～？　何を言っているの？

ラミアが元のようになる？　そんなわけないじゃない。私がいなくなっても、王妃付き侍女になるという目標もあるんだし。

「お前さえ、いなくなれば、全部元通りさ」

ちょっと、待って。

私がいなくなれば？

気が付けば随分日が傾いて、うっそうとした森の中はかなりの薄暗さだ。

誰一人として周りにはいない。大声を出してもとても誰かに届くとは思えない。

「殺す……つもり？」

嘘でしょう。

「私を殺したら、勘当くらいじゃ済まないわよ？　どれほど厳しい処罰が下るか分からないの？」

悪役令嬢として断罪された後ならまだしも、今は立派な公爵令嬢だ。国内で王室を除けば一、二を争う高位貴族。父親は宰相だし、殿下たちとも交流がある。

ジョルジ本人は縛り首は間違いない。侯爵家は取りつぶし、下手したら一族みな絞首刑の可能性もある。

「殺しはしない。いなくなってもらえばそれでいいんだからな」

ジョルジが馬を馬車から外し、鞍をつけるとその背にまたがった。

「見つかったときには、獣に食いちぎられているか、白骨になっているか知らないが、死人に口なしだ」

まじか。

いや、でもここは馬車が進める道だ。人が通らなければすぐに道など草木に覆われてなくなってしまう。きっとすぐに人が通るはず。と、道の向こうに視線を向けると、ジョルジが笑う。

「あはは一っ。こんなとこ誰も来やしない。道の向こうがこの間の大雨でふさがれてるからな」

え？　嘘……。

大笑いしながら、ジョルジが馬に乗って去っていった。

「ははは！」

「……嘘でしょう？」

すぐに夜が訪れる。

残されたのは、私と、車輪が外れて傾いた馬車だ。

とりあえず、馬車の中に入る。

「風雨がしのげるのは助かったわ。寝るにはちょっと堅そうな椅子だけど、土の上よりはましかしら？　クッションくらい入れといてほしかったわね」

ジョルジは本当に馬鹿だわ。

いくら、雨で道がふさがれて通れなくなったとしてもよ、私が行方不明になったら、探すでしょう。お父様がきっと、国中探し回ってくれるわ。公爵家が動かせる私兵の数を知らないのかしら？

学園での目撃から、馬車で連れ去られたことなんてすぐに分かるでしょうし。

……分かるわよね？

今日に限ってラミアもアンナも伴わず、一人で校内を歩いていた。

連れていかれたのは人気のない下級貴族用の馬車停車場所。あの男はどこの誰とも分からない。

馬車はどこにでもありそうな特徴のない馬車。

「ま、すぐには見つけてもらえないかもしれないわねぇ」

少し大きな道まで歩いて出てみようかしら？

でも、ジョルジの言っていたことが本当なら、地図を持たなければ迷いやすいらしい。脇道もたくさん見たし。山で遭難したときは動き回らない方がいいと聞いたこともある。あ、それは迷子になった時だっけ？

「まぁ、三日か四日は野宿を覚悟した方がいいかしらねぇ……」

獣に襲われるといっても、恐れるべきなのは熊くらいじゃない？　馬車の中にいれば野犬に襲われることはないだろうし。

それに。

椅子の上にのせてあるバスケットの中を覗き込む。

「食料はある。水も、ところてんの水分量は九割近いというから水代わりになるはず」

オートミールのゴマせんべい。栄養もあるよ。おやつ代わりに食べることもできるし、日持ちもするからとラミアに渡そうとしたものがたくさん入っている。

食料があって、風雨もしのげて、とりあえず危険もない。

これって、いわゆる……。

「夢の引きこもり生活！」

ひゃっほーい。しばらく好きなだけ寝て、学校にも行かず、誰にも邪魔されず生活できるじゃん。ちょっと退屈しちゃいそうだけど、大丈夫。私には黒板とチョークがある。落書きして遊ぶこともできるよ。

「あ、完全に日が暮れる前に馬車の中を確認しておこう」

馬車は、座席の下が収納になっている。ガサガサしたら、古くてボロボロの毛皮が出てきた。防寒用なのか、もともとクッション変わりにしていたのか分からないけれど。板に直に座るよりはおしりに優しい。

それからカンテラとろうそくと火打石。

夜間馬車を走らせるときに、ぶら下げるためのものがしまわれていた。

「あら、火打石があれば火がおこせる？　これは、引きこもり生活というよりはキャンプ。この馬車はキャンピングカー？」


四日目。

さすがにそろそろ見つけてくれると思うんだけどな。

ジョルジだが怪しいなんてすぐに分かるだろうし。ジョルジなら「フローレンがいなくなれば元通りだろう、ラミア、フローレンはもういないんだ！」とか自分が犯人ですってゲロしてるようなこと言い出しそうだし。

……でも、私が生きていたら不都合だからと、死ぬのを待って黙っている可能性はあるわね？

本当に馬鹿そうだったから。生きていた方が罪が軽くなるというのに、私を排除するということに固執するあまり脳みそ働かなそうだし。

となると、まだ発見までかかるかもしれない。

バスケットの中を覗き込む。

「ゴマせんべいは節約して食べればあと三日は大丈夫そうだけれど……ところてんでの水分補給は

限界みたいね」

水を手に入れなくちゃ。

ところてんを入れていたのが小鍋だったのがラッキーだったわ。これなら水を沸騰させて消毒もできる。

あとは、泥臭くない綺麗な水が手に入るかどうかね。

馬車から離れて戻ってこられなくなるといけない。

せいふくのスカーフをほどいて、細く切りさく。

赤いスカーフだ。木に結び付けて進めば、馬車に戻れなくなることはないはず。

森の中へと足を踏み入れる。

「あー、キャンプ生活から、これじゃあ無人島サバイバル生活突入だわ……」

そろそろ甘い物も食べたいな。木の実とかないかな。と、きょろきょろしながら森の中を進んでいく。

水を発見したのは馬車を出てから一時間ほど。あちこち歩いたけれど、まっすぐに移動したら四〇分ほどだろうか？

「近いうちよね。よかった」

スカーフの目印は水場と馬車とをまっすぐ直線で付けておく。

「水があるんだから……大丈夫……」

さらに三日。森に放置されてから七日が経った。

バスケットの中の食料は尽きてしまった。

「……どうしよう……。ずっと馬車の中にいたのは失敗だった？」

水があるんだから、あと一日二日は問題ない……。

「食べる物を探しに行くか、それとも迷子になる危険もあるけれど、道を進んでみるか……」

ちらりと、視界にスカーフを結び付けた木が映った。

「……ああああっ！　私ったら、馬鹿だわ！　迷子にならないように印をつけながら道を進めばよかったんだ。なんで食料がまだあるうちにそうしなかったんだろう……」

そうだ。あのときは、まさか一週間も発見されないと思ってなかったんだよね。

なんで、発見されないんだろう。ジョルジを締め上げればすぐに場所も特定できそうだし、じゃなくてもジョルジは地図を持っていたはずだから、この森に入ったことは分かるだろう。

まさか、ジョルジが嘘をついてまるっきり違う場所を教えたとか？

段々不安になってくる。

一週間……。

まだ、捜索は続いているのだろうか？

そろそろ森の中では生きていないだろうと思われ捜索が打ち切られたり……？

ブルブルと震える。

「歩こう」

馬車で三時間なんて、せいぜい三〇キロか五〇キロ移動しただけだろう。マラソン選手なら二時間半で移動できちゃう程度の距離だよ。

うんと気を引き締める。

杖代わりになりそうな棒を一つ拾うと、歩き出す。

分かれ道に差し掛かると、棒で印をつけていく。やじるしとフローレンはこちらというメモを組み合わせる。

もし、ここを通りかかった人がいれば、メモを見て私が移動している先も分かってくれるはずだ。

歩き続けること三時間ほど。

誰とも出会わないし、次第に下草が増えている。

どれくらい馬車の往来がないのだろう。この道はハズレかもしれない……。

引き返すか、このまま進むか。どちらにしても、そろそろ水とか食べ物を探さないと。

道から外れて森の中に入る時には、道に戻れないといけないのでスカーフを切りさいた布を木に巻いて進んでいく。

一時間ほどで水場を見つける。

鍋と火打石だけは持ってきている。こんなときだけれど、水をそのまま飲む気はない。

火をおこして鍋で水を沸騰させ、冷めるのを待ってから飲む。

水場からスカーフの布を回収しながら道に戻った。

「……水を飲むだけで二時間も浪費しちゃうんだ……」

ちょっと、休もう。

私、生きて戻れるのかな。

誰か、見つけてくれるのかな。

今、何時だろう。暗くなる前に風雨をしのげる場所を探さなくちゃ。

のろのろと立ち上がる。

馬車に戻った方がいいのかな……どうしようか。

なんとか大きな木のうろを見つけてそこに小さくなって眠った。

もう、とっくにカンテラに使うろうそくは使い切ってしまっている。

月明かり……今日は暗いな……。

怖い。ううん、大丈夫。今までだって危険な獣は出なかったんだもん。

だけど。一人は……怖い……。


次の日。不自然な格好で寝ていたため体がギシギシする。

立ち上がって、軽く体を動かしてから歩き始める。

「おかしいな……無人島生活どころか、これ、遭難じゃないかな……」

どっちに向かえばいいのか分からない。

いつ、どこから間違ってしまったのかな……。足が痛い。足場の悪い道を長距離歩いたからだろうか。何度か挫いたし、足の裏がジンジンする。脹脛《ふくらはぎ》も筋肉痛になっている。

ああ、喉が渇いてきた。

また、水を探さないと……。

ぽつりと、頬を水滴が濡らす。

「雨？」

雨が降ってきた。

「水を探す手間がはぶけた」

鍋を道に置くと、雨宿りするために木陰に避難。膝を抱えて雨が止むのを待つ。

がくがくと、足が震えている。いや、体が震えている。

少し、雨に濡れたからかな。寒いなぁ。そうだ、火をおこして温まれば……。

ううん、だめ、雨でなにもかも湿ってしまった。枝も枯葉も……火がつけられない。どうしよう。

寒い……。

やっぱり、馬車に戻ろう。雨が止んだら……。目印は大丈夫だろうか。雨で流されてないかな。

ザーッと降り続く雨が止むのを、震える体を抱きしめてじっと見ている。

雨は激しさを増していく。

あ、鍋に水が溜まったみたい。

水を、飲まないと。立ち上がると、そのままふらついて地面に倒れこんだ。

バシャリと泥水が跳ね、顔が泥に汚れる。

「ああ、風呂にもはいれないのに……」

立ち上がらないと。

人はわずか十センチの水でも溺死しちゃうんだ。水たまりに顔を付けただけでも死ぬ可能性はある……。

水を飲まなくちゃ……。雨宿り……。馬車に戻って……。

体が思うように動かない。立ち上がることもできない。

「う……うう……」

雨なのか泥水なのか、涙なのか。顔がぐちゃぐちゃだ。

このまま、私、死ぬのかな。やだ。

助けて。死にたくないよ……。

ううん、たとえ死んだとしても……こんな死に方いやだよ。

会いたいよ、最後に。

お父様とイーグルの顔が浮かぶ。

お父様を悲しませたくない。

イーグルは家族をまた失ったら傷つくだろう。傷つけたくないよ。

それから、殿下の顔が浮かんだ。

殿下……パンの試食のときに意地悪してごめんなさい。サンドイッチの試作品は、今度は一番に食べてもらうから……。

ラミア、アンナ、リドルフト、レッド……どうか、責任を感じないで。幸せになって。

「寒い……」

ろくに食べてないから体温を保つためのエネルギーが足りないんだ……。このまま雨に打たれてたら低体温で死んじゃうかな。

それとも風邪をひいて高熱で死んじゃうかな。

動けなくなればどちらにしてもいずれは餓死。水分をとれずに熱中症という線も……。

寒いよ、怖いよ……。やだ、死にたくない。

殿下……。

教室の隣で密着されたときは温かかったな。なんで、今は隣にいてくれないの？

寒いよ……温めて……よ……。

ヒロインが現れるまでは……私の隣にいてくれてもいいでしょ？


「……な！」

な、に……？

「死ぬなぁー！　フローレンっ！」

誰？

あれ、私、いつの間にか眠っていた？　違う、気を失っていたんだ。

「死なないでくれ、お願いだフローレン。俺は、まだ何も伝えてない。俺は、フローレン……」

ん？

温かい？

唇に体温が戻る。

って、唇？

これ、まさかのもしや、キス、キスされてる？

驚きと戸惑いに体が熱くなる。そんなエネルギーがまだ残っていたのか！

ああ、もしかして、白雪姫も眠り姫も王子にキスされて目が覚めたのは火事場の馬鹿エネルギー爆発。恥ずかしさのあまり目が覚めたのかもしれないっ。

ぱちりと目が開くと、私にキスしてたのはまさに王子。

「で……んか……」

なんでキスしてんの？　白雪姫や眠り姫なんて前世の童話だよ？

というか、世の中の王子には「眠っている姫にはキスしなさい」ってルールでもあるわけ？

まぁ、姫ではないけど、私は。

「フローレン、生きて……生きてたのかっ」

目の前には、大きく目を見開いた殿下の顔。

雨でぬれて顔に張り付いた髪に、泥で汚れた顔。なんだかやつれてくぼんだ目元に真っ黒になった目のクマ。ひどい顔。

とても、お姫様は王子様のキスで目覚めました、なんて物語に出てくる容姿じゃないね。

「よかった。よかった……。生きてた……」

きっと、私はもっと汚い恰好をしているのだろう。

それなのに、まるで物語のヒロインを抱きしめるかのように、私を両腕に包み込んでくれる。

温かい……。

「殿下……」

ぐっと、こらえていたものがあふれ出てきた。

「怖かった……」

一人で暗い夜を過ごすのは怖かった。

このまま、一人で死んでいくのかと思ったら怖かった。

怖かった、怖かったよ……。

「うん、もう大丈夫だ。よかった、よかったフローレン！　帰ろう！」

殿下は厚手のマントで私をくるむと、お姫様抱っこで馬まで運んでくれた。馬に私を乗せてから、殿下も馬にまたがる。

殿下は前に乗っている私の体を一方の手でしっかり抱きしめ、もう片方の手で手綱を操る。

「フローレン、すぐに帰れるから。もう少しの我慢だ。フローレン」

何度も殿下が私の名前を呼ぶ。

「フローレン、どこか痛くないか？　眠いなら寝ていてもいいよ、フローレン」

まるで、私が生きているのを確認するかのように、何度も。何度も。

「殿下……」

まるで、愛しい人の名を呼ぶように……。

密着した殿下の胸からトクントクンと心臓の音が聞こえてきた。

「見つけてくださって……ありがとうございま……す」

たとえ、この先殿下がヒロインを好きになって、私を邪険に扱うようになったとしても。

今、この時だけは、殿下は私を心配して探して助けに来てくれたこと。

忘れません……。

自分でも理由のわからない涙が頬を伝う。

エピローグ

「え？　ちょっと、ここ、どこですか？」

知らない間に寝ていたようだ。

目が覚めたら、知らない天井が目に映った。

私、確か、森の中で見つけてもらって、殿下に運ばれて……。ドゥマルク公爵家のタウンハウス
……家に帰れたんじゃないの？

「フローレン様、目を覚まされたのですね！　よかった、よかった！」

涙を浮かべているのは侍女のメイだ。

知った顔があるのに知らない場所？

「皆様にお知らせしてきますわ」

メイは部屋を出て行ってしまった。

ちょ、説明プリーズ！　ここはどこ？

……と、その説明はどうも必要ありませんでした。およそ十秒後には部屋に殿下が飛び込んできた。

「フローレン、目が覚めたんだな？　よかった無事で」

「……ここは王宮ですの？　なぜ、私はこちらに？」

首をかしげると、殿下が顔を真っ赤に染める。

「その、王宮医師がフローレンの手当てを……」

「王宮医師？　ドゥマルク公爵家にもお抱えの医師はいますけど？」

「あと、その……ぶ、無事でよかった。いや、もしフローレンが誰かに襲われていたとしても、俺はあきらめたりしないけど」

無事でよかったの後の言葉がよく聞き取れなかったけれど。

まぁ何はともあれ、問題なかったってことよね？

「フローレン、目が覚めたんだね！」

ばぁーんと、激しくドアが開いてお父様が部屋に入ってきた。

ベッドの脇にいた殿下を押しのけるようにして私の顔を覗き込む。

「ご心配をおかけいたしました。王宮医師に診ていただいて問題もなかったみたいですし」

と言うと、お父様が怒りの形相になる。

「問題ありありだ！　人の大切な娘を何だと思っているんだ！　本人に尋ねれば分かることを調べるなど……婚約者でもないのに、どんな権限で」

お父様が、殿下をにらみつけた。

「い、いや、それは医師が勝手にしたことで……その……す、すまなかった。全身悪いところはないか隅々まで見てくれという言葉がおかしな伝わり方をしたようだ」

お父様の怒りは収まらないようで、謝る殿下に冷たい声を出す。

「だいたい、なぜ王宮に連れてきたのか。公爵家の屋敷に運んでくだされればよかったのです」

「お父様、それくらいにしてくださいませ。殿下は私を見つけて助けてくださったのですから……」

と、思わずかばうような発言をすると、お父様は殿下をにらむのをやめて、ベッドに上半身起こしている私をぎゅっと抱きしめた。

「フローレン。生きていてくれたんだね。よかった。本当によかった……」

「お父様……」

いつものお父様の匂いに包まれて、本当に私は生きて帰ってくることができたのだとホッと息を吐き出す。

「ご心配を、おかけいたしました」

「フローレンが悪いんじゃない。そうだろう？　一体何があったのだ？」

あれ？　ジョルジが犯行をゲロしたんじゃないの？

「お義姉様っ！　目を覚まされたのですね！」

バタバタとイーグルたんが部屋に駆け込んできた。

何日寝てないのだろうというようなひどい顔をしている。

「イーグル、ごめんね、心配かけて。ほら、この通り大丈夫よ？」

イーグルたんは、私のいるベッドに飛びこむようにして勢いよく私を抱きしめた。

勢いが付きすぎてベッドに倒れこむ。

「お義姉様、よかった。もしお義姉様に何かあったら……僕は……僕は……」

ベッドの上にあおむけで寝ころんで倒れた私を、イーグルたんが力いっぱい抱きしめている。その体は小刻みに震えている。私を失うかもしれなかったという恐怖なのか。

「侯爵家のジョルジに連れ出されたということはすぐに分かったのに、そのあとのジョルジの足取りが分からなくて」

え？　そうなの？

だから捜索に時間がかかったのか。

「二日前に谷底でジョルジの遺体が発見されたと聞いたときには……お義姉様も一緒に谷底に落ちたのではないかと……」

ボロボロと泣きだしたイーグルたんの涙が私の肩を濡らした。

「遺体？」

うそ。ジョルジは亡くなってしまったの？　もしかして、もう日が落ちかけていたから道に迷うか何かしてうっかり転落したとか？

背筋がゾッと寒くなる。

震えるイーグルたんの背中をポンポンポンと慰めるようにたたきながら、気持ちを落ち着かせる。

馬鹿な奴だと思うし、馬鹿なことをしたとも思うし、侯爵家の籍を抜かれていれば平民だ。平民が公爵令嬢殺害未遂を起こしたとなればどちらにしても極刑だったとは思うけれど……。亡くなったなんて……。いくら自業自得とはいえ……。

胸が痛む。ジョルジのお前のせいだという言葉……。それは違う。違うのは間違いないのに。死んでしまったのは、私のせいのような気がして。

「そんな顔をするな。正確には遺体は見つかっていない。転落した形跡とジョルジの持ち物が発見されただけだ。どこかに逃げて生き延びているんじゃないか。フローレンだって、こうして生きていたんだ」

お父様が私の顔を覗き込んで頭をなでてくれる。

そっか。捕まったら死ぬと思って死んだことにして逃げてるのかもしれないね。

イーグルたんに抱きしめられ、お父様に頭をなでられ、右手を殿下に握られている。

私、こんなに皆に心配してもらえて幸せ者だよね。

えへへ。でもさ。でも……。

「お腹がすきましたわ！　どいてくださいませっ！」

メイが食事を運んできてくれたのが視界の端に見え、おいしそうなにおいが漂ってきた。

殿下の手を振り払い、イーグルたんを押しのけ、お父様の手から逃れる。

メイの後ろにはラミアの姿があった。

いっぱい泣いたのか、目がはれ上がっている。

「フローレン様……私、私のせいで……」

そう、だよね、ラミアも思いつめちゃったよね。

ジョルジめ。今度会ったらコテンパンにしてやるわっ！

「大丈夫よ。ラミアのおかげでこうして生きて戻れたのよ。ラミアに届けようと思って持っていた食料があったから、飢え死にしなかったの。ありがとう」

ラミアがボロボロと涙を流す。

「フローレン様……私……ぜ、絶対、……この、恩は……ずっと、一緒に……フローレン様……ひっく……王妃様になっても……側にいられるように……私、私……ひっく……頑張って、私……」

しゃくりあげながらラミアがしゃべるけれど、何を言っているのかよく分からない。ごめんね。また後で話を聞くわ。

もう、お腹ペコペコだもの。あら？　ラミアが持っているバスケットにはゼリーが入っているんではなくて？

とにかく、いただきまぁす！


「お義姉様、行ってらっしゃい」

あの事件以来、心配性が加速したイーグルたんが、メイと一緒に馬車に乗り込み学園までついてくるようになった。もちろん帰りも迎えに来てくれる。

「おはよう、フローレン」

そして、馬車を降りるとラミアと共に殿下が待ち構えている。

イーグルたんが、私に手を差し伸べる殿下の前にずいと出た。

そして、いつも二人は顔を合わせたとたんに会話を始める。仲がいいんでしょうね？

「殿下、何しにいらしたんですか？」

「イーグル、学園でのエスコートは俺に任せてもらおうか？　君は入学前で立ち入ることはできないだろう？」

「くっ、確かに今は、学園にいる時間だけは僕はついていることができません。夜、一緒に寝ることはできてもね」

「は？　一緒に……ね、寝るだと？　それは、弟としか見てもらえてないという話かな？」

「殿下は完全な他人ですけどね！」

何を話しているのか分からないけれど、毎回すごく近い距離で顔を近づけあって会話をしているので、相当仲良しに違いない。

「ラミア、行きましょう」

邪魔するといけないので、ラミアと一緒に移動を開始する。過保護気味なのはイーグルたんや殿下だけではない。ラミアも決して校内で私を一人にしようとしなくなった。バスケットの荷物は、一旦教室に持っていきレッドやリドルフトなど信用できる者と私が合流してからわざわざ薔薇の間に運んでいる。

アンナは毎日食堂や購買で、ゼリーやチョークの販売について確認、打ち合わせしてくれている。売り上げは非常に順調。

というよりも、決して安いという値段ではないにもかかわらず「もっと売ってくれ！」という声がひっきりなしだ。

困った。思いのほか忙しくなってしまい、パン屋がなかなか開店できずにいる。なんとか今年中には開店できるだろうか。

「あ、そうだわラミア。今日は柔らかいパンも持ってきているのよ。レッドやリドルフトの家の料理人が作れるようになったようだから、レシピとドライイーストも渡すわね？　食べ過ぎないように、気を付けるのよ？」

「ありがとうございます、フローレン様！」

――まさか、これが私の運命を変えることになるとは、夢にも思っていなかった。

「妹は柔らかいパンを食べ過ぎて太ってしまったんです」

次の年に入学してきたラミアの妹は、ピンク頭の子豚ちゃんだった。

ヒ、ヒ、ヒロイン！

何で、そんなぷっくりコロコロちゃんにっ！

柔らかいパンを食べ過ぎたって……いうことは。ま、まさか……。

原因は私？　私なの？

痩せさせなきゃ！

これじゃあ、乙女ゲームの物語が始まらないじゃないいっ！

悪役令嬢の私は断罪されて、幽閉生活するんだからぁ！

おしまい

神様がいるなんていう話は信じられなかった。

だけど、女神様はいるんだって。あの時……初めてお義姉様に会った時に思ったんだ。

こんなに美しい人が世の中にいるはずがない。きっと女神様だ。

こんなに優しい人がいるわけない。絶対に女神様だ……と。

女神様は僕を見て「天使だ」と言った。人間の僕を天使と言うなんておかしいと思ったけれど……もしかして、女神様には人間の僕が天使に見えるの？　だったら、女神様に見えるお義姉様も、人間なの？

僕と同じ人間？

同じ人間だったら……もっと近づいてもいいの？

僕はお義姉様が大好きだ。お義父様も大好きだ。本当に、僕は家族になってもいいの？


「イーグル、良い子ね。スープが全部飲めたのね」

お義姉様は、僕がご飯を食べると嬉しそうに笑ってくれる。

「もっといっぱい食べて、肉を付けないとね」

それから、僕の細い腕を見てちょっと悲しそうな顔をするんだ。

だから、僕はすごく頑張って食べた。吐きそうになったり、お腹がはちきれそうになって苦しくなっても平気だった。

「イーグル、いっぱい食べてね。イーグルが食べやすいようにハンバーグを作ってもらったのよ。肉が硬くて食べるのに顎が疲れちゃうって言ってたでしょう？」

お義姉様が、僕のためにいろいろ考えてくれるから。

「美味しいでしゅ」

そう言えば、お義姉様は僕の頭を優しくなでてくれるから。

僕はお義姉様の嬉しそうな顔を見たくて、とにかく食べた。


それから何年かが過ぎ、お義姉様が子供お茶会へと参加した日。

帰ってきたお義姉様の様子が変だった。

突然「ぶひー」と叫んだかと思うと「ダイエット」と謎の言葉を発した。

「お義姉様、昨日言っていたダイエットとはなんでしょう？」

次の日、朝食の席でお義姉様に尋ねた。

「ダイエットは、食事制限をしつつ運動をして痩せることよ！」

食事制限？

その言葉に、唐突に公爵家に引き取られる前に、毎日お腹を空かせていたことを思い出して体が震えた。

また、あの日々が戻ってくるのか……と。

でも、僕はどれだけお腹が空いても頑張るよ。

それがお義姉様の望みなら。お義姉様が喜んでくれるなら。

お義姉様が、僕のことを好きでいてくれるなら……。

「そうよ！　気が付いてよかったわ！　このままじゃ脂肪肝から肝硬変になって、死んじゃうところだったわ！　太りすぎは万病の元なのよ！　いくら引きこもりぐーたら生活を目指しているからって、健康を損なっては意味がないわ！」

お義姉様はこぶしを握ってよく分からないことを言っていた。

「イーグルたんっ！　ううん、イーグル！　今日から食事の量は減らすわ」

うんと頷いて見せると、お義姉様が僕の頭をなでてくれる。

「良い子ね。もっと食べたいと言わないのね。本当に偉いわ……。ダイエットは明日からとか言わないものね……ううう、私も頑張るわ……ううう。今日から、いえ、今から……そう、運動、ぐうたらせずに体を動かさなければ……」

褒めてくれたけれど、なぜかそのあとにお義姉様が涙目になっている。

「お義姉様、泣かないでください。食べるなと言えば僕は食べなくても平気です。体を動かすのも苦ではありません……水汲みでも、床磨きでも何でもします。引き取られる前より体も大きくなっていますし、たくさん仕事ができると思います」

「イーグル！」

お義姉様がぎゅっと僕のことを抱きしめてくれた。

嬉しい。お義姉様が喜んでくれるなら、僕は何だってするよ。

――と、決意したのに。待っていた「ダイエット」というのは、とても幸せな時間だった。

食事の量こそ減ったけれど、たくさんの新しい美味しいものが食べられた。

魚介類を使った食べ物の数々。魚、貝、イカ、エビ……見た目が怖かったけれど、カニもタコもおいしかった。

どれもお義姉様が料理長に命じて作らせたものだ。

そして、ラジオ体操という同じ動きを皆でするのも楽しかった。乗馬や剣術など、体を動かす授業が増えた。

何より幸せだったのは、お義姉様の手を取ってするダンスの練習だ。

明るい日の光が差すダンスフロアで、二人きり手を取り合って、お互いの姿だけを見ながらダンスを踊る。

何より幸せだった。お義姉様と、こうしている時間が。

お義姉様がダンスの途中でふふっと笑った。

「どうかしましたか？」

「ううん、なんか幸せだなぁと思って。イーグルが義弟になってくれて本当に嬉しいの。神様に感謝しているところよ」

お義姉様の言葉に、胸の奥が痛んだ。

僕が義弟であることに感謝？　……冗談じゃない。

僕は、いつかお義姉様をフローレンと呼べる立場になるつもりだ。

だから、お義姉様が感謝する神様なんて、僕は信じないんだ

ぶたぶたこぶたの令嬢物語

～幽閉生活目指しますので、断罪してください殿下!～

＊本作は「小説家になろう」（https://syosetu.com/）に掲載されていた作品を、大幅に加筆修正したものとなります。
＊この作品はフィクションです。実在の人物・団体・事件・地名・名称等とは一切関係ありません。

2023年8月20日　第一刷発行

著者 …………………… 杜間 とまと
©TOMA TOMATO/Frontier Works Inc.
イラスト …………………… キャナリーヌ
発行者 …………………… 辻 政英
発行所 …………………… 株式会社フロンティアワークス
〒170-0013　東京都豊島区東池袋 3-22-17
東池袋セントラルプレイス 5F
営業　TEL 03-5957-1030　FAX 03-5957-1533
アリアンローズ公式サイト　https://arianrose.jp/
フォーマットデザイン …………………… ウエダデザイン室
印刷所 …………………… シナノ書籍印刷株式会社